KB196183

주홍글씨

주홍글씨

너새니얼 호손 | 조승국 옮김

🎜 문예출판사

.

The Scarlet Letter

Nathaniel Hawthorne

차례

감옥 문

우중충한 회색 옷차림에 고깔 모자(청교도들이 쓰던 모자)를 쓰고 수염이 텁수룩한 남자들이 더러는 수건을 쓰고 더러는 쓰지 않은 여인들과 함께 한 목조 건물 앞에 서 있었다. 그 건물의 대문은 육중한 참나무이고 표면에는 뾰족하고 큰 쇠못이 촘촘히 박혀 있었다.

본디 인간의 미덕과 행복의 이상향을 어떻게 꾸몄는지는 몰라도 새 개척지를 세운 사람들은 처녀지의 일부를 묘지로 삼고 다른 일부를 감옥을 지을 터전으로 정하는 일이 반드시 필요한 일 중의 하나라고 생각했다. 이와 같은 원칙하에 보스턴을 건설한 조상들이 콘힐 근처 어딘가에 최초의 감옥을 짓고, 적절한 시기를 타서 아이작 존슨의 땅 위 그의 무덤이 있던 근처에다가 최초의 묘지를 정했으리라고 보아도 무방할 것이다. 따라서 그의 무덤은 킹스 채플의 묘지에 모여 있는 여러 무덤의 중심이 되었으리라. 보스턴을 지은 지가 10년, 20년이 지나고 보니 나무로 지은 감옥은 풍상에 시달려 낡은 흔적이 보이고 감옥의 정면에는 어두운 표정이 더하여갔다. 참나무 문에 박힌 녹슬고 육중한 쇠붙이들은 이 신세계에 존재하는 어느 물건보다도 고색(古色)이 짙고, 범죄와 관련된 모든 일이 그렇듯이 이 감옥 역시 젊은 시절이라고는 누려본 적이 없는 듯했다. 추하게 생긴 그 건물과 마차가 다니는 한길 사이에는 우엉과 명아주와 애플 페루 등의 볼품 없는 풀들로 덮인 풀밭이 있었는데, 그 풀밭은 분명코 문명이 낳은 감옥이라는 검은 꽃을 피운 그 땅에서 의기가 상통하는 그 무엇인가를 발견했으리라. 그런데 대문 한쪽 옆 문지방 바로 밑에 뿌리를 박고 6월을 맞이하여 야들야들한 예쁜 꽃을 함박 피운 들장미는 마치 감옥에 들어가는 죄수나 처형을 받으러 나오는 죄수에게 향기와 덧없는 아름다움을 베푸는 듯했다.

이 들장미가 야릇한 인연으로 역사에 남았으나, 그것이 위를 뒤덮은 커다란 소나무와 참나무들이 다 쓰러진 뒤에 단순히 옛날의 황폐함을 이겨낸 데 불과한 것인지 또는 믿을 만한 권위 있는 설명이 보여주는 대로 성자가 된 앤 허친슨이 옥문을 들어설 때에 발자국마다 그것이 돋아난 것인지는 우리가 정할 바가 아니다. 다만 그 들장미가 우리가 하려는 이야기의 벽두에 불길한 감옥 문간에서 돋아나고 있는지라 불가불 한 송이를 꺾어서 독자 여러분께 드리는 수밖에 없다. 바라건대 이 한 송이의 들장미가 이야기의 줄거리에서 나타날 아름다운 도덕의 꽃을 상징하거나 또는 인간의 연약함과 슬픔으로 엮은 이 이야기의 어두운 결말에 위로가 되어주었으면 하는 것뿐이다.

장터

2백 년은 되었을 것이다. 어느 여름날 아침이었다. 프리즌 레인에 있는 감옥 앞 잔디밭에는 꽤 많은 보스턴 시민들이 모였다. 모두들 꺾쇠를 물린 감옥의 참나무 문에 시선을 모으고 있었다. 수염이 텁수룩한 선량한 시민의 얼굴을 그토록 화석처럼 굳어지게 한 심각한 침울함은 보스턴이 아닌 딴 고장 사람들이었다고 할지라도, 그리고 그 시대가 아닌 후세의 사람들이었다고 할지라도 무슨 불길한 일이 벌어졌음을 암시하는 징조라고 누구나 느꼈을 것이다. 그 불길한 일이란 필시 이름난 죄수의 처형을 기다리는 정도의 사건이었으리라. 그리고 그 범인에 대한 법정의 언도는 이미 대중이 감정상으로 내린 판결을 승인하는 데 불과했으리라. 그러나 청교도 정신이 투철하던 초기에는 이상과 같은 명확한 추측은 불가능했다. 왜냐하면 그 떠들썩한 구경거리가 혹시 일솜씨가 시원찮은 종이나,

부모의 손으로 관에 넘겨진 불효 자식이 곤장을 맞고 버릇을 고치는 일인지도 모르고, 또는 신앙주의자〔신앙인은 믿음으로 구원에 도달함으로써 도덕을 초월한다고 주장하는 사람들〕나 퀘이커교도나, 그 밖의 종교상의 이단자가 채찍을 맞고 추방당하는 일인지도 모르고, 또는 게으르고 방랑기가 있는 인디언이 백인의 화주(火酒)에 취하여 거리에서 난동을 부리다가 매를 맞고 숲속으로 쫓겨가는 일인지도 모르는 것이었다. 그뿐만 아니라 장관의 누이동생으로 성미 고약한 늙은 미망인 히빈스처럼 마녀라는 정죄를 받고 단두대에 오르는 일인지도 몰랐다. 경우야 어떠했든 간에, 구경꾼들은 종교와 법률이 하나라고 주장하는 사람들에게 호응이라도 하는 양 엄숙하고, 종교와 법률이 혼연일체가 되어 대중의 기율을 잡을 때엔 그 벌이 유하든 엄하든 두렵고 머리가 수그러질 따름이라는 듯했다. 그러므로 법을 어긴 자가 교수대 근처에 있는 구경꾼들에게 행여나 하고 동정심을 구했다 해도 그 동정심은 무한히 얄팍하고 차갑기만 할 것이었다. 한편 요새 같으면 조롱이나 수치 정도로 생각될 벌을 주면서 마치 사약이라도 내리듯 지극히 엄숙하게 벌을 집행했을 것이다.

바야흐로 우리의 이야기가 시작되려던 그 여름날 아침, 구경꾼들 사이에는 몇몇 여자들이 끼어 있었는데, 이제 눈앞에 전개되려는 형벌의 집행이 어떤 종류의 것인지는 몰라도, 매우 관심이 큰 눈치였다. 별로 교양이 높은 시대가 아닌지라 페티코트나 파딩게일〔치마가 몸 둘레에 둥그렇게 부풀어오르도록 치마 속에 입는 것〕을 입은 여자들이 그래서는 안 될 성싶은데도 뭇사람 사이로 끼어들고 필요하다

면 처형 시에 처형대 앞으로 다가서려고 작지도 않은 체구로 파고
드는 일을 삼가지 않았다. 옛 영국에서 태어나서 자란 아낙네나 아
가씨들은 6, 7세대 뒤에 태어난 아낙네나 아가씨들에 비교하면 육
체적으로나 정신적으로나 조잡한 섬유로 만든 옷감 같았다. 후손
에게 대를 이어주는 어머니들이 활기나 당돌함이 부족한 연약한 성
품을 물려준 것은 아니지만, 활짝 꽃 피우지 못한 가냘프고 덧없는
아름다움과 나약한 체구를 물려주었던 것이다. 옥문 앞에서 서성거
리는 그 여자들은 사내 같은 엘리자베스〔엘리자베스 1세를 가리킴〕가
여성의 대표라고 하여도 무방했던 시대로부터 불과 50년 떨어져서
사는 사람들이었다. 그녀들은 엘리자베스의 동포였다. 그래서 그녀
들의 조국의 고기와 술이 도덕적 양식을 별로 곁들이지 않고 그대
로 그녀들의 몸체에 스며들었다. 그리하여 밝은 아침의 태양은 그
들의 널따란 어깨와 활달한 가슴과 붉은 뺨을 비추어 저 멀리 떨어
진 섬나라에서 익혔는지라 그녀들이 뉴잉글랜드의 새 공기 속으로
옮겨 왔어도 아직 색이 바래지도 야위지도 아니했다. 게다가 그녀
들이 주고받는 말은 대담하고 우렁차서(대부분의 여인들이 그랬지만)
요새 들으면 그들의 대화의 내용이나 음량이 우리를 깜짝 놀라게
했을 것이다.

"여보게들, 내 말 좀 들어보게."

쉰 살쯤 되어 보이는 억세게 생긴 아낙네 하나가 말을 던졌다.

"헤스터 프린 같은 나쁜 년은 우리처럼 나이도 지긋하고 교인으
로서도 평판이 높은 사람들이 처리해야 되지 않겠어. 어떻게들 생
각하나, 저년이 이렇게 모인 우리 다섯 앞에서 재판을 받는다면 높

으신 어른들이 내린 그 정도의 형벌로 그칠 줄 알구. 어림도 없지."

"사람들의 말에 따르면 그년의 거룩한 목사이신 딤즈데일 목사
께서는 그런 불미스러운 일이 어찌하여 자신의 교인 중에서 생겼느
냐고 통탄하셨다던데요."

다른 여인이 말했다.

"나리들께서는 모두 하나님을 공경하시는 것이 사실이지만 인정
이 지나치셨나 봐요."

세 번째 중년 부인의 말이었다.

"적어도 헤스터 프린의 이마에다 낙인을 찍었어야죠. 그래야 그
년이 따끔한 맛을 보죠. 그 화냥년이 저고리 가슴에다 무엇을 달았
다고 해서 끄떡이나 할 줄 알고요. 보나마나 그년은 브로치나 이
교도들이 달고 다니는 노리개로 가슴을 가리고 활개치며 다닐 겁
니다."

이 말에 한 아이의 손목을 잡은 젊은 여인이 부드러운 말투로 말
을 꺼냈다.

"가릴 테면 가려보라지요. 마음의 괴로움은 가시질 않을 거예요."

얼굴이 가장 추하고, 스스로 나선 심판관들 중에서 제일 매정하
게 생긴 여인이 소리쳐 말했다.

"무슨 표시니 낙인이니 하고 저고리 가슴에다 찍느니 이마에다
찍느니들 하는데 당치도 않은 말들이야. 이 여자는 우리를 욕되게
했으니 마땅히 죽어야 해요. 거기에 대한 법은 없답니까, 왜 없겠어
요? 성경 말씀에도 있고, 육법전서에도 있는데, 법률을 무효로 만든
나리들께서는 자기들의 여편네나 딸자식들이 길을 잘못 들었을 적

에 고맙겠군요!"

군중 가운데서 한 남자가 소리쳤다.

"참, 마님두, 부인네들은 교수대의 공포가 없으면 부덕(婦德)도 못 지킨다는 말씀인가요. 참으로 기막힐 말이군요. 좀 조용히들 하세요. 감옥 문의 자물쇠가 열리는 찰나외다. 이제 프린 자신이 나타날 것입니다."

옥문이 안으로부터 활짝 열리고 검은 그림자가 볕 속으로 뛰어들 듯이 옆에 칼을 차고 손에 공직을 상징하는 지팡이를 든 관리 하나가 불쑥 나타나서 구경꾼들의 등골을 오싹하게 만들었다. 이 관리는 추상과 같이 엄격한 청교도법의 전모를 자기의 용모와 모습으로 드러내는 듯했다. 그의 임무는 범법자에게 법률을 가차없이 철저하게 적용하는 일이었다. 그는 지팡이를 든 왼손을 앞으로 내밀며 오른손으로 그 여인의 어깨를 잡고 앞으로 이끌었다. 감옥의 문턱에 이르자 그 여인은 본래부터 위엄이 있고 개성이 강한 태도로 관리를 밀어제치며 원해서 하는 듯 앞으로 성큼 나섰다. 여인은 생후 3개월쯤 되어 보이는 아기를 안고 있었다. 아기는 눈을 깜박이고 밝은 햇빛을 피하는 듯 얼굴을 돌렸다. 아기의 두 눈은 토굴 속의 잿빛 어두움이나 음침한 감옥 내부에만 익숙했던 것이다.

아기의 어머니인 젊은 여인은 관중 앞에 모습을 나타내는 순간 아기를 품에 꼭 껴안으려는 듯했다. 이런 충동은 모성애가 불타올라서라기보다는, 수를 놓았는지 꿰매 달았는지 그녀의 옷 가슴에 달라붙어 있는 표시를 감추어보려는 생각에서였다. 그러나 이미 드러난 치욕의 표시(아기를 뜻함)가 또 하나의 치욕의 표시(주홍글씨를 뜻함)를 감출 수 없다는 것을 재빨리 그리고 현명하게 알아채고, 얼굴을 붉혔으나 아기를 한 팔로 안은 채 도도한 미소를 지으며 부끄러움 없는 눈초리로 보스턴의 시민들과 이웃 사람들을 내려다보았다. 그녀의 옷의 가슴팍에는 금실로 정교하게 수놓아 찬란하게 만든 바탕에 빨강 헝겊으로 아로새겨 만든 A자가 돋보였다. 풍부하고 화려한 상상력을 발휘하여 지극히 예술적으로 만든 그 A자는 여인이 입은 옷에 무척 잘 어울리는 장식품이 되었다. 그녀의 옷은 시대의 취향에 맞는 멋이 있는 옷이었으나 당시의 사치 금지령을 훨씬 넘어서는 화려한 것이었다.

이 젊은 여인은 키가 늘씬하고 몸매가 이를 데 없이 아름다웠다. 그녀의 숱이 많은 검은 머리는 윤택하여 햇빛을 받아 광택을 내고, 그녀의 용모는 고르고 살결이 희어 예쁘기도 한 데다 짙은 눈썹과 깊은 표정의 검은 눈동자는 심오한 인상을 주었다. 그녀는 또한 그 당시의 정숙한 여성들이 풍기는 귀티가 났다. 요사이의 기준을 따른 섬세하고, 덧없고, 형언하기 어려운 야릇한 아름다움이 아니라, 은연중에 틀이 잡히고 위엄을 풍기는 우아함이었다. 귀부인이라는 말의 옛 풀이대로 한다면 감옥 문을 나서던 순간의 헤스터 프린이야말로 진정한 귀부인이었다. 불행의 구름으로 안색이 어둡고 흐려진 그녀를 보려니 했던 그녀의 이웃들은 그녀의 아름다움이 활짝 빛나고 그녀를 에워싼 불행과 수치가 후광으로 변하던 순간에 매우 놀라고 경탄하지 않을 수 없었다. 그러나 예리한 눈을 가진 사람이라면 어딘가 괴로움이 깃들어 있음을 느꼈을 것이다. 감옥 속에서 그날 입으려고 자신의 생각대로 만든 그녀의 옷이 난하고 화

려한 게 그녀의 정신 상태, 즉 될 대로 되라는 무모한 심정을 드러
내는 듯했다. 그러나 모든 시선을 끈 것은, 그리고 사실상 헤스터를
그토록 변화시켜 그녀를 잘 아는 사람들이 그녀를 처음 보는 듯 감
탄하게 만든 것은 다름 아닌 그 주홍글씨, 즉 그녀의 가슴 위에 환
상과도 같이 찬란하게 수놓인 A자였다. 그것은 인간성과의 통상적
관계를 벗어나서 특별히 승화된 세계 속에 그녀 자신을 감싸는 듯
한 마술 같은 힘을 지녔다.

한 여자 구경꾼이 말했다.

"바느질 솜씨가 좋은 것은 틀림없군. 그렇지만 저 뻔뻔스러운 년
처럼 그걸 자랑하려고 드는 여자가 어디 있겠어요. 아니, 이것 좀 봐
요. 이건 신앙심이 깊은 나리들을 비웃는 거예요. 그분들이 벌이랍
시고 내린 것을 도리어 자랑으로 삼는 거지 무엇이겠수."

그중에서 얼굴이 제일 매정하게 생긴 노파가 중얼거렸다.

"헤스터의 풍만한 몸에서 그 좋은 옷을 벗겨버리고 내가 신경통
을 앓을 때 입던 누더기 옷을 주어 거기다가 그녀가 수놓은 야릇한
주홍글씨를 달게 했으면 얼마나 잘 어울리겠수."

"여보세요, 좀 조용히 하세요. 조용히!"

제일 나이 젊은 여자가 말했다.

"저 여자에게 들리겠어요. 저 여자가 수놓은 그 글씨의 한 바늘
한 바늘이 그녀의 가슴속을 찔렀을 겁니다."

그 무섭게 생긴 관리는 지팡이를 휘두르며 소리쳤다.

"모두들 길을 비키시오, 명령입니다. 길을 비키면 지금부터 오후
한 시까지는 남녀노소가 모두 잘 볼 수 있는 곳에다 이 불륜의 여인

헤스터를 세워놓아 그녀의 화려한 옷차림을 구경시켜줄 것입니다. 불륜을 만천하에게 밝혀낸 의로운 매사추세츠 당국에 축복을 내릴지어다. 헤스터 여인, 나를 따라와요. 그리고 그대의 주홍글씨를 장터에서 사람들에게 보이시오."

당장 구경꾼들 사이에 길이 트였다. 헤스터 프린은 질서 없이 따라오는 얼굴을 찌푸린 남자들과 냉담한 여자들의 엄호하에 관리의 뒤를 따라 벌을 받기 위해 지정된 장소로 향했다. 호기심으로 가득 차고 신이 난 학생들은 그 일 때문에 오전 수업만 한다는 것 외에는 아무것도 모르면서, 헤스터의 행렬 앞으로 달려가 그녀와 팔에 안긴 눈을 깜박이는 아기와 가슴에 붙은 수치의 주홍글씨를 보려고 거듭거듭 고개를 돌리곤 했다. 그 당시에는 감옥 문에서 장터까지 거리가 얼마 안 되었다. 하지만 헤스터가 느낀 대로는 꽤 먼길을 가는 것 같았을 것이다. 왜냐하면 그녀의 태도는 도도했으나 자기를 구경하러 나온 무리가 걷어차고 짓밟고 하는 듯한 느낌이었기 때문이다. 그러나 인간의 천성 가운데에는 놀랍고도 자비로운 하늘의 섭리가 준비해놓은 것이 있으니 이는 다름 아니라 고통을 겪는 자가 겪는 순간에 고통을 느끼는 것이 아니라 고통이 지난 후 마음속에 맺히는 번뇌로 말미암아 느끼게 된다는 사실이다. 그런고로 헤스터 프린은 아주 조용한 태도로 고행의 이 부분을 통과하여 장터의 서쪽 끝 교수대 모양으로 생긴 물건이 있는 데로 왔다. 그것은 보스턴에서 제일 오래된 교회의 처마 밑에 서 있었고, 교회에 붙어 있는 부설물같이 보였다.

사실상 이것은 형구의 하나로 지난 2, 3세대 동안은 역사적 유물

에 불과했으나 옛날에는 프랑스의 폭력주의자들에게 단두대가 그
랬듯이 착한 국민을 길러내는 데 쓰는 가장 효과적인 연장으로 인
정받았다. 요컨대 그것은 목칼을 세운 형대였다. 형대 위에는 범인
의 목에 씌워 목을 꼿꼿이 세우게 하고 사람들에게 구경시킴으로써
나쁜 행실을 바로잡게 하는 목칼이 세워져 있었다. 나무와 철로 만
든 이 형구는 그야말로 인간이 받은 치욕의 극치를 역력히 구현했
다. 생각컨대 죄인이 저지른 죄과가 크든 작든 부끄러운 범인이 얼
굴도 못 가리게 하는 것보다 더 심한 모욕은 없으리라. 이것은 인간
성의 도리에 어긋나는 모욕인 것이다. 그러나 헤스터 프린의 경우
에는— 그런 일이 다른 죄수에게도 종종 있었지만— 목에 목칼을
쓰지 않고 정한 시간 동안 형대 위에 서 있기만 하면 되었다. 그러
나 이 추한 형틀의 가장 흉악한 특징은 목칼을 쓰고 머리를 들게 하
는 것이었다. 자신의 할 바를 잘 아는 헤스터는 나무 층계를 올라가
사람의 어깨 정도의 높이에 서서 자기를 에워싼 군중에게 자태를
드러냈다.

청교도들 사이에 천주교도가 끼어 있었다면 옷과 몸매가 그림
같고 품에 아기를 안은 이 아름다운 여인에게서 성모의 모습을 연
상시키는 무엇인가를 느꼈을 것이다. 그것은 허다하게 많은 화가들
이 저마다 그림으로 나타내려고 서로 겨루던 그 무엇이오, 세상 죄
를 대속할 아기의 죄 없고 거룩한 어머니의 모습을 오로지 대조적
으로 연상시켜주는 그 무엇이었다. 이 여인의 경우엔 가장 거룩한
모성 속에 죄의 뿌리가 깊이 박히고, 결과적으로 이 여인의 아름다
움으로 인하여 세상은 더욱 어두워질 따름이고, 이 여인이 낳은 아

기로 인하여 세상은 더욱더 절망에 싸일 따름이었다.

　이 현장에 두려움이 감돌지 않은 것은 아니었다. 이웃의 죄나 수치를 보고도 몸서리치기는커녕 비웃을 정도로 사회가 타락하지 않았던 시대에는 언제나 이런 일에 두려움이 따르게 마련이었다. 헤스터 프린의 치욕을 목격한 사람들은 아직도 순박한 시대에 속한 사람들이었다. 설사 그녀가 사형을 받았다고 해도 형벌이 엄하다고 불평 한마디 안 하고 그녀의 죽음을 지켜볼 정도로 엄격했다. 그리고 지금 헤스터가 받는 형벌의 광경을 보면서 비웃을 구실이나 찾을 비정이라는 또 하나의 사회적 특징을 그들은 전혀 갖고 있지 않았다. 비웃고 싶은 생각이 설혹 있었다고 하여도 장관이며, 참의관(參議官)이며, 판사, 장군, 교회 목사들과 같은 위엄 있는 사람들이 엄숙하게 자리잡고 있어서 필경 억제되고 압도되고야 말았을 것이다. 이와 같은 고관 대작들이 계급이나 직위의 손상을 안 받고 이런 장면에 나타날 수 있을 때 과연 법의 집행이 진지하고도 효과적인 의미를 갖게 되리라고 결론지을 수 있을 것이다. 따라서 무리는 우울하고 엄숙했다. 이 가엾은 죄인은 자기와 자기의 가슴에 집중된 몇천의 냉혹한 시선에 중압감을 느끼며 여자의 힘으로 할 수 있는 최선을 다하여 자신을 가다듬었다. 그것은 참기 어려운 일이었다. 천성이 감정으로 격하고 열을 띠기 쉬운 그녀는 마음을 굳게 가다듬고 갖은 욕설로 공공연하게 내뿜는 가시와도 같고 독이 묻은 비수와도 같은 모욕을 견디어낼 각오였다. 그러나 대중의 엄숙한 마음속에는 더욱더 무서운 것이 풍기고 있었다. 그래서 그녀는 차라리 그 엄격한 표정들이 자기를 멸시하는 야유로 변해버렸으면 하는 마음이 간절했다. 그 무리의 입술이 남자, 여자, 그리고 목소리가 쨍쨍한 아이들까지 힘을 합하여 우레와 같은 웃음을 터뜨렸다면 헤스터 프린은 경멸하는 쓴웃음으로 이에 응답했을 것이다. 그러나 참고 견딜 수밖에 없는 이 납덩이같이 무거운 마음의 압박으로 말미암아 그녀는 목이 터지도록 소리를 지르고 형대에서 뛰어내리지 않으면 당장에 미칠 것만 같은 심정이었다.

그러나 그녀가 중심 목표물이 되어 있는 이 장면 전체가 자기의 시야에서 사라지려는 듯하고 기억력은 비상하게 맑아지고 서쪽 들한 끝에 자리잡은 작은 마을과 마구 닦아놓은 길이 있는 경치와는 다른 풍경과 청교도들이 쓰는 고깔 모자의 챙 밑으로부터 자기를 노려보는 얼굴들과 다른 얼굴들이 자꾸만 그녀의 눈앞에 떠올랐다. 그리고 허다한 추억들, 어린 시절과 학창 시절의 사소하고도 하찮은 일들, 농담이나 철없는 다툼이나, 그리고 처녀 시절에 있었던 자질구레한 집안일들이나, 이 모두가 후에 생긴 귀중한 일들의 기억과 뒤섞여서 그녀에게로 다가왔다. 추억의 그림은 하나같이 또렷또렷하여 모두가 똑같이 귀하다고나 할까, 연극 같다고나 할까, 아마 그것은 환상적인 허깨비를 그려냄으로써 현실의 심한 압력과 고통으로부터 자신을 구해내려는 그녀의 정신이 만들어낸 본능적인 고안이었는지도 모른다.

그것은 그렇다치고 목칼이 세워진 이 형대는 헤스터 프린이 행복했던 어린 시절 이래로 걸어온 인생의 발자취의 전모를 내다보게 하는 시점(視點)과도 같았다. 가련한 느낌을 주는 그 형대 위에 높이 서 있는 그녀의 눈에는 고국 잉글랜드의 고향과 아버지의 옛

집이 선하게 떠올랐다. 빈곤이 서린 무너져가는 회색 돌집이었으나 정문에는 지워지다가 남은 문장(紋章)이 아직 걸려 있어 높은 가문임을 보여주었다. 뒤이어 아버지의 얼굴이 떠올랐다. 이마는 벗어지고 엘리자베스 시대의 구식 주름 깃 위로는 하얗고 고상한 수염이 늘어져 있었다. 어머니의 얼굴도 보였다. 어머니의 얼굴을 회상하면 언제나 염려하는 애정 어린 표정이었고, 돌아가신 뒤로는 그 얼굴이 종종 친절하게 타일러 딸이 가는 길을 바로잡아주기도 했다. 다음엔 자신의 얼굴이 떠올랐다. 그 예쁜 소녀의 빛나는 얼굴은 옛날에 들여다보던 어두운 거울을 환하게 밝혔다. 이번에는 늙수그레한 어떤 남자의 얼굴이 떠올랐다. 창백하고, 파리하고, 학자 같은 얼굴에다가 두 눈은 그의 탐독(耽讀)을 돕는 등잔불에 비치어 흐리고 어두웠다. 그러나 그 두 눈은 눈의 임자가 사람의 영혼을 들여다보는 것이 목적일 때면 이상하게도 꿰뚫는 힘을 가졌다. 헤스터 프린의 여자다운 상상력이 불러일으킨 이 은둔자와도 같은 서재의 사나이는 몸이 약간 찌그러져서 왼쪽 어깨는 높고 바른쪽 어깨가 낮았다. 이윽고 그녀의 기억의 주마등 속에 나타난 광경은 붐비는 좁다란 길과 우뚝 솟은 회색빛 집들과 거대한 사원들과 그리고 연대가 오래되고 건축 양식도 이상한 공공 건물들이 즐비한 유럽의 어느 도시였다. 거기서 그 비꼬인 학자와 인연을 맺는 새로운 생애가 그녀를 기다렸다. 정녕 새로운 생이었다. 그러나 그것은 무너진 담에 낀 파란 이끼와도 같이 낡은 것을 먹고 사는 생이었다. 장면은 자꾸 바뀌어 마지막으로 읍내 사람들이 모두 모여 엄격한 눈초리로 헤스터 프린을 노려보는 청교도들의 동네의 조잡스런 장터로 되돌아왔다. 그렇다, 팔에는 아기를 안고 가슴에는 황금 실로 찬란하게 수놓은 빨간 A자를 달고 목칼의 형대에 서 있는 그녀를 그들은 노려보고 있었다.

이것이 웬 말이냐? 그녀가 아기를 하도 꼭 껴안아 아기는 울음을 터뜨렸다. 그녀는 시선을 내려 그 붉은 글씨를 쳐다보고, 그 아기와 수치의 글씨가 사실인가를 확인하려고 손가락으로 만져보기도 했다. 그렇다! ─ 이것은 그녀가 겪고 있는 현실이었다 ─ 그리고 그 밖의 모든 것은 현실에서 사라져버렸다.

알아보다

주홍글씨를 단 여인에게선 자기는 모두의 한결같은 냉혹한 눈초리의 대상이라는 의식이 마침내 사라졌다. 군중이 들어선 한 모퉁이에 서 있는 사나이의 모습이 그녀의 생각을 사로잡았던 것이다. 원주민 옷차림의 인디언도 하나 거기에 서 있었으나 그 당시에는 인디언들이 영국 식민지에 자주 드나든지라 하나쯤 눈에 띄어도 이상할 것이 없었다. 그것이 그녀의 마음에서 모든 다른 생각을 몰아낼 정도로 중요하지도 않았을 것이다. 그러나 바로 그 인디언 옆에 동행인으로 보이는 백인 하나가 서 있었으니 문명과 야만이 뒤섞인 이상한 옷차림의 사나이였다.

그는 키가 작고 얼굴에는 주름살이 있었으나 아직 늙었다고 말할 수는 없는 나이였다. 그의 용모는 두드러지게 지성을 풍겼다. 하도 지성만을 길렀기 때문에 육체적인 모습도 지성적으로 형성되고,

어디서나 지성이 넘쳐 흘렀다. 몸에 어울리지 않는 이질적인 옷을 아무렇게나 걸친 것처럼 하여 자신의 육체적 특징을 감추려고 시도했으나 이 사나이의 어깨 하나는 다른 어깨보다 높은 것이 헤스터의 눈에는 뚜렷하게 드러났다. 파리한 얼굴과 찌그러진 몸매를 알아차린 순간에 그녀는 다시금 아기를 당겨 안고 가엾은 아기는 한 번 더 울음을 터뜨렸다. 그러나 어머니는 아기의 울음소리가 안 들리는 모양이었다.

그 사나이는 장터에 도착해서 헤스터가 자기를 발견하지 못한 동안 그녀에게 시선을 집중하고 있었다. 처음에는 무심코 바라보는 듯했다. 마치 마음속의 일에만 익숙하여 마음 밖에서 일어나는 일들은 마음속의 일과 관련이 없는 한 가치도 없고 중요하지도 않다고 생각하는 사람처럼 무심코 바라보는 듯했다. 그러나 불현듯 사나이의 표정은 마음을 꿰뚫는 듯이 날카로워졌다. 뱀 한 마리가 얼굴 표면을 스르르 기어가다가 멈칫 서면서 몸을 도사리듯 꿈틀거리는 두려움이 몸을 비틀며 얼굴 표면을 지나갔다. 벅찬 감정으로 말미암아 안색이 잠시 어두워졌으나 당장에 굳은 의지가 이를 가라앉히어 감정이 격했던 한순간이 지나자 그의 표정은 평온을 되찾았다. 잠시 후에는 격했던 두려움은 기색도 없고 그의 타고난 천성의 밑바닥으로 잠적해버렸다. 그리하여 헤스터 프린의 시선이 자기의 시선과 마주치고 그녀가 자기를 알아본 듯함을 눈치채자 그는 서서히, 조용히 손가락을 들어 공중에서 손짓을 하고 그것을 자기의 입술에 갖다 댔다.

그리고 옆에 서 있는 구경꾼의 어깨에 손을 얹으며 예의 바르게 말을 건넸다.

"실례합니다만, 저 여자는 누구입니까? 그리고 어째서 이렇게 뭇 사람 앞에 세워졌습니까?"

"댁은 이 지방 사람이 아닌 모양이군요."

그 읍내 사람은 질문을 한 사람과 그의 인디언 친구를 유심히 쳐다보며 대답했다.

"이 지방 사람이라면 헤스터 프린과 그녀의 불륜에 대한 말을 들었을 텐데요. 딤즈데일 목사님의 교회에서 추문을 일으켰어요."

"그렇습니다."

상대방이 대답했다.

"저는 길손입니다. 전혀 뜻하지 않게 여기저기를 방랑했지요. 저는 바다와 육지에서 많은 불행을 겪고 이방 족속들에게 붙잡혀 남쪽에 가 있다가 이 인디언에게 이끌려 이리로 와서 이제 석방이 되었습니다. 자, 그러면 헤스터 프린에 대하여, 이름을 바로 불렀는지 모르겠습니다만, 이 여인의 범행에 대하여, 그리고 그녀가 무엇 때문에 처형대에까지 오르게 되었는지에 대하여 말씀 좀 해주시겠습니까?"

"그럽시다."

읍내 사람은 선뜻 응해주었다.

"황야에 머물며 고초도 겪으셨다니 이제는 불의가 적발되고 시정자와 국민들 앞에서 처형되는 나라에 마침내 오셔서 얼마나 마음이 흐뭇하시겠소. 하나님을 두려워할 줄 아는 뉴잉글랜드에 말입니다. 노형, 저 여자가 말입니다. 어떤 영국 태생 학자의 부인이었어요. 그런데 그 남편은 앰스터댐에 오래 살다가 얼마 후에 바다를 건너와서 우리 매사추세츠 사람들과 운명을 같이할 셈이었나 봐요. 이럴 목적으로 그는 부인을 먼저 보내고 자기는 볼 일이 있어서 뒤에 남았대요. 그런데, 맙소사, 저 여인이 보스턴에 온 지가 2년이나 됐는데 그 학식 많은 주인 프린 씨한테서는 아무 소식도 없지 않았겠습니까. 그래서 그녀가 그만 실수를 했다는 거지 뭡니까……."

"아, 그렇게 됐군요."

그 길손은 쓴웃음을 지으며 말했다.

"노형이 말하는 그 많이 배웠다는 사람 말입니다, 이런 일이 생길 수 있다는 것이 자기의 책에는 없었던 모양입니다. 그런데 저 아기의 아버지는 누구일까요? 서너 달 되어 보이는데요. 저 여인이 팔에 안고 있는 아기 말입니다."

"사실인즉 그 문제가 수수께끼란 말씀입니다. 그걸 밝혀줄 만한 다니엘같이 현명한 재판관도 없고 말입니다."

읍내 사람이 대답했다.

"헤스터 여인은 언급을 절대로 회피하고, 그래서 나리들이 머리를 맞대고 회의를 열었지만, 말짱 헛일이고 그 죄를 범한 자가 하늘이 보는 줄도 모르고 이 슬픈 광경을 남몰래 지켜보고 있는지도 모른단 말씀입니다."

길손은 다시금 미소를 지으며 대답했다.

"그 학식이 많다는 사람이 이 수수께끼를 풀러 손수 와야겠군요."

"그가 살아 있다면 물론 그래야겠습죠."

읍내 사람의 대답이었다.

"그런데 말씀이지 이 여인이 젊고, 예쁘고, 물론 유혹도 컸을 테고, 또 남편이 바다 밑창에 들어간 지 오래되었는지도 모르고 해서 매사추세츠 나리들은 형편을 참작하여 우리들의 의로운 법을 엄격하게 적용하라는 분부를 안 내리신 거지 뭡니까. 그대로 하면 벌은 사형이겠습죠. 그러나 나리들은 큰 자비와 고운 마음씨로 프린 여인에게 세 시간 동안 형대에 서 있고 그 후로는 여생을 내내 가슴에다 치욕의 표시를 달고 살도록 벌을 내린 거지요."

"현명한 처사였습니다!"

그 길손은 엄숙히 머리를 숙이며 말했다.

"그러니까 그 치욕의 글자가 그녀의 묘비에 새겨질 때까지 그녀는 죄를 짓지 말라는 산 설교가 되겠습니다. 그렇지만 그녀와 죄를 같이 지은 상대방이 이 형대에 나란히 서지 않았다는 것은 좀 유감스럽습니다. 그러나 그자의 정체가 드러나고야 말 것입니다! 드러나고말고요!"

그는 수다스러운 읍내 사람한테 정중히 인사를 하고 동행인 인디언에게 몇 마디 귓속말을 속삭이더니, 두 사람은 군중을 헤치고 어디론가 가버렸다.

이 일이 진행되는 동안 헤스터 프린은 처형대 위에 서서 시선을 줄곧 이 낯선 길손에게로 향하고 있었다. 그녀의 시선이 그 방향만 골똘히 쳐다보는 순간엔 눈에 보이는 세상은 모두 사라지고 그 길손과 그녀만이 남는 듯했다. 이렇게 멀리서 그 길손을 맞이함은 그를 직접 만나는 것보다 더 괴로운 일이었는지도 모른다. 뜨거운 대낮에 볕은 내리쬐고 부끄러움은 환히 드러나고 가슴에는 빨간 치욕의 표시가, 품에는 죄로 말미암아 태어난 아기가 매달리고, 군중은 마치 축제라도 맞이한 듯 몰려와서 그녀의 모습을 뚫어지게 쳐다보았으니, 그 모습은 단란한 가정에서 아늑한 벽난로의 은근한 불가에나 앉아 있어야 할 모습이었건만 또는 미사보를 쓰고 교회당에서 엄숙히 예배나 보고 있어야 할 모습이었건만. 괴롭기는 했으나 이 수많은 구경꾼들이 거기 있음으로 해서 헤스터는 오히려 자기가 숨어 있는 느낌이었다. 단둘이서 얼굴을 마주보며 만나는 것보다는 군중이 자기와 길손과의 사이를 이처럼 떼어놓아 자기가 멀리 서 있는 것이 다행이라는 생각이 들었다. 이를테면 그녀는 피신을 위하여 군중 앞에 나타났고, 이제 군중이 떠나서 피신할 곳이 없어질 순간이 올까 봐 두려워하는 것이었다. 이런 생각에 골똘한 나머지 헤스터는 뒤에서 들려오는 소리도 의식하지 못하고 있었다. 크고도 엄숙한 어조로 모든 무리에게 다 들릴 정도로 자기의 이름을 부를 때에 비로소 그녀는 그 소리를 알아챘다.

"헤스터 프린, 내 말을 듣거라!"

그 목소리는 말했다.

앞서 말한 대로 헤스터 프린이 서 있는 처형대 바로 위에는 발코니라고 할까, 지붕 없는 회랑이라고 할까 하는 것이 교회당에 붙어 있었다. 그것은 그 당시에 이런 일이 있을 때면 반드시 격식을 갖추고 여러 관헌들이 모인 가운데서 포고문을 낭독하곤 하던 곳이다. 여기에는 지금 말한 광경을 지켜보려고 벨링엄 장관 자신이 의자에 앉아 있고 그 둘레에는 미늘창을 든 군졸 네 명이 의장대 격으로 서 있었다. 장관의 모자에는 검은 깃털이 달리고 그의 외투의 도련에는 수가 놓여 있으며, 그의 모습은 갖은 고초로 주름살이 깊은 늙은 신사의 그것이었다. 그는 젊은이의 혈기가 아니라 엄격하고 조절된 인간의 힘과 가라앉은 노인의 총명함으로 세워지고 발전하여 현 단계에 이른 이 사회의 지도자가 되기에 알맞은 신분이었다. 이 사회는 정확히 말해서 지나친 상상과 희망이 없었기 때문에 그만큼 업적을 이루어놓은 것이었다. 이 통치자를 에워싼 저명한 인물들의 두드러진 특징은 위엄 있는 풍채였다. 그리고 이 풍채는 모든 권위가 신이 정한 제도의 신성함을 지녔다고 믿었던 시대의 유물이었다. 그들은 분명코 선하고 공정한 현인들이었다. 그러나 과오를 저지른 한 여인의 마음을 심판하고, 얽힌 선과 악을 풀어나가기에는 너무나도 무능한 사람들이 바로 헤스터가 지금 바라보고 있는 고집불통인 그들이었다. 그만큼 무능한 어진 사람들을 그 숫자만큼 세상에서 찾아내기란 그리 쉬운 일이 아니었을 것이다. 정녕 그녀가 무슨 동정이라도 바랄 수 있다면 그것은 너그럽고 정다운 군중한테서뿐일 것이라는 예감이 든 모양이었다. 그래서 가엾은 그녀는 발코니를 향해 얼굴을 드는 순간 창백해지며 바르르 떨었던 것이다.

그녀의 주의를 끈 그 목소리의 주인공은 존엄하고 이름이 높으신 존 윌슨 목사였다. 그는 보스턴에서 가장 연로하신 목사님이었고, 당시의 대부분의 성직자들이 그랬듯이 훌륭한 학자요, 더욱이 친절하고 다정한 위인이었다. 그러나 그의 다정하고 친절한 성격은 그의 지성보다는 세련되지 못해서 실상은 자랑이라기보다는 부끄러움이었던 것이다. 그가 쓴 모자 밑으로는 회색 머리칼이 비어져

나오고, 서재에 켜진 갓을 씌운 등불에만 익숙했던 그의 회색빛 눈은 밝은 햇빛을 받고 헤스터의 아기 모양으로 깜박거리고 있었다. 그는 옛날 설교집에 붙어 있는 검은 초상화와도 같았다. 그래서 그 낡은 초상화나 마찬가지로 그가 나서서 인간의 죄니, 정욕이니, 고통이니 하는 문제를 따질 하등의 권리가 없었다.

"헤스터 프린."

그 목사는 말했다.

"여기 있는 나의 젊은 형제와 분투를 벌인 적이 있었지만 그대는 이분의 설교를 들을 수 있는 특전을 받아왔던 것이오."

윌슨 목사가 자기 옆에 있는 얼굴이 창백한 젊은이의 어깨에 손을 얹었다.

"나는 여기 하나님 앞에서, 여기 있는 현명하고 공정하신 통치자들 앞에서, 그리고 백성들이 듣는 가운데서 그대가 지은 더럽고 흉측한 죄를 이분더러 다스리게 하려고 애를 썼소. 이분이 그대의 타고난 성품을 더 잘 아는지라 그대의 외고집을 꺾기 위한 방법이 무엇이겠는지, 다시 말하면, 부드럽게 다룰 것이냐, 또는 무섭게 다룰 것이냐를 더 잘 판단할 수 있을 것이므로 이분으로 하여금 그대를 타락의 구렁텅이로 빠지게 만든 자의 이름이 누군가를 그대가 더 이상 감추지 않고 고백하도록 만들자는 것이었소. 그러나 이분은 나이에 비해 슬기롭지만 젊은 탓으로 엄격함을 결하여 이와 같은 백주에 남들이 많이 듣는 가운데서 여인의 비밀을 털어놓도록 강요하는 것은 여인의 본성을 해치는 것이라 하여 나의 의견에 반대를 합니다. 내가 이분을 설복시키려고 말했듯이, 죄를 짓는 일이 부끄러운 일이지, 죄를 고백하는 일은 부끄러움이 아니올시다. 다시 묻나니 딤즈데일 형제는 어떻게 생각하시오? 이 불쌍한 죄인의 영혼을 내가 다스려야 하겠소? 또는 그대가 다스려야 하겠소?"

발코니에 앉은 위엄 있고 존엄한 나리들이 수군거리기 시작했다. 그리고 벨링엄 장관은 그 젊은 목사에 대한 경의의 표시를 줄이기는 했으나 위엄 있는 목소리로 그들이 수군댄 말의 내용을 설명했다.

"딤즈데일 목사."

그는 입을 열었다.

"이 여인의 영혼에 대한 책임은 다분히 목사님께 있소이다. 그러므로 그녀에게 권하여 회개하고 그 증거로써 참회케 하는 것은 마땅히 목사님께서 할 일이오."

이 단도직입적인 호소를 듣고 군중의 시선은 딤즈데일 목사에게 향했다. 이 젊은 목사는 영국의 명문대학 출신으로 그 당시의 모든 학문을 이 숲이 우거진 고장으로 옮겨 온 사람이었다. 그의 유창한 언변과 열렬한 신앙은 그로 하여금 맡은 성직에서 두각을 나타내게 했다. 그는 용모에 강한 특징이 있는 사람이었다. 희고 높은 이마는 깎아 세운 듯 날카롭고, 갈색의 두 눈은 크고 우울하며, 입은 꼭 다물고 있지 않으면 떨기가 쉬워서 예민한 감수성과 막대한 자제력을 동시에 드러내고 있었다. 그 젊은 목사는 타고난 높은 재주와 학자적 기풍에도 불구하고 어딘가 불안하고, 당황하고, 겁을 집어먹은 듯한 표정이었다. 마치 인생의 길을 잃고 어리둥절하여 혼자 조용히 있을 때만 마음이 놓이는 듯한 사람의 표정이었다. 그는 일이 허락하는 대로 그늘진 숲길을 산책하여, 단순하고 천진한 마음을 유지하고, 때가 오면 싱그럽고, 향긋하고, 이슬처럼 맑은 생각과 사람들이 말하는 대로 천사와 같은 목소리로 그들의 마음을 감동시키는 것이었다.

군중 앞에서 윌슨 목사와 벨링엄 장관의 소개를 받고 더럽힌 가운데도 아직은 신성한 한 여인이 영혼 속에 감춘 비밀의 입을 열게 하라는 청을 받은 젊은 목사는 이상과 같은 인물이었다. 난처한 입장으로 말미암아 그의 뺨에서는 핏기가 사라지고 두 입술은 바르르 떨렸다.

"형제여! 여인에게 말을 하시오."

윌슨 목사는 말했다.

"그것은 그녀의 영혼을 위하여 중요합니다. 따라서 장관님 말씀대로 그녀의 영혼을 책임지고 있는 당신의 영혼을 위해서도 중요한 일이올시다. 사실대로 고백하도록 타일러보시오."

딤즈데일 목사는 머리를 숙이고 묵도를 올리는 듯하더니 마침내 앞으로 나섰다.

"헤스터 프린."

그 젊은 목사는 난간 위로 허리를 굽히고 그녀의 눈을 물끄러미 내려다보며 말을 시작했다.

"그대는 이분의 말씀을 듣고 내가 진 책임을 알 것이오. 그대가 영혼의 평화를 위하여 필요하다고 느끼고 금생의 형벌이 구원을 위해 도움이 된다고 믿는다면, 함께 죄를 범하고 함께 괴로워하는 자의 이름을 말하시오. 그자를 위한 잘못된 연민의 정이나 인정 때문에 침묵을 고집하지는 마시오, 헤스터. 그자는 진정코 높은 지위에서 격하되어 그대와 나란히 수치의 단상에 설지라도 그것이 죽을 때까지 마음속의 죄를 감추고 다니는 것보다는 나을 것이오. 그대의 침묵은 다만 그자로 하여금 죄에다 위선을 더하도록 유혹할, 아니 강요할 따름이오. 그 밖에 무슨 유익이 있겠소. 하늘은 그대에게 대중 앞에서 치욕을 당하게 하고, 그러므로 그대의 마음속에 도사린 악과 외적인 슬픔을 공공연하게 이기고 승리할 기회를 주신 것이오. 당신은 당신의 입술이 받은 그 쓴 잔, 그러나 유익한 잔을 그자에게는 주지 않으려고 거절하고 있음을 잊지 마시오. 아마도 그자가 그 잔을 스스로 선뜻 받을 용기가 없는지는 모르겠소마는."

젊은 목사의 목소리는 떨리면서도 아름답고, 굵고, 우렁찼지만, 또한 갈라지는 소리였다. 목사의 말이 나타내는 뜻 자체보다는 그것이 분명히 드러낸 느낌이 군중의 심금을 울리고 그들로부터 한결같은 동정심을 불러냈다. 헤스터의 품에 안긴 어린애까지도 같은 감동을 받은 듯 여태껏 멍청하던 눈을 딤즈데일 목사에게로 향하고 반은 좋다는 듯 반은 푸념하는 듯 중얼거리며 조그마한 두 팔을 번쩍 들었다. 목사의 호소하는 바가 하도 감동적이어서 헤스터 프린이 죄를 지은 자의 이름을 큰 소리로 외치거나 그렇지 않으면 죄를 지은 자 자신이 신분의 높고 낮음을 가리지 않고 마음속에서 우러나오는 어쩔 수 없는 충동에 이끌려 처형대 위에 올라갈 것이라고 군중은 믿지 않을 수가 없었다.

그러나 헤스터는 머리를 흔들었다.

"여인이여, 하나님이 베푸시는 자비의 한계를 넘지 말아요."

32

윌슨 목사는 아까보다 엄한 말투로 말했다.

"그 어린애까지도 타고난 목소리로 방금 들은 충고를 좋다고 했거늘, 어찌하여 이름을 대지 않는고. 또 회개하면 그대의 가슴에 붙은 주홍글씨를 떼는 데 도움이 될 것이오."

"천만의 말씀입니다."

헤스터 프린은 윌슨 목사가 아니라 젊은 목사의 수심 어린 움푹한 두 눈을 쳐다보며 대답했다.

"그 글씨는 너무나도 깊이 낙인 찍힌 듯하여 떼어버릴 수가 없습니다. 제 자신의 고통은 물론이고 그 사람의 고통까지도 제가 견디어낼 작정입니다."

"어서 대라!"

처형대 곁에 있는 무리 가운데서 또 다른 목소리가 냉담하게 그리고 엄격하게 외쳤다.

"어서 이름을 대야 자식이 아비를 알게 되지!"

"전, 못 대겠습니다."

헤스터는 죽은 사람처럼 창백했으나 목소리의 주인공이 누군가를 알고 곧 응수했다.

"그리고 우리 아기는 하나님 아버지를 찾을 겁니다. 이애에게 세상의 아버지는 알리지 않으렵니다."

"이름을 못 대겠다는군."

이렇게 딤즈데일 목사는 중얼거리고 나서 손을 가슴에 얹고 발코니 위로 허리를 굽히며 자기의 호소에 대한 결과를 기다리고 있었다. 그는 한숨을 길게 내쉬며 뒤로 물러섰다.

"놀랄 만큼 굳세고 마음이 너그러운 여자야, 이름을 못 대겠다니."

가엾은 죄인의 마음을 돌릴 길 없음을 알고 늙은 목사는 군중에게 이 일을 위하여 준비해놓았던 죄에 대한 설교를 하고 죄의 여러 가지 갈래를 설명하면서 거듭거듭 치욕적인 주홍글씨를 언급했다. 목사가 한 시간 남짓 강력하게 주홍글씨의 상징에 대해서만 집중적으로 언급하고 유창한 문구들이 군중의 머리 위를 울리고 지나갈 때 주홍글씨의 새로운 공포가 그들의 상상력을 사로잡으니, 그 글씨의 빨간색은 활활 붙는 지옥 불이 내뿜는 화염인 듯했다. 한편 수치의 단상에 선 헤스터 프린은 두 눈이 몽롱하고, 될 대로 되라는 듯한 무관심한 표정이었다. 이날 아침에 그녀는 인간이 참을 수 있는 것은 모두 견디어냈고, 힘에 겨운 고통을 까무러쳐서 회피하는 따위의 위안이 아닌 그녀의 정신이 깃들일 곳이란 이제 무감각과 철면피밖에는 없었다. 그녀의 동물적인 기능만이 온전하게 남아 있었던 것이다. 이런 가운데서 우레 같은 설교자의 목소리는 헛된 것이기는 하나 사정없이 무자비하게 그녀의 귀를 때렸다. 그녀의 고행이 후반으로 접어드는 동안 어린애의 울음소리는 하늘을 찔렀다. 헤스터는 기계적으로 아기를 달래려고 애썼으나 아기의 괴로움을 가엾이 여기는 기색은 안 보였다. 여전히 굳어버린 태도로 그녀는 감옥으로 끌려가서 꺾쇠를 박은 감옥 문 안으로 들어가 군중의 시야에서 사라졌다. 그녀의 뒷모습을 지켜보던 사람들은 주홍글씨가 감옥 속의 어두컴컴한 복도에서 이글이글 타는 듯한 광채를 발하더라고들 수군거렸다.

만남

    감옥으로 돌아간 후 헤스터 프린은 너무나도 흥분한 상태여서 혹시 자신을 해치거나, 가엾은 아기에게 난폭한 짓을 할까 봐 끊임없는 감시가 필요하게 되었다. 밤이 되자 간수 부래케트는 꾸짖거나 벌을 주겠다고 위협을 해도 그녀의 반항을 억제할 길이 없음을 알고 의사를 불러오는 것이 마땅하다는 생각을 했다. 간수의 설명에 따르면 그 의사는 기독교식 인술에도 능하고 숲속에서 자라는 약초와 관련된 원주민들의 의료법에도 정통하다는 것이었다. 아닌 게 아니라 헤스터 자신을 위해서도 의사의 도움이 필요했지만 아기를 위해서는 더욱더 긴급한 일이었다. 어미의 가슴에서 영양을 빨아들이는 그 어린것은 어미의 온몸에 스며 있던 소란과 고통과 절망까지도 젖과 함께 빨아들인 듯했다. 이제 아기는 뒤틀리는 아픔으로 몸부림치며 헤스터 프린이 그날 온종일 겪은 양심의 고통을 조그마한 몸뚱이로 겪는 듯했다.

간수의 뒤를 따라 음침한 감방 속으로 기이한 모습의 인물이 하나 나타났다. 군중 속에 끼어서 주홍글씨를 단 여인에게 깊은 관심을 나타냈던 사나이였다. 그 사나이 역시 감방에 머물러 있는 신세였다. 무슨 범행의 용의자라서가 아니라 관리들과 인디언 추장들이 그 사나이의 몸값에 대한 협상이 이루어질 때까지는 거기 머무는 것이 가장 편리하고 현명한 처사라고 믿었기 때문이었다. 그의 이름은 로저 칠링워드라고 했다. 그를 감방 안으로 안내한 간수는 잠시 서서 그가 들어서는 순간 갑자기 조용해진 것은 웬일일까 하고 생각했다. 아기는 신음을 계속했지만 헤스터 프린은 이내 죽은 듯이 고요해진 것이다.

"간수 양반, 잠깐만 환자와 나만 있게 해주시오."

의사는 말했다.

"곧 감방이 조용해질 테니 걱정 마시오. 그리고 틀림없이 이 여인이 이제부터는 공정한 당국의 분부를 순순히 따를 겁니다."

"아니, 선생께서 그렇게 하실 수 있다굽쇼."

간수 부래케트가 말했다.

"그러면 명의라고 해얍죠. 정말 이 여자는 귀신들린 사람 같았어요. 채찍으로 마귀를 내쫓는 일이라면 힘껏 해봤습니다만."

낯선 사나이는 자기 말대로 의사답게 조용히 감방으로 들어왔다. 간수가 자리를 비켜주고 그녀와 얼굴을 맞대었을 때에도 그 사나이의 태도는 변하지 않았다. 군중이 모인 가운데서 그녀가 이 사나이를 보고 넋을 잃었을 때 두 사람 사이에 무슨 관계가 있지 않은

가 하는 느낌을 주었다. 사나이는 아기를 먼저 돌보아주었다. 바퀴 달린 침대에 누워서 몸부림치며 우는 아기의 울음소리를 들으니 만사를 제쳐놓고 아기를 달래는 일이 절대로 필요했던 것이다. 사나이는 조심스럽게 아기를 진찰하고 나서 옷 밑에서 가죽 가방을 꺼내어 끄르기 시작했다. 그 가방에 속에는 약이 들어 있었는데 그중에서 하나를 꺼내어 한 컵의 물에다 탔다.

사나이는 말을 시작했다.

"내가 옛날에 연구한 연금술과 과거에 1년 남짓하게 여러 가지 약초의 효능에 대하여 정통한 사람들과 사귄 경험으로 인하여 학위를 가졌다는 많은 사람들보다 능한 의사가 되었소. 여보, 이 아이는 당신의 아이요, 내 아이가 아니란 말이오. 그애가 내 목소리를 들어도, 그리고 내 모습을 보아도, 아비라고 생각지 않을 거요. 그러니 당신 손으로 약을 먹이란 말이오."

헤스터는 그 약을 물리치는 동시에 매우 불안한 눈초리로 사나이의 얼굴을 응시했다.

"당신은 죄없는 아기에게 보복을 할 셈이세요?"

그녀는 속삭이는 목소리로 말했다.

"바보 같으니라구!"

한편으로 냉소하고 또 한편으론 위로하는 듯 의사는 답변했다.

"무엇 때문에 내가 잘못 태어난 불쌍한 것을 해친단 말이오. 이 약은 좋은 약이오. 이것이 내 애라 해도, 아니 당신과 나의 애라고 해도, 더 좋은 약을 줄 수는 없을 거요."

사실상 사리를 제대로 가릴 수 없는 심경이라 그녀가 주저하니까 사나이는 아기를 안고 손수 약을 먹였다. 약은 당장에 효험을 드러내어 의사의 장담을 그대로 증명했다. 아프던 아기의 신음 소리가 가라앉고, 몸을 뒤트는 일도 서서히 그치자 아픔이 사라지면 모든 아기가 그렇듯이 순식간에 쌔근쌔근 깊이 잠들었다. 이제 의사라고 불릴 만한 자격이 생긴 사나이는 아기의 어머니를 치료했다. 차분하게 그리고 여념이 없이 그녀의 맥박을 짚고, 눈을 들여다보았다. 사나이의 시선은 그녀의 가슴을 자지러뜨리고 떨게 만들었다. 그토록 눈에 익은 시선인데도 그토록 이상하고 냉담하기 때문이었다. 마침내 사나이는 만족할 만한 진단을 내리고 약을 조제하기 시작했다.

"망각의 강이니 망각의 약초니 하는 건 몰라도."

사나이가 말을 계속했다.

"나는 숲속에서 많은 비법을 배웠고, 그중의 하나가 이것인데, 이것은 인디언이 나의 가르침에 대한 보답으로 가르쳐준 것으로 파라켈수스(스위스의 연금술사. 1493~1541) 때부터, 전해 내려온 것이오. 자, 마셔요. 괴로운 마음을 달래기에는 티 없는 양심만은 못하겠지만, 티 없는 양심을 주는 것은 나의 능력 밖이오. 그러나 이 약은 흉흉한 바다 물결 위에 부은 기름과도 같이 격하고 부푼 당신의 감정을 가라앉혀줄 거요."

사나이가 헤스터에게 잔을 내밀자, 그녀는 서서히 얼굴을 돌려 진지한 표정으로 사나이의 얼굴을 쳐다보며 그 잔을 받았다. 꼬집어서 공포의 표정이랄 수는 없으나 의아하여 과연 그의 목적이 무엇이냐를 묻는 듯한 표정이었다. 그녀는 또한 잠든 아기를 쳐다보기도 했다.

"나는 죽을 생각을 해봤어요."

그녀는 말했다.

"아니, 죽음을 바랐어요. 그리고 무엇인가 이루어달라고 빌 만한 처지라면 죽음을 달라고 빌기까지 했을 겁니다. 그러나 이 잔에 죽음이 들어 있다면 제가 들이켜기 전에 당신에게 다시 한번 생각해보라고 말하고 싶습니다. 자, 이제는 내 입술에 잔이 닿았어요."

"그러면, 마셔요."

그는 여전히 쌀쌀하게 대답했다.

"헤스터, 당신은 나를 그렇게도 몰라준단 말인가? 만일에 내가 복수를 꾀한다면 그대를 살려놓고, 생명에 해나 위험이 없도록 약을 먹여놓고 화끈화끈 타오르는 부끄러운 당신의 속을 태우도록 내버려두는 것이 나의 앙갚음을 위해서는 더할 나위 없는 좋은 방법이 아닐까?"

사나이가 이렇게 말하면서 그의 긴 손가락으로 주홍글씨를 건드리니 불에 달군 쇠꼬챙이처럼 헤스터의 가슴을 지글지글 태우는 듯했다. 헤스터가 무심결에 움찔하는 것을 보자, 사나이의 입가에는 미소가 떠올랐다.

"그러니까 살아서 뭇사람이 보는 앞에서, 당신이 남편이라고 부르던 사람 앞에서, 그리고 저애가 보는 앞에서 당신의 운명을 당신이 지고 다녀야 한단 말이오. 그러니까 죽지 않도록 이것을 쭉 마시란 말이오."

헤스터 프린은 이상 더 간청도 지체도 않고 잔을 비운 후, 의술을 갖춘 그 사나이가 하라는 대로 아기가 잠들어 있는 침대 위에 앉았다. 한편 사나이는 방 안에 하나뿐인 의자를 그녀 옆으로 당겨놓고 앉았다. 사나이가 이와 같이 하는 것을 보고 그녀는 전율을 느끼지 않을 수 없었다. 인간이라고 할까, 그럴 수밖에 없는 원리라고 할까, 혹은 육신의 고통을 덜어주기 위하여 그가 아니 베풀 수 없었던 세련된 잔인성이라고 할까, 도대체 그것이 무엇이든 간에 사나이는 이를 과시할 대로 다 과시했으니 이제는 헤스터로부터 치유할 수 없는 상처를 마음에 받은 사나이로서 그녀와 대결할 것이기 때문이었다.

"헤스터!"

사나이는 외쳤다.

"나는, 당신이 어째서 어떤 연유로 하여 그런 구렁텅이로 빠져들었는지 묻지 않겠소, 아니 내가 당신을 발견한 치욕의 형대 위에 당신이 어째서 서게 되었는지도 묻지 않겠소. 그 이유는 묻지 않아도 알 만하오. 그 이유는 내 어리석음 때문이고 당신의 연약함 때문이었소. 나는 사색적인 인간이요, 큰 도서관의 책벌레요, 굶주린 지식욕을 만족시키느라고 젊은 시절을 다 바친 이미 시들어가는 사람으로서 당신과 같이 젊고 아름다운 사람과 무슨 연분이 있었겠소. 날 때부터 병신인 내가 지성의 뛰어남으로 육체의 결함을 젊은 아가씨의 환상으로부터 감추어볼 생각을 철없이 하다니 만부당한 일이었소. 사람들은 나를 현명하다고 하지만, 무릇 현명한 자가 자기를 위하여 현명하다면, 나도 이런 결과를 예견했으련만. 내가 광막한 숲에서 나와 기독교인들의 동네에 들어설 때 나의 두 눈에 제일 먼저 뜨일 것이 그대 자신이라는 것을, 뭇사람 앞에 치욕의 상(像)인 양 서 있는 헤스터 프린이란 것을 알았으련만. 아니 그뿐이랴, 우리가 한 쌍의 부부가 되어 옛 교회당의 층계를 내려오던 순간부터 우리의 결혼 행로 끝에 가서 불타오를 주홍글씨를 나는 어째서 예견하지 못했단 말인가!"

"당신도 아시다시피."

헤스터는 말했다. 비록 풀은 죽었을망정 조용히 찌르는 치욕에 대한 일격을 헤스터는 참을 길이 없었던 것이다.

"당신도 아시다시피 나는 그때 솔직했습니다. 나는 당신을 사랑하지도 않았고, 사랑하는 체하지도 않았어요."

"옳은 말이오."

사나이는 대답했다.

"내가 어리석었소. 그렇다고 했지 않소. 인생의 그 시기에 도달할 때까지 나는 허송세월을 했어요. 세상일이 그렇게도 재미가 없었던 거요. 내 가슴은 여러 손님을 맞이할 수 있는 큰 집이었으나, 외롭고, 차갑고, 난로도 없었소. 나는 난로에 불을 피우고 싶었지요. 내가 늙고, 우울하고, 병신이기는 했지만 인간들이 주워 모으도록 여기저기 흩어져 있는 행복이 나의 행복이 될 수 있으리라는 생각이 나로서는 터무니없는 꿈은 아니었소. 헤스터! 그래서 나는 그대를 내 마음속으로, 내 마음의 가장 깊은 데로 이끌고, 당신이 거기 있음으로 생길 따스함으로 당신을 품어주려고 했던 것이오."

"저는 당신에게 몹쓸 짓을 했어요."

헤스터는 중얼거렸다.

"우리는 서로가 몹쓸 짓을 한 거요."

사나이는 대답했다.

"먼저 잘못한 것은 나였소. 꽃봉오리같이 피어나는 당신의 마음을 피어 시들어가는 나와 부자연스러운 거짓 관계를 맺게 했으니 말이오. 그런고로 헛되지 않게 생각하고 사색한 사나이로서 나는 당신을 해칠 보복이나 흉계를 원하지 않소. 당신과 나는 저울에 달면 기울 데가 없으니까 말이오. 하지만 헤스터, 우리 두 사람을 못 살게 만든 자는 아직 살아 있어. 그것이 누구지?"

"그건 묻지 마세요."

헤스터 프린은 사나이의 얼굴을 물끄러미 쳐다보며 말했다.

"그건 절대로 말할 수 없어요."

"절대로 못 대겠단 말이지?"

사나이는 어둡지만 자신 있는 지성 어린 미소를 지으며 되물었다.

"절대로 못 대겠다! 헤스터! 내 말을 들어봐요. 눈에 띄는 외부의 세계에서나, 눈에 안 보이는 내부의 세계라도 어느 깊이까지는 비밀을 알아내려고 진심으로 거리낌 없이 달려드는 사람에게는 비밀이 드러나게 마련이야. 당신의 비밀을 호기심에 들뜬 군중한테서는 감출 수가 있을 거야. 오늘 그들이 그자를 당신과 함께 단상에 세우려고 당신의 가슴에서 그자의 이름을 빼내려 했을 때처럼 말이오. 그러나 나는 그들과는 전혀 다른 감각으로 이를 조사하러 나섰소. 나는 그자를 찾기를 책에서 진리를 찾듯이 하고 연금술로 금을 찾아내듯이 할 거요. 내게는 그자를 알아내게 해주는 교감력(交感力) 같은 것이 있소. 그리하여 그자가 떠는 것을 보면 나도 모르는 사이에 갑자기 뜰 거요. 조만간에 그자는 내 손에 잡힐 수밖에 없소."

주름잡힌 늙은 학자의 두 눈이 불타는 듯 강하게 헤스터 프린을 쩨려보니 그녀는 두 손으로 가슴을 움켜쥐고 그가 주홍글씨의 비밀을 알아낼까 봐 두려워하고 있었다.

"당신은 그자의 이름을 안 밝히겠다는 말이지? 그렇지만 그자는 내 손에 잡히고야 말 거요."

마치 운명은 자기의 편이란 듯이 자신 있는 표정으로 그는 말을 이었다.

"그자는 당신처럼 옷에다 수치의 주홍글씨를 꿰매 달지는 않았소만 내 눈에는 그자의 가슴에 있는 그 글씨가 보일 것이오. 그러나 그자를 위해 걱정할 건 없소. 내가 하늘이 내리신 보복의 방법을 가로막는다든가 인간의 법에다 그를 내주어 나 자신이 손해를 보는 짓은 안 할 것이니까. 또 내가 설혹 그자의 생명을 해칠까 봐 염려는 마오. 내가 판단하건대 꽤 명성이 높은 사람 같지만 그자를 살려 두어 표면상으로 나타난 명성 속에 숨어 있을 수 있거든 숨어 있으라고 해요. 그러나 결국에 그자는 내게 붙잡힐 거요."

"당신이 하겠다는 행동은 자비로운 것 같으나, 당신이 하는 말은 무서운 말로 풀이되는군요!"

헤스터는 놀라서 떨며 말했다.

"내 아내였던 당신에게 한마디 일러둘 말이 있소."

그 학자는 말을 이었다.

"당신은 새 서방의 비밀을 지켰으니 내 비밀도 지켜줘야 하오. 이 고장에는 나를 아는 사람이 하나도 없소. 그러니 누구한테도 당신이 나를 한때는 남편이라고 불렀다는 말을 하지 마오. 여기 황무지에다 나는 나의 천막을 칠 거요. 왜냐하면 딴 고장에 가면 나는 한갓 떠돌이에 불과하고 남들과 아무런 관계도 없지마는 여기에는 나와 가장 가까운 관계가 있는 한 여인과, 한 사나이와, 한 아이가 있으니까 말이오. 사랑이건 증오건, 옳건 그르건 간에 헤스터 프린, 당신과 당신의 것은 모두 내 것이나 마찬가지지. 내 집은 당신이 있는 곳이요, 또 그자가 사는 곳이오. 그러나 나를 배반하지는 마오."

"어찌하여 그런 것을 원합니까?"

이 야릇한 관계를 생각하고 자기도 모르게 가슴이 오므라들어 헤스터는 물었다.

"어찌하여 그것을 공공연히 드러내어 나를 떼어버리지 않습니까?"

"그것은 아마도."

그가 대답했다.

"부정한 계집의 남편을 욕되게 하는 창피를 피하려는 것일 테지. 그 밖에도 다른 이유가 있을 거요마는 남몰래 살다 죽는 것이 내 목적이라고 하면 되지 않소. 그런고로 세상 사람들에게 당신의 남편은 이미 죽어서 올 소식도 없다고 해두어요. 말로나 표정으로나 나를 아는 체 마시오. 더욱이 당신이 아는 그자한테는 이 비밀을 절대로 알리지 말아요. 분명히 말해두오. 만일에 이 약속을 지키지 못하면, 그자의 명성과 지위와 생명은 내 손에 달렸소. 이 점을 잊지 마오."

"그분의 비밀처럼 당신의 비밀도 지키겠어요."

헤스터는 말했다.

"그럼 맹세하시오."

사나이는 덧붙여 말했다.

그리하여 그녀는 맹세를 했다.

"자, 그러면 프린 부인."

늙은 로저 칠링워드— 이제부터는 이 이름으로 불릴 것임—는 말했다.

"당신에게 아기와 주홍글씨만을 남겨두고 가겠소. 헤스터는 어떻소? 당신의 판결문에는 잘 때도 주홍글씨를 달도록 되어 있소? 당신은 악몽이나 무서운 꿈을 꿀까 봐 두렵지 않소?"

"어찌하여 당신은 나를 보고 웃습니까?"

그의 눈웃음 때문에 불안해진 헤스터는 물었다.

"당신은 이곳 숲속에 자주 나타나는 악마와도 같은 사람인가요? 당신은 나의 영혼의 멸망을 드러낼 올가미 속으로 나를 끌어 넣었습니까?"

"당신의 영혼이 아니오."

그는 다시금 미소를 지으며 대답했다.

"아니, 당신의 영혼이 아니오."

일하는 헤스터

    헤스터 프린의 구금 기간이 끝났다. 감옥 문이 활짝 열리고 그녀는 볕이 나는 밖으로 나왔다. 누구한테도 똑같이 비치는 햇빛이런만 그녀의 병들고 아픈 마음에는 가슴에 붙은 주홍글씨를 드러내기 위해서만 빛나는 햇빛인 것 같았다. 처음으로 간수의 뒤따름 없이 감옥 문을 걸어나올 때 그녀의 마음의 괴로움은 더했는지도 모른다. 앞서 말한 대로 뭇사람이 모여들어 그녀를 손가락질하던 치욕의 장면 때보다 더 뼈저렸는지도 모른다. 그때는 비상한 신경의 긴장이 그녀를 받들어주었고, 그녀의 성격이 지닌 투쟁적인 정력이 그녀를 지탱하여 그녀로 하여금 그 장면을 처절한 승리로 변하게 만들었다. 더군다나 그것은 그녀의 일생에 한 번밖에 안 일어나는 분리되고 격리된 사건이었다. 그래서 그 사건을 겪기 위해 그녀가 여러 해 동안 쓰기에 충분한 생명력을 아낌없이 마구 쏟을 수가 있었다. 그리고 그녀를 정죄한 무쇠 같은 팔에는 멸하는 힘도 받들어주는 힘도 있는 엄격한 모습의 거인인 법률 자체가 그녀가 말할 수 없는 치욕의 고행을 치르는 동안 그녀를 부축해준 것이었다. 그러나 이제 간수 없이 감옥 문을 걸어나오는 순간부터 그녀의 일상생활이 시작되었으니, 그녀는 자기의 타고난 힘으로 그 생활을 지탱하고 영위하여 나가든가 아니면 그 중압에 눌려 가라앉는 수밖에 없었다. 현재의 슬픔을 이기기 위해 미래로부터 힘을 빌려 올 능력 같은 것은 이제 그녀에게서 떠났다. 내일은 내일의 시련을 그녀에게 가져올 것이었다. 그다음 날은 또 그다음 날대로, 그다음 날은 또 그다음 날대로 말할 수 없이 괴로워서 참을 수 없는 그런 시련을 가져올 것이었다. 먼 훗날들도 꾸준히 다가와서 그녀가 지고 가야만 할, 같은 짐을 가져올 것이었다. 날이 가면 갈수록 해가 거듭하면 할수록 수치의 더미 위에 비참함만 더해갈 것이었다. 그 하고많은 해 동안 그녀는 자신의 개성은 버리고 목사나 도덕가가 지적하는 대로 여자의 연약함과 사악한 정욕을 상징하는 표본이 될 것이었다. 그리하여 젊고 순결한 여성들은 가슴에 주홍글씨를 단 그녀를, 훌륭한 부모의 자식인 그녀를, 앞으로 한 여인이 될 아기의 어머니인 그녀를, 한때엔 정직했던 그녀를, 죄의 모습이요, 죄의 육체요, 죄의 현실로서 백안시하라는 가르침을 받을 것이었다. 그리고 그녀의 무덤가에는 그녀가 거기까지 지니고 가야 할 수치가 그녀의 유일한 묘비로서 세워질 것이었다.

자유로운 천지가 눈앞에 환히 트여 있는데도 ― 그처럼 외딴 청교도 구역에 묶여 있어야 할 이유가 판결문에도 들어 있지 않은

데—자기가 태어난 고향이나 유럽의 어떤 나라로 자유로이 가서 전혀 딴사람이었던 양 새로운 환경 속에 정체를 감출 수도 있는데—어둡고 헤아릴 수 없이 깊은 숲으로 들어가는 길이 자기 앞에 열려 있고 그리로 들어가면 자기를 정죄한 법률과는 다른 풍습과 생활을 가진 사람들과 자신의 타고난 야성이 잘 어울릴 텐데—그런데도 그녀가 그곳을 자기의 고향이라고 불러야 함은 어찌된 셈이었을까. 더군다나 그녀를 수치의 표본으로 여기는 데가 유독 거기뿐이었는데 말이다. 하나 거기에는 숙명이 개재한다. 그것은 저항할 수도 대항할 수도 없다고 느껴지는 운명의 힘이었다. 이것은 어떤 두드러진 사건이 한 인간의 일생을 지울 수 없는 색채로 물들게 한 한 고장을 그 인간으로 하여금 기웃거리고 귀신처럼 다시 찾아오게 하는 운명의 힘인 것이다. 그리고 슬프게 하는 색깔이 짙으면 짙을수록 그 힘은 더욱더 불가항력이다. 그녀의 죄와 수치는 그녀가 땅에 박은 뿌리와도 같았다. 처음 것보다 더욱 강하게 어울리는 새로운 생명이 순례자나 방랑자는 익숙지 못한 숲을, 그리고 거칠고 지루한 숲을 헤스터 프린의 생애의 고향으로 삼은 것이었다. 이 세상의 어떤 다른 고장도, 행복했던 어린 시절과 순결한 처녀 시절을 오래전에 벗어놓은 옷처럼 어머니가 간직하고 있는 듯한 영국의 고향도, 비교해보면 그녀에게는 낯선 곳이었다. 그녀를 여기다 묶어놓은 사슬은 쇠사슬이요, 그녀의 깊은 영혼에겐 쓰라림이었으나, 절대로 끊을 수 없는 사슬이었다.

　아마도 마음속에 감추어둔 비밀이 구멍에서 기어 나오려는 뱀처럼 그녀의 마음에서 기어 나오려고 했을 때 그녀의 얼굴은 파랗게 질렸는지도 모른다. 아니, 사실상 파랗게 질렸다. 그러나 또 다른 감정이 그녀의 숙명적인 장소와 길에서 그녀를 떠나지 못하게 했을 것이다. 한 사람의 발이 그곳과 그 길을 거닐었으니 그이와 더불어 그녀는 유대를 맺었으리라. 비록 유대가 지상에서는 인정을 못 받아도, 그로 말미암아 최후의 심판 날에는 그들이 심판의 자리에 함께 서게 되고 결혼의 재판을 통해 앞으로 올 끝없는 형벌을 함께 받을 것이었다. 거듭거듭 영혼을 유혹하는 악마는 생각에 잠긴 헤스터의 마음에 이상과 같은 환상을 불러일으켜 헤스터가 붙잡은 열정적이고 필사적인 기쁨을 냉소하고, 이것을 한사코 빼앗아 던져버리려고 애쓴다. 그녀는 심판을 받는다는 생각을 직시할 수가 없어 급히 마음 한 구석에다 그 생각을 가두어버렸다. 그녀 스스로가 억지로 믿으려 한 것, 즉 그녀가 드디어 뉴잉글랜드에 계속해서 살기로 정한 동기에 대한 그녀의 설명은 반이 진실이고 반이 자기 기만이었다. 여기서 죄를 지었으니 벌도 여기서 받아야 한다는 생각이었다. 그래서 날마다 겪는 치욕의 고문이 어쩌다가 그녀의 영혼을 정화하여 그녀가 잃었던 영혼보다 더 순결한 영혼을 만들어주고, 오히려 성자와도 같은 순결한 영혼이 되게 하여줄지도 모른다는 것이었다. 자기가 겪은 순교의 결과로 그렇게 될 것이라고 그녀는 혼자서 믿고 있었다.

그래서 헤스터 프린은 달아나지 않았다. 곳의 변두리에 못 미쳐 있는 교외에 남들이 사는 곳과는 떨어진 곳에 조그만 초가집 한 채가 있었다. 그 집은 초기의 개척자가 지었다가 버린 것으로 주변의 땅이 정착할 수 없을 정도로 척박한 데다가 비교적 동떨어진 곳이

어서 그때 벌써 주민들 사이에 특징이 되기 시작한 사교적 활동의 한계를 벗어난 곳이었다. 바닷가에 서 있는 이 집은 바다가 있는 분지를 건너 숲으로 뒤덮인 서쪽 언덕을 바라보고 있었다. 이 곳에만 자라는 앙상한 나무들로 숲이 이루어졌다. 이 숲은 초가집을 가려주었다기보다는 가려졌으면 좋을 또는 가려져야만 할 무엇이 거기에 있다는 것을 가리키고 있는 듯했다. 아직도 감시를 게을리하지 않는 관의 허락을 받아 헤스터는 어린 아기와 함께 얼마 안 되는 살림살이를 갖고 이 호젓한 오막살이에 정착했다. 정착하기가 바쁘게 의심의 그림자가 이곳을 뒤덮었다. 나이가 어려서 이 여인이 어찌하여 사람들의 자비의 손길이 닿지 않는 곳에 혼자 와서 살아야 하는가를 이해하지 못하는 아이들은 살그머니 접근하여 그녀가 창가에서 바느질을 하거나, 문간에 서 있거나, 조그마한 정원에서 일을 하거나, 읍내로 가는 길 있는 쪽으로 나오는 것을 지켜보았다. 그러고는 가슴에 붙은 주홍글씨를 보고 이상하게 전염되는 공포심에 사로잡혀 도망치곤 했다.

헤스터의 신세는 외롭고, 세상엔 그녀를 감히 찾아오는 친구 하나 없었지만, 구태여 궁색하다는 생각은 하지 않았다. 비록 생존을 위한 전망이 비교적 흐린 곳이긴 했으나 그녀는 무럭무럭 자라는 아기와 자신을 위하여 충분한 식량을 공급할 능력이 있었다. 지금도 그렇지만 그 당시에도 여자가 가질 수 있는 거의 유일한 기술은 바느질이었다. 그녀는 가슴에 단 묘하게 수놓은 글씨 속에 그녀의 섬세하고도 상상력이 넘치는 솜씨의 표본을 간직하고 있었다. 그 솜씨는 궁중의 시녀들도 금은 비단에다 화려하고 고상하게 장식하기 위하여 저마다 가지고 싶어 할 솜씨였다. 이 고장은 청교도의 옷차림의 특징인 단조로운 검은색 일색이지만 간혹 가다가는 좀더 화려한 솜씨를 찾는 일도 있었으리라. 그러나 정교한 짜임새를 좋아하던 그 시대의 취향이 우리들의 엄격한 조상에게도 별수 없이 전해 내려왔다. 그들은 없이 지내기가 매우 아쉬운 여러 가지 유행 옷들을 벗어버린 사람들이었지만 목사 취임식이나, 관리의 취임식이나 새로운 정부가 국민들에게 나타내려는 모든 일들이 정책상 장엄하고 용의주도하고 검소하면서도 잘 꾸며진 웅장함을 특색으로 했다. 높직한 것이며, 공들여 만든 띠며, 찬란하게 수놓은 장갑이며 이 모두가 권세를 잡는 관리들에게는 필요한 것인 모양이었다. 그래서 사치 금지법이 서민들에게는 사치를 금하면서도 지위가 높거나 돈이 많은 사람들에게는 쾌히 허용하는 것이었다. 또한 장례식을 치르는 일에 있어서도, 시체에 입힐 수의라든가 유가족의 슬픔을 상징할 문장이 박힌 검고 흰 헝겊이라든가, 헤스터 프린이 제공할 수 있는 노고를 찾는 요청이 가지가지였다. 또 그 당시에는 아기들도 예복을 입었는지라 아기의 옷 만드는 일로도 그녀의 일과 수입을 얻을 수 있었다.

점차적으로 그러나 제법 빨리 그녀의 수예품이 요즈음 말로 유행이라고 할 만한 것이 되었다. 그토록 가엾은 운명에 처한 여인에 대한 연민의 정 때문인지, 하찮은 일에도 엉뚱한 가치를 부여하는 병적인 호기심 때문인지, 지금이나 마찬가지로 당시에도 구하려고 애써도 못 구하는 물건을 어떤 사람에겐 쉽게 구할 수 있도록 만들어주는 눈에 보이지 않는 운수 때문인지 또는 그녀가 아니면 메우

지 못했을 시대적인 공간을 헤스터가 메워주었기 때문인지는 몰라
도, 그녀의 시간이 허락하는 한 할 수 있는 상당한 보수의 일거리가
항상 있었다. 어쩌면 허영기 있는 사람이 호화롭고 장엄한 의식을
위해 죄 많은 손이 만든 옷을 입음으로 말미암아 스스로를 욕되게
하려 함이었는지도 모른다. 헤스터의 바느질 솜씨는 장관의 옷깃에
도 나타나고, 군인들의 목도리에도, 목사의 띠에도 나타나고, 아기
의 작은 모자를 수놓고, 죽은 사람의 관 속에도 들어 있어 곰팡이가
슬고 썩어 문드러지기도 했다. 그러나 신부의 티 없는 부끄러움을
감추려는 새하얀 베일에다 수놓기 위하여 그녀의 솜씨가 요청되었
다는 기록은 단 한 번도 남아 있지 않다. 이렇게 특이한 예는 사회
가 그녀의 죄를 매섭게 백안시했음을 뜻하는 것이다.

　헤스터는 자신을 위해서는 아주 평범하고 고행에 가까울 정도의
삶 이상의 것을 추구하지 않고 아기를 위하여도 아쉽지 않을 정도
의 생활 이상을 바라지 않았다. 그녀 자신의 옷은 가장 조잡하고 색
깔이 칙칙한 감으로 만들었고 하나밖에 없는 장신구는 그녀가 달
고 다녀야 할 운명을 지닌 주홍글씨였다. 한편 아기의 옷은 만든 솜
씨가 두드러지게 기발하다고 할까, 환상적이라고 할까, 이 옷은 참
으로 그 어린 계집애에게서 일찍부터 싹트기 시작한 경쾌한 매력을
돋보이게 하지만 한편으론 그보다는 더욱 깊은 뜻이 내포되어 있는
듯했다. 그 문제에 대해서는 후에 더 언급하기로 하자. 헤스터는 아
기를 단장하는 데 드는 약간의 비용을 내놓고는 모든 남은 돈을 자
선 사업에 바쳐 자신보다 오히려 덜 가엾은 자들을 도와주었으나
그들은 자기들을 도운 손길에 침 뱉기가 일쑤였다. 그녀는 자신의

솜씨를 훨씬 더 잘 살리는 데 쓸 수 있는 많은 시간을 가난한 사람들을 위해 허술한 옷을 만드는 데 소비했다. 이런 식으로 일을 하는 그녀의 마음에는 고행이란 생각이 들어 있어 이와 같이 거친 일에 많은 시간을 들여가면서도 진정으로 즐거운 희생을 실감했을 것이다. 그녀는 성품이 풍만하고 관능적인 동양의 특색이 있고, 화려하고 아름다운 것에 대한 취향이 높았다. 이 취향이 나타나는 곳은 그녀의 정교한 바느질 솜씨일 뿐 그녀의 생의 어떤 부분에서도 찾아볼 길이 없었다. 헤스터 프린에게는 그것이 아마도 생의 열정을 표현하는 길이요, 따라서 생의 열정을 달래는 길이었을 것이다. 다른 모든 쾌락이나 마찬가지로 헤스터는 이런 열정도 죄라고 물리쳤다. 이처럼 양심이 하찮은 일에까지 병적으로 간섭하는 것은 순수하고 꾸준한 고행이 아니라 어딘지 의아스러운, 어딘지 근본이 매우 잘못된 것이 아니냐 하는 의심이 갔다.

이리하여 헤스터 프린은 이 세상에서 자기가 할 인생의 역을 맡게 되었다. 그 역이 카인의 이마에 찍힌 낙인보다도 견디기 어려운 낙인을 그녀의 가슴에 찍었지만 타고나 강한 성격과 보기 드문 포용력을 가진 그녀를 떨쳐버리지는 못했다. 그러나 어떠한 사교상의 접촉에서도 그녀는 자기가 거기에 속했다는 느낌을 가질 수가 없었다. 그녀와 접촉하는 사람들의 몸짓마다 말마다, 아니 그들의 침묵조차 그녀는 쫓겨난 여인이라는 것, 그리고 딴 세상에 사는 것처럼 혹은 이 세상 사람과는 다른 기관이나 감각을 가지고 사람들과 상종하는 것처럼 외롭다는 것을 암시도 하고 드러내서 말하는 때가 많았다. 이제 그녀는 도덕적인 관심사와는 멀리 떨어져 있는 듯했으나 실상은 가까이 있었다. 마치 난롯가를 다시 찾아온 망령이 자신의 자태를 보여줄 수도 만져보게 해줄 수도 없고, 집안의 즐거운 일이 있어도 같이 웃을 수 없고, 일가의 슬픔을 서러워할 수도 없고, 불가능한 그런 표현을 설혹 했다손치더라도 오로지 공포와 떨리는 혐오를 불러일으킬 따름인 것과 같으리라. 사실상 세상 사람들이 마음속에서 그녀가 아직도 차지하고 있는 부분이란 이와 같은 공포와 혐오의 감정과 쓰디쓴 경멸뿐이었다. 이 시대는 남에게 세심한 동정을 베푸는 시대가 아니었다. 그녀가 잘 아는 자신의 처지를 잊을 염려 같은 것은 없었는데도 사람들이 아픈 상처를 마구 건드리면 새로운 고통인 양 자신의 신세를 뼈저리게 느끼는 것이었다. 이미 말한 대로 그녀가 자비심을 베풀고자 찾아간 가난한 사람들이 그들을 돕고자 내민 그녀의 손길에 욕설을 퍼붓기가 일쑤였다. 그녀가 일거리를 얻으려고 들른 지위가 높은 집의 여인들도 마찬가지로 그녀의 가슴속에다 쓰라린 독즙을 뿌리기가 일쑤였다. 여인들은 사소한 일을 갖고 앙심을 품는 무언의 악의라는 연금술을 쓰기도 하고 창질이 난 상처를 사정없이 건드리고 막을 길 없는 헤스터의 가슴을 찌르는 사나운 말을 던지기도 했다. 헤스터는 오랜 세월 동안 자신을 타일러 이와 같은 공격에 대꾸도 않고, 다만 억제할 수 없는 혈기가 창백한 두 뺨을 붉혔다가 다시금 가슴 깊숙이 가라앉을 따름이었다. 그녀는 정녕 참을성이 많은 순교자였다. 그러나 원수들을 위하여 기도를 올리지는 않았다. 용서를 베풀고자 하는 염원에도 불구하고 축복의 말이 기어이 뒤틀려 저주로 변할까봐 두려웠던 것이다.

청교도의 법정이 내린, 끈질기도록 끝끝내 작용하는 언도로 말미암아 교묘하게 겪게 되는 가지가지의 가슴 아픈 일들이 헤스터를 끊임없이 그리고 여러 가지 모양으로 괴롭혔다. 길가에서 목사를 만나면 훈계의 말을 뇌까려 무리가 웃고 얼굴을 찡그리며 죄지은 가엾은 여인을 둘러싸게 만들고, 그녀가 안식일에 하나님 아버지의 따스한 미소를 바라고 교회에 들어가면 자신의 행실이 설교의 내용이 되어 있음을 알고 무척 괴로울 때가 많았다. 그녀는 점점 애들이 끔찍스러워졌다. 친구도 없이 애만 데리고 조용히 읍내를 지나가는 이 불쌍한 여인이 어딘지 무섭다는 막연한 생각을 그애들은 자기 부모한테서 얻었던 것이다. 그래서 애들은 그 여인이 지나가도록 내버려두었다가 어느 거리를 두고 뒤따르며 아우성쳤다. 그들이 아우성치는 말이 그들의 마음에는 별다른 뜻이 없었으나, 아이들의 입에서 그 말이 무의식중에 쏟아질 때 그녀에게는 말할 수 없이 끔찍스러운 말로 들렸다. 그녀의 부끄러움을 하도 널리 퍼뜨려서 이제는 온 천하가 다 아는구나 하는 생각이 들었다. 차라리 나뭇잎들이 저희들끼리 그녀의 불륜의 이야기를 속삭였어도, 여름에 부는 산들바람이 그 이야기를 중얼댔어도, 겨울의 돌풍이 그 이야기를 아우성쳤어도, 그녀는 차라리 가슴이 덜 아팠으리라. 낯선 사람의 새로운 시선을 받을 때 그녀는 색다른 고통을 느꼈다. 그들이 호기심에 찬 눈으로 주홍글씨를 쳐다보면— 쳐다보지 않는 사람이 없었다— 헤스터의 영혼에 새로운 낙인이 찍히는 느낌이었다. 그럴 때면 언제나 손으로 주홍글씨를 가리지 않을 수 없는 심정이었으나 끝내는 가리지 않고 마는 것이었다. 한편 낯익은 시선도 마찬가지로 고통을 던져주었다. 낯익은 사람의 침착한 시선은 견디기 어려웠다. 요컨대 시종일관하여 헤스터 프린은 주홍글씨에 떨어지는 인간들의 시선으로 말미암아 무서운 고통을 겪었다. 그러나 결코 무관심하여질 수는 없었다. 오히려 나날의 고통과 더불어 더욱더 민감해질 따름이었다.

그렇지만 간혹 가다가는 여러 날만에 한 번, 아니 아마도 여러 달만에 한 번쯤 그녀는 치욕의 주홍글씨 위에 떨어지는 인간미 있는 시선을 보았다. 순간적인 안도의 느낌을 주어 그녀의 고통을 반쯤 덜어주는 듯했다. 그러나 다음 순간 한결 더 쓰라린 고통이 밀어닥친다. 그 눈깜짝할 사이에 그녀는 새로운 죄를 지었던 것이다. 헤스터가 혼자 죄를 지었단 말인가?

야릇하고 외로운 삶의 고통으로 말미암아 헤스터의 상상력이 좀 이상해졌다. 그녀가 도덕적으로 지성적으로 약한 편이었다면 더욱더 그랬을 것이었다. 자기와 외적으로 관련된 조그만 세상을 외로운 발걸음으로 오고 갈 때 주홍글씨가 자기에게 새로운 의식을 부여했다는 생각이, 아니 느낌이, 또는 그럴 성싶은 망상이 헤스터에게 들었던 것이다― 그것은 망상이었다고 하여도 물리치기 어려울 정도로 강력한 망상이었다. 그로 말미암아 남의 가슴속에 숨어 있는 죄에 대하여 동정심이 생긴 것이라고 믿는 순간 그녀는 몸과 마음이 떨렸다. 그러나 그녀는 그렇다고 믿지 않을 수가 없었다. 그녀는 이와 같은 계시로 말미암아 무서움에 휩싸였다. 과연 계시가 무엇을 뜻하는가? 그것은 악한 천사의 교활한 속삭임이 아니고 무엇이겠는가? 그 악한 천사는 아직은 반밖에 굽히지 않았으나 허우적

거리는 여인에게 표면상으로 순결을 표방하는 것은 거짓이요, 진실이 꼭 드러나야만 한다면 주홍글씨를 헤스터 프린의 가슴에만 붙일 것이 아니라 모든 사람의 가슴에 붙여야 할 것이 아니냐고 설복시키려 들었다. 그렇지 않으면 희미하면서도 뚜렷한 이 암시를 진실이라고 받아들여야 할 것인가? 그녀가 겪은 모든 쓰라린 경험 중에서도 이상과 같은 의식처럼 혐오를 불러일으키는 경험은 다시 없었다. 때를 가리지 않고 이런 생각이 주책없이 불쑥 떠올라서 그녀는 충격을 받고 당황했던 것이다. 그녀가 경건과 정의의 사표인 높으신 목사님이나 관리들, 옛 풍습을 그대로 따르는 사람들은 천사와 사귀는 인간들처럼 우러러보던 그분들의 앞을 지날 때, 가슴에 붙은 치욕의 붉은 글씨는 동정을 베푸는 듯 고동쳤다. 그러면 헤스터는 혼잣말로 "흉악한 것이 다가오는구나"라고 했다. 내키지 않았으나 시선을 들면 눈에 보이는 것은 지상의 성자의 모습뿐이었다. 또한 헤스터가 만난 어떤 부인이 경건을 가장한 얼굴을 찌푸리면, 기이하게도 역으로 형제라는 생각이 문득 들었다. 그런데 그 아낙네는 풍설에 의하면 가슴속에다 차가운 눈을 일생 동안 간직하고 있다는 것이었다. 그 아낙네의 가슴속에 묻혀 볕을 못 보는 차가운 눈과 헤스터 프린의 가슴에서 불타는 치욕이 과연 무슨 동기로서의 공통점이 있다는 말인가? 혹은 다시금 전류와도 같은 짜릿한 경고가 "보라, 헤스터여, 여기에 친구가 하나 있다"라고 외쳤다. 그래서 얼굴을 드니 부끄러워서 곁눈으로 주홍글씨를 쳐다보는 젊은 아가씨의 시선이 눈에 띄었다. 아가씨는 마치 한번 쳐다본 것이 자기의 순결이라도 더럽혔다는 듯이 뺨을 약간 붉히며 소름이 돋는다는 듯

황급히 피하여 갔다. 오, 치명적인 주홍글씨를 부적으로 삼는 악마여! 과연 그대는 이 가엾은 죄인이 젊어서건 늙어서건 우러러볼 수 있는 그 무엇을 하나도 남겨두지 않을 작정인가? 이와 같은 신앙의 상실은 죄가 낳은 가장 슬픈 결과 중의 하나이니라. 헤스터 프린이 아직도 아무도 자기와 같은 죄를 지은 자는 없다고 믿으려 하는 것 자체가 자신의 연약함과 인간의 엄한 법률의 희생물이 된 이 가엾은 여인이 아직도 완전히 부패하지 않았음을 증명하는 증거임을 인정해야 한다.

옛날 삶이 지루하던 시절에 상상력이 흥미를 느끼는 일이라면 무엇에든 기괴한 공포를 가미하기를 좋아하던 천민들은 주홍글씨에 대한 저희들 나름대로의 이야기를 가지고 있었는데, 우리는 그것을 자료삼아 굉장한 한편의 전설을 당장에라도 꾸며낼 수 있을 것이다. 그들의 주장에 의하면 그 주홍글씨가 물감 단지에 담갔다가 꺼낸 빨간 헝겊일 뿐 아니라 빨간 지옥 불이 뜨겁게 활활 붙어서 헤스터 프린이 밤중에 나다니면 이글이글 타는 화염이 보인다는 것이었다. 그리고 그 주홍글씨가 헤스터의 가슴을 깊숙이 지져 들어갔다는 것과, 현대의 불신이 좀처럼 인정하지 않으려 들지마는 그 풍설 가운데는 약간의 진실이 들어 있을지도 모른다는 것을 간과해서는 안 될 것이다.

펄

　우리는 아직 그 아이에 대해서는 언급을 안 했다. 이 어린것은 헤아릴 수 없는 신의 섭리로 인하여 넘치는 정욕에서 솟아난 아름답고 영원한 꽃이었다. 그애의 성장과 나날이 더해가는 아름다움과 조그만 어린 모습 위에 햇빛처럼 비치는 슬기로움을 지켜보는 이 슬픈 여인에게는 그것이 그저 신기하기만 했다. 그녀의 펄(진주)! 헤스터는 그애를 펄이라고 불렀던 것이다.

　그러나 이것이 그 아이의 용모를 묘사하는 이름은 아니었다. 진주가 보여주는 희고, 고요하고, 정열이 가라앉은 광택이 그애에겐 결여되어 있었으니까. 값비싼 아이라서, 그 어미가 가진 모든 것을 다 주고 산 아이라서, 그리고 유일한 보물이라서, 그녀는 그 아이를 "펄"이라고 불렀던 것이다. 정말로 기이한 일이다. 인간은 그녀의 죄를 주홍글씨로 표시하여 그 강한 글씨의 힘과 처참한 영향력으로 어떠한 인간의 동정심도 죄로 물든 동정심이 아니라면 그녀에게 미치지 못하게 했는데, 하나님께서는 인간이 이처럼 범한 죄의 직접적인 결과로서 그녀에게 이 귀여운 아기를 주시고, 그 아이가 있을 곳을 치욕을 겪은 어머니의 가슴으로 정하고, 아기는 그 가슴에 안겨 대대로 이어 내려오는 인간들과 어머니를 연결하여 마침내는 하늘나라에서 복 받을 영혼이 되게 했으니 말이다.

그러나 이런 생각은 헤스터에게 희망보다는 두려움을 안겨주었다. 그녀는 자기의 행실이 죄였음을 알았기 때문이다. 그러므로 그 결과가 선이 되리라는 믿음을 가질 수가 없었다. 그녀는 날마다 자라는 아이의 성품을 주시하고 자기의 신세를 그 꼴로 만든 죄와 흡사한 어둡고 야성적인 면이 숨어 있지나 않은가 하고 살펴보았다.

정말로 육체적 결함이라곤 하나도 없었다. 몸매가 완전무결하고, 원기가 왕성하고, 아직 써보지 않은 팔다리를 잘 움직일 수 있는 솜씨를 타고난 이 아기는 에덴동산에 태어나서 최초의 인간이 에덴에서 쫓겨난 뒤에도 남아 천사들의 장난감이 되어도 좋을 아기였다.

또한 그 아기는 티 없는 미모라고 해서 반드시 갖추어지지는 않는 타고난 우아함을 지녔다. 아기가 입은 옷은 아무리 소박해도 가장 잘 맞는 옷인 양 보는 사람들을 항상 감동시켰다. 그러나 어린 펄이 시골뜨기 옷을 입지는 않았다. 후에 알게 되겠지만 고질적인 목적의식을 가진 아기의 어머니는 구할 수 있는 가장 좋은 옷감을 사서 옷을 만들고 꾸밀 때엔 자기의 상상력을 마음껏 활용한 후에 애에게 입혀 남들 앞에 내놓는 것이었다. 그래서 옷을 입으면 작은 몸집이 얼마나 맵시가 나는지 몰랐다. 덜 아름다운 얼굴이었다면 옷의 화려함에 눌렸을 터이지만, 오히려 옷을 능가하고 빛나는 펄의 아름다움은 그토록 훌륭하여 어두컴컴한 오막살이집 마룻바닥에 앉은 아기의 둘레에는 둥근 원을 그리는 광채가 있었다. 거칠게 입어서 찢어지고 흙이 묻은 갈색 옷이라도 아기가 입고 있으면 여전히 완벽한 그림 같았다.

펄의 모습에는 한없는 변화가 엿보였다. 이 아기 속에는 들꽃처럼 예쁜 농부의 아기를 비롯하여 좀 화려한 아기 공주에 이르기까지 여러 층을 대표하는 많은 아기들이 들어 있었다. 그러나 아기는 한결같이 일정한 정열과 깊이 있는 색조를 유지했다. 변화무쌍한 가운데서라도 만약에 이 정열과 색조가 감소된다면 그 아기는 이미 진주가 아닐 것이었다.

겉으로 나타나는 이와 같은 변화는 아이의 내면 생활의 여러 가지 특징을 더할 나위 없이 잘 드러내고 있었다. 아이의 천성은 다양할 뿐 아니라 깊이도 있어 보였다. 그러나 아이는 자기가 태어난 세상에 관여하고 적응하는 힘이 부족했다. 아니면 헤스터가 자신의 염려 때문에 스스로 그렇다고 잘못 생각하는 것이었을까. 펄은 규칙을 따르게 하기 어려운 아이였다. 그애에게 생존을 부여했을 때 이미 큰 법칙이 하나 깨어지고, 따라서 아이를 이룩한 성분은 아이답고 훌륭한지 몰라도 질서가 없어졌다. 아니 질서가 있어도 아이의 성분에만 맞는 특이한 질서라서 그 가운데서는 변화와 정돈이 합치는 점을 찾기가 어렵거나 불가능했다.

헤스터는 아이의 성격을 아주 애매하게 그리고 불완전하게밖엔 설명할 수 없었다. 그것도 펄이 영의 세계로부터 영혼을 받아들이고, 땅 위의 재료를 받아 육체를 형성하던 그 획기적인 순간에 헤스터 자신은 과연 어떠했는가를 회상함으로써 가능했다. 어머니의 정열적인 심적 상태가 촉매가 되어 도덕 생활의 빛을 아직 태어나지 않은 아기에게 비추었던 것이다. 그리고 그 빛이 본래는 아무리 희고 맑았어도 도중에 흘러든 매개물로 붉은색과 황금색 물이 깊이 들고 화염 같은 광채와 검은 그림자와 거센 빛을 발했다. 무엇보다도 그 무렵의 헤스터의 정신적 투쟁이 펄에게로 옮겨진 것이다. 펄의 거칠고 필사적이고 완강한 태도와 그녀의 변덕스러운 성미와, 그녀의 가슴을 가린 구름 같은 우울과 낙심을 헤스터는 느낄 수가 있었다. 지금은 그것들이 어린아이의 밝은 성격으로 말미암아 아침 햇빛과도 같이 빛나는 듯했으나 후에 지상에 존재하는 동안 적지 않은 광풍과 회오리바람이 될지도 몰랐다.

　　당시 가정 교육의 기강은 지금보다 훨씬 더 엄격한 것이었다. 성경 말씀을 지키느라고 이맛살을 찌푸리고, 심하게 꾸짖고, 자주 회초리를 사용하는 일이 잘못을 벌하는 방법이었을 뿐만 아니라 어린아이의 미덕을 키우고 향상시키기 위한 건전한 관리법이었던 것이다. 그러나 이 외동딸의 홀어머니인 헤스터 프린은 엄격이 지나쳐서 잘못을 저지를 일은 삼갔다. 다만 자신의 실수와 불행을 명심한 그녀는 자기 손에 맡겨진 아이의 불멸의 어린 시절을 잘 보살펴주려고 부드러우면서 엄격한 제재를 처음부터 가했다. 그러나 그것은 그녀로서는 해내기 어려운 임무였다. 미소도 지어보고 찌푸리기도 해보았으나 두 가지 방법이 모두 이렇다 할 만한 효과를 못 거두자 헤스터는 하는 수 없이 완전히 물러서서 아이가 마음내키는 대로 하도록 버려두었다. 물론 육체적인 강제나 억압이 계속되는 동안만은 효과가 있었다.

그 밖의 딴 방법이란 머리에 호소하건 마음에 호소하건 간에 어린 펄은 기분에 따라 들어주기도 하고 안 들어주기도 했다. 펄이 아직도 아기였을 적에 벌써 어머니는 한 이상한 표정에 익숙해졌다. 아기가 이 표정만 지으면 엄포를 놓아도, 타일러도, 애걸을 하여도 소용없다는 경고의 표시였다. 그 표정이 하도 총명하면서도 종잡을 수 없고 심술궂고 때로는 악의까지 나타냈지만, 광란할 정도로 의기가 넘쳐 흐르는 것이 보통이어서, 그런 표정을 지을 때마다 헤스터는 과연 그 아이가 인간의 아이냐고 스스로 묻지 않을 수 없었다. 펄은 오막살이 마룻바닥에서 잠시 동안 심한 장난을 치고 나서 조롱하는 미소를 머금고 달아나버리는 요정과도 같았다. 그런 표정이 펄의 야성적이고 반짝이는 검은 눈동자에 나타나면 그애는 이상하게도 아득히 멀고 잡히지 않는 몸이 되었다.

마치 그애는 어디서 왔다가 어디로 가는지를 알 수 없는 은은한 빛처럼 공중에 나부끼다가 사라지는 듯했다. 이것을 보면 헤스터는 부득이 애 있는 데로 달려가 으레 뺑소니치는 조그만 요정의 뒤를 추적하여, 마침내는 가슴에 끌어안고 미친 듯이 입을 맞추지 않을 수 없었다. 그러나 그것은 사랑이 넘쳐 흘러서라기보다는 펄이 허깨비가 아니라 피와 살을 갖춘 인간이란 것을 확인하고 싶어서였다. 펄은 붙잡히면 즐거운 음악소리 같은 웃음을 터뜨리지만 어머니는 전보다도 더욱 의심만 늘어가는 것이었다.

너무나도 비싼 값을 치르고 샀을 뿐더러 자기에게는 온 세상과도 같은 귀여운 펄과 자신 사이에 너무 당황하여 앞이 캄캄해지는 일이 자주 일어나면 헤스터는 가슴이 메어지는 듯하여 울음을 터뜨리기도 했다. 자신이 하는 짓이 어떤 결과를 가져올지도 몰라서인지 펄은 이맛살을 찌푸리고, 작은 주먹을 불끈 쥐고, 조그마한 얼굴을 바꾸어 엄하고 냉담한 불만의 표정을 짓곤 했다. 그러고 나서는 인간의 슬픔을 표현하지도 느끼지도 못하는 괴물인 양 새롭게, 그리고 아까보다도 더 크게 웃는 일이 한두 번이 아니었다. 그렇지 않으면 — 이건 약간 드문 일이지만 — 펄은 슬픔으로 흐느끼고 울음 섞인 말을 더듬으며 어머니에 대한 사랑을 고백하고, 마치 애를 태움으로써 자기에게도 애타는 가슴이 있음을 증명하려는 듯한 때가 있었다.

그러나 헤스터는 그 돌풍 같은 사랑의 고백을 고요하다고 믿고 안심할 수가 없었다. 왜냐하면 그런 소강 상태가 언제 또 갑자기 사라질 것인지 알 수 없기 때문이었다. 이 모든 일들을 곰곰이 생각하여 볼 때 어머니는 죽은 자의 혼은 불러냈지만 방법이 잘못되어 불러낸 새롭고 불가사의한 지성(知性)이라는 혼을 조정할 주문을 모르는 사람과도 같았다. 어머니의 진정한 마음의 평안은 아이가 고요히 잠들었을 때뿐이었다. 아이가 잠들면 그녀는 자신이 생겼다. 그래서 몇 시간 동안 쓸쓸하지만 조용하고도 달콤한 행복에 잠기는 것이었다. 이런 시간은 — 아마도 어린 펄이 살며시 뜨는 눈까풀 속에서 비꼬인 표정을 드러내며 — 잠에서 깨어날 때까지는 계속되었다.

어느덧 — 정말 눈 깜짝할 사이에! — 펄은 항상 웃는 어머니의 미소와 잔소리의 영향을 벗어나서 혼자서 사고를 할 수 있는 나이에 이르렀다. 펄의 새소리같이 맑고 아름다운 음성이 다른 애들의 지껄이는 목소리와 어울리고, 그 재잘거리며 노는 아이들의 목소리 가운데서 귀여운 딸이 목소리를 가려낼 수 있는 기회가 있었다면 헤스터가 얼마나 행복했을까만, 그러나 그런 기회는 오지 않았다. 펄은 날 때부터 어린이의 세계에서 버림받은 아이였다. 악의 씨요, 죄의 표상이요, 죄의 산물인 펄은 세례를 받은 아이들 가운데 섞일 권리가 없었다.

그런데 자기는 고독하고, 자기의 둘레에는 넘어서지 못하도록 운명이 선을 그어놓았고, 간단히 말해서 자기는 다른 애들과는 다르다고 느끼는 그애의 직관이 더할 나위 없이 놀라웠다. 옥에서 풀려나온 이래로 헤스터는 사람들의 눈에 띄는 곳에 갈 때면 반드시 펄을 데리고 갔다. 읍내엘 갈 때에도 펄을 데리고 갔다. 처음에 아기였을 때엔 팔에 안고, 후에는 어린아이로 엄마의 꼬마 친구가 되어 엄마의 집게손가락을 움켜쥐고 엄마가 한 걸음 걸으면 세 발짝 네 발짝씩 타박거리며 따라다녔다. 그때 펄은 읍내의 아이들이 길가의 풀밭이나 집의 문간에서 재미있게 노는 것을 보았다. 애들의 놀이는 청교도적 교육이 허용하는 범위 안에서의 엄격한 것으로 아마 교회 놀이나 퀘이커교도를 벌주는 놀이나, 인디언들과 싸워 머리 가죽을 벗기는 놀이나, 마녀를 흉내내는 기괴한 꼴을 하여 서로 무섭게 하는 놀이 같은 것이었으리라. 펄은 그것들을 유심히 쳐다보았으나 그애들과 사귀려들지는 않았다. 누가 말을 건네도 펄은 응하지 않았다. 애들이 자기를 둘러싸면— 가끔 그랬지만— 펄은 발끈 성을 내고 무서운 표정으로 돌을 주워 그애들에게 던지며 알아들을 수 없는 말들을 째지는 듯 날카로운 목소리로 뇌까렸다. 엄마는 이 소리를 듣고 몸서리쳤다. 흡사 그 소리가 알아들을 수 없는 말로 외치는 마녀의 저주의 소리와도 같았기 때문이었다.

사실은 몰인정하기가 비할 데 없는 이 꼬마 청교도들은 펄의 어머니에게서 어딘가 이상하고, 다르고, 옷차림도 기이한 것을 어렴풋이나마 느꼈던 것이다. 그래서 진심으로 그 모녀를 경멸하고 욕설을 퍼붓는 일이 종종 있었다. 펄은 그 감정을 알아차리고 어린 가슴에 못이 박힐 정도로 쓰디쓴 혐오감으로 대응했다. 이렇게 아이가 무섭게 성미를 부리면 어머니 생각엔 어딘지 보람 있고 위안이 되는 듯했다. 왜냐하면 그애가 성미를 부릴 때에는 어머니를 종종 실망시켰던 그때의 발작적인 변덕과는 달리 적어도 진지한 열성이 엿보였기 때문이었다.

그렇지만 여기에도 역시 자기 안에 있던 죄악의 그림자가 나타나 있음을 보고 헤스터는 온몸이 오싹했다. 이 모든 적의와 격정은 양도할 수 없는 타고난 권리로 말미암아 펄이 헤스터의 가슴으로부터 물려받은 것이었다. 이제 어머니와 딸은 인간 사회와는 동떨어진 한적한 곳에 서 있었다. 그리고 그 아이의 성격 가운데에는 고요히 가라앉지 못하는 요소들이 그저 남아 있는 듯했다. 펄이 태어나기 전에는 그 요소들이 헤스터 프린 자신을 괴롭혔으나 펄이 태어난 뒤로 헤스터는 부드러워져가는 모성의 힘으로 말미암아 잠잠해지기 시작했다.

어머니의 오막살이나 그 주변에 있을 때에는 널리 여러 사람과 사귈 필요를 펄은 느끼지 않았다. 횃불이 닿는 데마다 불길이 일 듯이 언제나 창의성 있는 펄의 정신은 생명의 힘을 발산하여 수없이 많은 물체와 더불어 대화를 했다. 막대기든, 걸레 뭉치든, 꽃이든, 대화가 불가능해 보이는 어떤 물건이라도 펄이 부리는 요술의 꼭두각시가 되어 모양도 변하지 않은 채 그대로 그애의 내적인 세계를 무대로 삼는 정신적인 연극에 등장했다. 그애의 어린 목소리가 젊고 나이듦을 망라하는 상상 속 인물들의 여러 가지 목소리를 대신했다. 늙고 검고 엄숙한 소나무들과 산들바람에 떨어 울리는 신음소리나 그 밖의 우울한 소리들은 형태를 안 바꾸어도 그대로 청교도의 장로들을 방불케 했고, 뜰 안에 돋은 제일 미운 풀들은 장로들의 애들을 닮았으므로 펄은 그것들을 사정없이 짓밟고, 뽑아버리고 했다.

그 광경은 놀라운 것이었다. 펄이 자기의 상상력을 불어넣은 가지가지 형태들이 비록 연속적은 아니더라도 자연을 초월한 모습으로 뛰고 춤추고 하다가는 급하고 열띤 생명의 조수로 말미암아 지치기라도 한 듯이 털썩 주저앉았다. 그러면 역시 광적인 정력을 쏟는 비슷한 다른 형상들이 그 뒤를 이어 나타났다. 그것은 흡사 오로라가 환상처럼 다양하게 변하는 것과도 같았다. 그러나 이처럼 공상의 세계를 달리고 어린 마음에 장난기가 있다고 해서 총명한 다른 아이들보다 더 나을 것은 없었다. 다만 펄은 같이 놀 동무가 부족해서 자기가 만들어낸 환상적인 친구들과 더 많이 어울렸던 것이다. 그러나 자기의 마음속에서 창조해낸 이것들까지도 펄이 적의를 품고 대했다는 것은 이상한 일이었다. 펄은 한 번도 친구를 만들어낸 적이 없었다. 항상 그애는 용의 이빨을 씨 뿌리듯 널리 뿌려 무장을 갖춘 적들이 거기서 돋아나게 하고, 그것들이 돋아나면 그들과 더불어 싸우려고 달려들었다. 어린아이가 항상 이렇게 어려움을 눈앞에 느끼고, 앞으로 닥칠 싸움에서 자신의 대의명분을 유지하기 위해 맹렬하게 힘을 길러야 함은 말할 수 없이 슬픈 일이었다. 하물며 그 원인이 자신 속에 있다고 생각하는 어머니의 슬픔이야 오죽했으랴.

펄을 쳐다보던 헤스터 프린이 바느질감을 무릎 위에 떨어뜨리고 복받쳐 오르는 괴로움을 이기지 못하여 울음을 터뜨리는 때가 종종 있었다. 늘 숨겨오던 괴로움이었건만 신음 섞인 말로 "오, 하나님, 주께서 아직도 아버지시라면 어찌하여 이런 아이가 세상에 태어납니까!"라고 부르짖었다. 그러면 어머니의 부르짖음을 엿들었는지, 혹은 번민으로 말미암아 가슴이 두근거림을 눈치챘는지, 펄은 또렷하고 예쁜 작은 얼굴을 어머니께로 향하고 요정같이 총명한 미소를 짓더니 다시금 놀이를 계속하는 것이었다.

그 아이의 태도에는 아직 우리가 언급하지 않은 이상한 데가 또 하나 있었다. 그애가 세상에 태어나서 맨 먼저 알아본 것이 과연 무엇이었을까? ― 그것이 어머니의 미소는 아니었다. 그리고 세상의 무릇 아기들이 태아일 때 배운 미소를 작은 입가에 지어 엄마의 미소에 응답하듯이, 이애도 엷은 미소로 응답했으나 후에 그것이 과연 미소였던가 의심이 나서 어리석은 논란마저 일었다. 물론 엄마의 미소가 아니었다. 그애가 맨 먼저 알아본 것은 ― 헤스터의 가슴에 붙은 주홍글씨였다!

어느 날 어머니가 요람 위에 허리를 굽히고 있을 때에 그 주홍글씨 둘레에 수놓은 번쩍이는 황금빛이 아기의 시선을 잡았다. 그런데 그 아기는 분명히 철든 숙성한 아이처럼 명확한 표정으로 싱글벙글 웃으며 손을 내밀어 그 주홍글씨를 잡으려들었다는 것이다. 그 순간 헤스터 프린은 숨이 가빠지며 그 치명적인 주홍글씨를 움켜쥐고 무의식중에 그것을 뜯어버리려고 했다. 어린 아기 펄의 총명한 손짓이 준 괴로움은 그토록 한량없는 것이었다. 엄마의 괴로워하는 몸부림이 재미있기만 하다는 듯이 어린 펄은 다시금 엄마의 눈을 쳐다보고는 생긋 웃었다. 그때 이래로 헤스터는 아기가 잠들었을 때를 제외하고는 잠시도 마음을 놓을 수 없고, 잠시도 마음의 평온을 즐길 수가 없었다. 펄의 시선이 주홍글씨를 쳐다보지 않고 몇 주일이 지나는 수도 있었다. 그러나 별안간 뜻하지 않은 순간에 죽음이 찾아오듯이 그애는 이상한 미소를 짓고 야릇한 눈빛으로 주홍글씨를 쳐다보는 것이었다.

어머니들이 흔히 하듯이 언젠가 헤스터가 아기의 두 눈에서 자신의 모습을 찾고 있노라니까 요사스런 표정이 번쩍 나타났다. 고독하고 번민이 많은 여인은 까닭 모를 망상에 시달리는 법이라 헤스터는 갑자기 펄의 거울 같은 검은 눈동자에서 자기 얼굴의 축소형이 아닌 딴 사람의 얼굴을 본 것처럼 착각을 했다. 그 얼굴은 악의에 찬 미소를 짓는 요물 같은 얼굴이었다. 무척 낯익은 모습을 하고 있었으나 그 모습이 미소를 지은 적은 드물고 악의에 찬 적은 없었다. 그것은 마치 마귀가 그애를 사로잡고 그애의 눈을 빌려 조소의 시선을 던지는 듯했다. 그 후 이와 같이 뚜렷하지는 않았지만 같은 환상이 헤스터를 여러 차례 괴롭혔다.

펄이 뛰어다닐 수 있을 정도로 자란 어느 여름날 오후였다. 그애는 한 줌의 들꽃을 따서 어머니 가슴에다 하나씩 던지다가 주홍글씨를 맞췄을 때는 작은 요정처럼 깡충깡충 뛰고 있었다. 처음에는 두 손으로 가슴을 가리고 이를 막을 셈이었으나, 자존심 때문에 자포자기해서인지, 또는 자기의 고행을 말할 수 없는 고통으로 이겨내야 한다는 느낌에서였는지는 몰라도, 헤스터는 처음의 충동을 억제하고 똑바로 앉아서 얼굴은 시체처럼 창백했으나 슬픈 표정으로 어린 펄의 야성적인 눈동자를 쳐다보았다. 꽃송이는 그대로 날아오고 거의 어김없이 표적에 명중하여 어머니의 가슴을 상처로 뒤덮었으니 어머니는 이승에서도 저승에서도 상처를 아물게 할 유향(油香)을 찾지 못했다. 마침내 꽃이 다 떨어지면 아이는 가만히 서서 한량없이 깊은 검은 눈동자 속에서 작은 요물이 웃는 형상을 하고— 요물이 진정 내다보았든 안 보았든 어머니는 그렇게 느꼈던 것이다— 헤스터를 응시했다.

"얘, 너는 누구냐?"

어머니는 외쳤다.

"나 말야, 엄마의 펄이지!"

아이는 대답했다.

그러나 펄은 그렇게 대답하면서 웃고, 다음엔 굴뚝 위에라도 깡충 올라가 앉으려는 꼬마 요정과도 같은 익살을 부리면서 호들갑을 떨며 뛰어다니기 시작했다.

"너는 정말 엄마의 애냐?"

헤스터는 다시 물었다.

이 질문은 조금도 장난기가 없는 진심에서였다. 펄이 하도 영악해서 어머니는 그애가 비밀의 마법을 알고 있는 것이 아닐까 해서, 이제라도 자기의 정체를 드러낼 것이 아니냐 하는 생각이 들어서였다.

"글쎄, 나는 펄이라니까!"

아이는 대답하고 계속 재롱을 떨었다.

"너는 엄마 애가 아냐! 너는 엄마의 펄이 아냐!"

어머니는 농담조로 말했다. 헤스터는 마음의 괴로움이 심할 적에 농담을 하고 싶은 충동을 느끼는 일이 종종 있었다.

"그래, 네가 누군지, 누가 너를 여기에 보냈는지, 말해보렴!"

아이는 심각한 표정으로 헤스터에게 다가와 자기의 몸으로 엄마의 무릎을 누르며 "엄마가 말해요! 네, 엄마가요!"라고 말했다.

"하나님께서 너를 보내셨어!"

헤스터 프린이 대답했다.

그러나 헤스터는 그 말을 할 때 주저했다. 그리고 예리한 아이는 주저하는 기색을 눈치챘다. 재롱 떨고 싶은 변덕이 작용해서인지 마귀가 충동을 해서인지 몰라도 아이는 조그만 집게손가락을 쳐들어 주홍글씨를 만졌다.

"하나님이 보내지 않았어!"

그애는 단호하게 외쳤다.

"내겐 하나님이 없어!"

"쉿! 펄, 조용히 해! 그렇게 말하면 못쓴다."

복받치는 신음 소리를 억누르고 어머니는 대답했다.

"하나님께서 우리 모두를 이 세상에 보냈단다. 너의 엄마인 나도 하나님이 보내셨다. 너는 더군다나 그렇다, 이 요정 같은 이상한 것아. 아니면 네가 어디서 태어났단 말이냐?"

"말해줘요, 그건 엄마가 말해줘요!"

이젠 진지하지도 않고 오히려 웃으며 마룻바닥을 뛰어다니며 펄은 되풀이하여 뇌까렸다.

그러나 헤스터 자신이 말할 수 없는 의심의 미궁에 빠져 있는지라 그 물음에 대하여 이렇다 할 만한 답을 못 해주었다. 헤스터는 한편으론 웃으며 한편으론 치를 떨며 이웃 사람들이 하던 말을 생각해냈다. 그들은 그애의 아버지를 딴 데서 찾다가 못 찾고 그애의 기이한 성격을 살피더니 가엾은 어린 펄이 악마의 자식이라고, 그런 애가 옛날 가톨릭 시대부터 어미의 죄로 말미암아 이 세상에 태어나 추하고 악한 목적을 달성하려는 것이라고, 그들은 소문을 퍼뜨린 것이었다. 루터〔종교 개혁을 한 마르틴 루터. 가톨릭에서 마귀 새끼라고 한 적이 있었음〕의 적인 수도승들의 주장에 따르면 루터도 지옥의 자식이라는 것이었다. 뉴잉글랜드의 청교도들 사이에서는 펄이 불길한 내력을 가졌다는 말을 듣는 유일한 아이는 아니었다.

장관의 관저에서

헤스터 프린은 어느 날 장갑 한 켤레를 가지고 벨링엄 장관의 저택을 찾아갔다. 이 장갑은 장관의 주문으로 그녀가 수도 놓고 술도 단 것으로 장관이 어느 큰 행사 때 낄 것이었다. 일반 선거 때 불행히도 전 통치자였던 그가 정상에서 한두 계급 물러나기는 했지만 아직도 식민지 정계에서는 남이 우러러보고 영향력이 많은 위치에 있었다.

수놓은 장갑을 전해드리는 것보다 훨씬 더 중요한 또 한 가지 이유는, 이 무렵에 고장에 정착하는 문제에 대하여 권한이 큰 분과 의논하고 싶은 일이 있어서였다. 종교와 정부의 강경 노선을 지지하는 몇몇 지도자들이 자기에게서 아이를 뺏어갈 계교를 꾸미는 중이라는 소문을 그녀는 들었던 것이다. 이미 암시한 바와 같이 펄이 악마의 소산이라고 가정할 때 어머니의 영혼에 대하여 관심이 큰 교회가 그녀의 길에서 거친 돌을 제거하여주어야 한다고 주장한 것은 불합리한 소리가 아니었다. 한편 그 아이도 도덕적 신앙적 성장이 가능하고 마침내는 구원받을 수 있는 요소들을 갖추려면 헤스터 프린보다 더 현명하고 좋은 보호자를 만나야겠고, 그러므로 더욱더 좋은 전망을 바라볼 수 있을 것이라는 말이었다. 그런 제안을 한 사람 중에서 벨링엄 장관이 가장 적극적인 것으로 전해졌다. 고관들이 이런 문제를 공공연하게 토론하고 어느 편을 들어야 하다니 이상하기도 하고 정말 우스꽝스럽기도 하다. 이런 것은 후세에 가서는 선임된 소수의 시 당국자들에게나 넘겨질 문제였다. 그러나 사람들이 무척 단순했던 이 시대에는 헤스터 모녀의 행복 문제보다 훨씬 더 사소하고 덜 중요한 일들이 이상하게도 입법자들의 심의 거리나 국가의 법령과 혼동이 되었다. 돼지 한 마리의 소유권을 두고 식민지의 입법부에서 격렬하고 심각한 논쟁이 벌어졌을 뿐 아니라 입법부의 골격 자체를 뜯어고쳐야 하는 중대한 결과를 초래했던 일이 우리가 이야기하는 시대보다 별로 앞서지 않았던 때에 있었다.

그래서 헤스터 프린은 깊은 관심을 갖고 호젓한 오막살이를 떠나 장관 댁으로 찾아갔던 것이다. 그리고 그녀는 자신의 권리를 너무나도 뚜렷하게 의식한 나머지 군중과 자연이 동정하는 외로운 여인과의 대결은 한번 겨루어볼 만한 것이라는 생각이 들었던 것이다. 어린 펄을 데리고 간 것은 물론이었다. 그애가 이제는 어머니의 곁을 달랑달랑 뛰어다닐 나이가 되었다. 아침부터 해 질 무렵까지 쉴 새 없이 움직이는 아이라서 그보다 더 먼 데라도 갈 수 있었을 것이다. 그렇지만 종종 기분에 따라 필요 이상으로 팔에 안아달라고 졸랐다. 그러다가는 금방 다시 내려놓으라고 야단이고, 다치지는 않았지만 여러 번 엎어지고 넘어지며 헤스터보다 앞서서 풀밭 길을 뛰어갔다. 우리는 앞서 펄의 풍요하고도 화사한 아름다움에 대해 언급했다. 짙으면서도 선명한 색조의 아름다움, 살결은 희고, 표정이 깊은 두 눈은 이글거리고 머리칼은 이미 윤택한 갈색이었다. 커서는 거의 까만 색깔로 변할 것이었지만. 몸과 마음이 화염인 양 타오르는 펄은 정열의 순간에 느닷없이 태어난 소산인가 싶었다. 그애의 어머니는 아기의 옷을 만들 때 화려한 상상력을 마음껏 발휘하고, 독특한 재단에, 환상처럼 번쩍이는 금실로 넘치게 수놓은 빨간 벨벳을 입혔다. 이렇듯 빛깔이 너무 짙어서 화색이 덜한 얼굴이라면 여위고 파리하게 보였을 것을 펄의 아름다움은 이로 말미암아 더욱더 돋보이고, 아주 밝은 작은 불꽃이 땅 위를 춤추며 다니는 것 같았다.

그러나 이 옷과 아이의 모습 전체가 보여주는 현저한 특징은 보는 사람으로 하여금 반드시, 그리고 피할 길 없이 헤스터 프린이 가슴에 달아야만 했던 표시를 상기시켜주는 점이었다. 그애는 그야말로 형태를 달리한 주홍글씨요, 살아 움직이는 주홍글씨였다. 어머니 자신에게는 빨간 치욕의 표시가 뇌리까지 깊숙이 타들어가서 모든 것이 붉은 표시로 보이는지 그것과 흡사한 것을 만들어내느라고 주의를 기울였다. 자신의 사랑의 대상과 자신의 죄와 고통의 표시 사이에 어떤 유사성을 유지하려고 거의 고질적인 재주를 여러 시간 동안 부려보았다. 그러나 사실상 펄은 전자인 동시에 또 후자이기도 했다. 그러기에 헤스터는 그토록 완벽하게 펄의 모습으로 주홍글씨를 대표할 수가 있었던 것이다.

모녀가 읍내에 도달하자 청교도 집 아이들은 놀이를 멈추고― 그런데 보잘것없는 조그만 두더지를 가지고 장난하는 것이라서 놀이라고 할 수도 없었다― 쳐다보며, 서로들 정색을 하며 말했다.

"애들아, 정말 주홍글씨의 여인이 오는구나. 게다가 그 여인 옆으로 주홍글씨의 닮은꼴이 달려온다. 자, 진흙덩이를 던져주자!"

그러나 대담한 아이 펄은 얼굴을 찌푸리고 발을 동동 구르고 조그마한 손으로 여러 가지 위협하는 시늉을 하더니 별안간 적의 핵심을 향하여 와락 달려들어 모두 쫓아버렸다. 그애들을 맹렬하게 쫓아가는 펄의 모습은 어린 아기들의 질병인 성홍열이나 또는 어린 세대의 죄를 벌한다는 날개 달린 심판의 천사와도 같았다. 펄은 또한 엄청나게 큰 성량으로 비명을 올리고 고함을 지르고 해서 필시 달아나던 애들의 가슴을 떨리게 했을 것이다. 승리를 거두자 펄은 조용히 어머니에게로 돌아가서 미소를 지으며 어머니의 얼굴을 쳐다보았다.

난리를 그치고 모녀는 벨링엄 장관 댁에 도달했다. 그 집은 역사가 깊은 마을이라면 아직도 남아 있을 전형적인 양식을 따라 지은 커다란 목조 건물이었다. 지금은 이끼가 끼고, 부서지고, 어두컴컴한 내실에서 일어났다가 사라진 많은 슬픈 일, 즐거운 일들은 기억이 나기도 하고 안 나기도 하지만 그로 말미암아 그 집의 내부에는 침울한 기운이 감돌았다. 그러나 외부에는 흐르는 세월이 지닌 싱그러움이 엿보이고 양지바른 창문에서는 죽음이 찾아온 일이 없는 이 저택의 명랑한 빛이 비쳤다. 진정 그 집의 모습은 활기를 띠고 있었다. 벽들은 유리 조각을 다양하게 합쳐서 만든 장식 벽돌로 덮여서 햇빛이 비스듬히 표면에 반사하면 다이아몬드를 뿌린 듯이 반짝거렸다. 그 찬란함은 엄숙한 노 청교도 통치자의 저택이라기보다는 알라딘의 궁전을 방불케 했으리라. 그 집은 또한 특이한 그 시대의 취미에 맞는 신기하고 신비로운 인물들과 도형으로 장식이 되어 있었다. 그것들은 장식 벽돌을 붙일 때에 그려진 것으로, 이제는 굳고 오래 견딜 힘이 생겨서 후세 사람들의 감탄을 받게 되었다.

펄은 이 밝고 신기한 광경을 보고 깡충깡충 뛰기 시작하더니, 전면에 비친 화려한 햇빛을 거두어달라고, 그래서 가지고 놀게 해달라고 떼를 쓰고 우겨댔다.

"안 된다, 펄."

어머니가 말했다.

"너는 네 햇빛을 거두어라. 엄마가 걷어줄 햇빛은 없단다."

두 모녀는 문 있는 데로 다가갔다. 문은 아치형이고 양 옆에는 좁다란 탑 같은 것이 붙어 있고 거기에는 창살이 붙은 창문이 달려 있었는데, 창문에는 필요할 때에 닫을 수 있는 나무 덧문이 있었다. 헤스터가 현관에 매달린 쇠망치를 들어 문을 두드려 사람을 부르니 장관의 몸종이 하나 문간에 나타났다. 이자는 자유롭게 태어난 영국인이지만 지금은 7년 동안 몸이 팔린 노예였다. 그동안 그는 주인의 재산이 되고 소나 의자나 마찬가지로 팔고 사고 하는 물건에 불과했다. 그 노예는 그 당시나 그보다 훨씬 전 시대에 영국 저택에서 주인을 받드는 자가 흔히 입던 푸른 옷을 입고 있었다.

"벨링엄 장관 어른께서 안에 계시는지요?"

헤스터는 물었다.

"네."

좋은 이 고장에 새로운 사람이라 전에 본 일이 없는 그 주홍글씨를 보자 눈을 둥그렇게 뜨며 대답했다.

"네, 나리께서 안에 계십니다마는 목사님 두 분하고 의사도 한 사람 와 계셔서 만나뵙지는 못합니다."

"그래도 들어가 뵈어야겠어요."

헤스터 프린이 대답을 하니까 그 좋은 그녀의 단호함과 가슴에 붙은 번쩍이는 표시를 보고 그 지방의 위대한 귀부인이라고 판단을 해서인지 막지 않았다.

그래서 어머니와 어린 펄은 현관 안의 홀로 들어섰다. 벨링엄 장관은 고국에서 돈 많은 신사들이 지은 저택의 양식을 따라 자기의 집을 꾸몄으나, 그 건물에 사용된 자재의 성격이나, 기후의 변화나, 색다른 사교 생활의 양식 등을 감안하여 약간의 변형을 시켰다. 그래서 넓고 꽤 높은 홀이 그 집 안 깊숙이 뻗쳐 있어 대략 그 집 안의 어느 방하고도 직접 연락을 통할 수가 있었다. 이 큰 홀은 이쪽 끝에 있는 두 개의 탑처럼 우뚝 솟은 것에 달린 창문을 통하여 광선을 받아들였는데, 그 두 개의 탑들로 말미암아 현관 양쪽에는 조그만 방 같은 것이 두 개 생겼다. 그리고 홀의 저쪽 끝에는 일부가 커튼으로 덮여 있지만 매우 강한 빛을 던져주는 둥근 아치형의 창문이 달려 있어서 방을 밝혀주었는데 이것은 우리가 옛날 책에서 흔히 읽은 창문이고, 거기에는 푹신한 방석이 깔린 의자가 놓여 있었다.

그리고 방석 위에는 이절판(二切版)의 큼직한 책이 놓여 있는데, 그것은 아마 영국의 연대기가 아니면 그와 유사한 학문적 무게가 있는 책이었다. 하기는 우리들의 시대에도 방 한복판에 있는 탁자 위에다가 금박 입힌 호화판 책을 놓아 손님들이 뒤적거릴 수 있게 하는 것이 사실이다. 홀에 놓여 있는 가구는 묵직한 의자 몇 개와 그것과 취향이 어울리는 탁자 하나였는데, 의자의 등에는 떡갈나무 꽃이 화환형으로 정교하게 새겨져 있었다. 이 모두가 엘리자베스 시대나 그 이전의 것으로 장관의 아버지의 집안으로부터 전하여 내려온 가보들이었다. 탁자 위에는 옛날의 영국식 호의가 저버려지지 않았다는 표시로 커다란 탱커드 잔이 하나 놓여 있었는데, 헤스터나 펄이 혹시 그 속을 들여다보았다면 최근에 마시다가 남은 술거품을 볼 수가 있었으리라.

벽에는 벨링엄 가문 조상들의 초상화가 나란히 걸려 있었는데, 더러는 가슴에다 갑옷을 입었고, 더러는 위엄 있는 깃이 달린 평상시의 옷차림을 하고 있었다. 그러나 옛날 초상화가 예외 없이 그렇듯이 그 초상화들의 두드러진 특징은 엄하고 가혹해 보였다. 그것들은 마치 그림들이라기보다는 귀인들의 죽은 망령과도 같아서 살아 있는 사람들이 하는 일과 즐거움이 못마땅하여 심하게 꾸짖으며 눈을 흘기고 있는 것 같았다.

떡갈나무 판자를 붙인 벽의 한가운데쯤에 초상화처럼 조상의 유물이 아닌 최근의 갑옷이 하나 매달려 있었는데 그것은 런던에 있는 유능한 갑옷 제조자가 벨링엄 장관이 뉴잉글랜드로 떠나는 해에 만든 것이었다. 강철로 된 투구와 가슴과 목과 정강이에 입는 갑옷이 있고, 그 밑에는 장갑과 칼이 매달려 있었다. 모두가 그렇지만 특히 투구와 동체 갑옷은 얼마나 닦았는지 은빛 광택을 발하며 그 빛을 마룻바닥 위에 비추었다. 이 빛나는 갑옷을 공연히 진열해놓은 것은 아니었다. 장관은 이 갑옷을 엄숙한 사열 때나 연병장에서 여러 차례 입었고 더구나 피쿼드 전쟁〔피쿼드 인디언과 이주민 사이에 있었던 전쟁, 1636~1638〕 때엔 이 갑옷을 입고 한 연대를 이끌어 빛을 냈던 것이다. 법률가로서 교육을 받은지라 같은 직업에 종사한 베이컨이니 코크니 노이니 핀치니 하는 이름과 친숙했으나 이 새로운 나라의 긴급 사태가 벨링엄 장관을 정치가요, 통치자는 물론 군인으로까지 만들어놓았던 것이다.

그 집의 정면이 찬란한 것을 보고 좋아하던 어린 펄은 빛나는 갑옷을 보고도 매우 만족하여 거울같이 맑게 닦인 몸체 갑옷을 한참 동안이나 들여다보았다.

"엄마, 여기에 엄마가 보여요! 여기를 봐, 엄마!"

그애는 외쳤다.

헤스터가 펄의 비위를 맞추느라고 들여다보았더니 이 볼록 렌즈 같은 갑옷의 이상한 작용으로 말미암아 주홍글씨가 늘어나서 엄청나게 커져 그녀의 모습은 주홍글씨뿐인 것처럼 보였다. 정말로 자신은 완전히 주홍글씨로 감추어져버렸다. 펄은 조그만 얼굴에 늘 나타나는 요정과도 같은 총명한 표정으로 엄마를 향하여 미소를 지으며 투구에 비친 같은 모습을 가리켰다. 장난을 치고 좋아하는 펄의 모습도 역시 비쳤다. 그 모습이 어떻게나 크고 뚜렷하게 비쳤는지 헤스터 프린은 그것이 제 아이의 모습이 아니라 그 아이의 모습으로 변신한 도깨비의 상이 아닌가 하고 느낄 정도였다.

"펄! 이리 온."

어머니는 아이를 끌어당기며 이렇게 말했다.

"이리 와서 예쁜 정원을 보아라. 우리 예쁜 꽃 구경하자. 우리 숲 속에 있는 꽃보다 더 예쁜 꽃 말이다."

그래서 펄은 홀 저쪽 끝에 있는 아치형 창가로 달려가 바짝 깎은 잔디가 깔려 있고 그 가장자리에는 아직 잘 다듬지 않은 관목들이 서 있는 정원 길을 따라 시선을 달렸다. 대서양 이편 언덕의 굳은 땅에다, 그리고 연명하기가 바쁜 이때에 영국풍의 정원 가꾸기 취향을 살린다는 것은 불가능한 것으로 여겨 이 집 주인은 그의 노력을 포기한 듯했다. 양배추가 환히 보이는 곳에 돋아 있고, 조금 떨어진 곳에 뿌리박은 호박의 덩굴은 그 사이의 공간을 뒤덮고 홀 창문 바로 밑에다가 커다란 열매 하나를 낳아놓았다. 그것은 마치 이 커다란 양채 금덩어리야말로 뉴잉글랜드가 장관에게 드릴 가장 훌륭한 정원수라고 경종을 울리는 듯했다. 그러나 몇 그루의 장미나무와 많은 사과나무도 있었다. 그것들은 우리네의 초기의 연대기를 읽으면 늘 나오는, 황소 등을 타고 다녔다는 최초의 정착자요, 신화적인 존재인 블랙스턴 목사가 심은 사과나무의 후손들이었으리라.

펄은 장미나무를 보더니 빨간 장미를 하나 따달라고 울기를 그치지 않았다.

"쉿, 아가야, 조용히 해!"

어머니는 애가 타는 듯 말했다.

"펄, 울지 말아라, 정원에서 말소리가 들린다. 장관님이 오신다,

손님들도 함께!"

　아닌 게 아니라 정원 길 경치 좋은 데를 따라 사람들이 집을 향하여 오고 있는 것이 보였다. 펄은 가라앉히려는 어머니의 수고는 아랑곳없이 사납게 소리를 한 번 빽 지르더니 잠잠해졌다. 순종을 해야겠다는 생각이 나서가 아니라, 성격상 호기심이 자주 변하는 아이가 낯선 사람들을 처음으로 볼 때 새로운 흥미가 솟아났던 것이다.

요정 소녀와 목사

벨링엄 장관은 노인네들이 집에서 흔히 입는 느슨한 겉옷과, 흔히 쓰는 편한 모자 차림으로 앞장서서 걸어오며 자기의 정원을 자랑하고, 앞으로의 개량 계획에 대하여 장광설을 늘어놓고 있는 모양이었다. 지금은 구식이지만 제임스 왕조 때의 유행을 따라 섬세하게 만든 널따란 주름 옷깃 바로 위에 보이는 희끗희끗한 수염 달린 머리는 흡사 커다란 쟁반에 담긴 세례 요한의 머리(살로메가 춤을 춘 후 헤롯 왕은 원하는 것은 무엇이든 들어주겠다고 했다. 그러자 살로메는 세례 요한의 목을 요청했고 헤롯 왕은 그의 목을 베어 쟁반에 담아 오게 했다)와도 같았다. 그의 용모가 주는 인상이 너무나도 엄하고 나이보다 시들어 보여서 분명코 자기가 즐기려고 마련해놓은 것들이건만 어울리지가 않았다.

그러나 우리의 조상들이 인생은 시련과 전쟁이라고 흔히 말하고,

생각하고, 또 의무감이 명하면 언제든지 재산과 생명을 바칠 것이라고 말했다고 해서 자기들의 손아귀 속에 있는 안락과 호사마저도 물리치는 것을 양심으로 여겼으려니 생각한다면 그것은 잘못이다. 예를 들면 존 윌슨 목사님 같은 분은 이와 같은 교리를 한 번도 가르친 일이 없었다. 눈같이 하얀 수염이 벨링엄 장관의 어깨 너머로 보이는 이 목사님은 배와 복숭아는 뉴잉글랜드 기후에 귀화시킬 수 있고 보랏빛 포도를 양지바른 담 위에 올려서 자라게 할 수 있을 것이라고 권했다. 풍성한 영국 교회의 품에서 자란 이 늙은 목사는 모든 좋고 안락한 것에 대해서는 기성 사회가 오랫동안 합법적으로 받아들인 취향을 같이 누려왔다. 그리고 교단에서나 헤스터 프린 같은 법을 어긴 자를 공적으로 꾸짖을 때에 아무리 엄격했다고 하여도 그분은 넘치는 인정으로 말미암아 당대의 어느 목사들보다도 따뜻한 호감을 샀다.

　장관과 윌슨 목사 뒤로 두 손님이 걸어왔다. 한 분은 아마 독자들이 기억하겠지만 헤스터 프린이 치욕을 겪는 장면에서 마지못하여 한 역할을 맡았던 아서 딤즈데일 목사였고, 또 한 사람은 2, 3년 전에 이 고장에 정착한, 딤즈데일 목사와 사이가 가깝고, 의술에 매우 능한 늙은 로저 칠링워드였다. 이 사람은 의사인 동시에 젊은 목사와 절친한 사이인 것으로 알려졌는데, 그 목사는 최근에 목회 일로 희생적인 노력을 하다가 건강이 매우 나빠져서 고통을 겪는다는 것이었다.

　장관께서는 손님들보다 앞서서 한두 층계를 올라가 큰 홀의 창문을 활짝 여는 순간 바로 앞에 서 있는 어린 펄을 보았다. 그때 커튼의 그림자가 헤스터 프린에게 떨어져 그녀는 잠시 동안 가려져 있었다.

"이게 누구냐?"

벨링엄 장관은 자기 앞에 있는 조그만 주홍색 인물을 놀란 표정으로 쳐다보며 말했다.

"정말 내가 제임스 왕 시절 영화를 누리던 때 이래로 처음 보는 일이로다. 그 당시엔 궁정 가면 무도회에 초대받는 것을 무한한 영광으로 여겼지. 크리스마스 때면 이런 요정 같은 애들이 와글거렸는데, 우리는 그애들을 사회자의 아이들이라고 불렀네. 한데 이런 손님이 어떻게 해서 여기 들어왔지?"

"정말, 그렇군요."

늙은 윌슨 목사가 외쳤다.

"무슨 작은 새이기에 이렇게 깃털이 빨갛담? 햇빛이 울긋불긋하게 칠한 창문을 비춰서 노랗고 빨갛고 한 그림자가 마룻바닥에 반사될 때나 그런 모습을 보았던 것 같은데, 그러나 그것은 옛 고향에서나 있었던 일이고. 그래, 아가야, 넌 누구냐? 네 엄마는 무슨 까닭으로 네게 이런 이상한 옷을 입히느라고 애를 썼다더냐? 너는 믿는 집 애냐? 교리문답을 아느냐? 그렇지 않으면, 우리가 옛 영국 땅을 떠나올 때에 천주학의 유물과 함께 버리고 온 줄만 알고 있던 그 장난꾸러기 요정이냐, 아니면 도깨비냐?"

"난, 우리 엄마 애예요. 그리고 이름은 펄이에요."

빨간 환상과도 같은 아이가 대답을 했다.

"펄이라! 네 색깔로 보아하니 오히려 홍옥이나, 산호나, 빨간 장미꽃이로다."

늙은 목사는 응답을 하며 어린 펄의 뺨을 쓰다듬으려고 손을 내밀었으나 허사였다.

"그래, 엄마는 어디에 계시냐? 아, 그렇군."

그러더니 벨링엄 장관에게로 얼굴을 돌리고 속삭였다.

"이애가 지금 우리들이 말하던 그애로군요. 불행한 여인이고 그애의 엄마인 헤스터 프린이 여기 있습니다그려."

"그래요?"

장관께서 외치셨다.

"아니, 그런 아가의 어머니를 창녀나 바빌론의 음탕한 여자로 판단할 뻔했군. 어쨌든, 그 여인이 참 잘 왔소. 당장에 이 문제를 상의해봅시다."

벨링엄 장관은 창문을 통하여 홀 안으로 들어서고, 세 손님이 뒤를 따랐다.

"헤스터 프린."

장관은 본래가 엄한 시선을 주홍글씨의 주인공에게 고정시키고 말했다.

"요새 그대에 대한 논의가 많이 있었어. 우리들이 제일 중요시한 점은 과연 권위 있고 영향력 있는 우리들이 저 아이와 같은 인간의 영혼을 세상의 유혹에 걸려 넘어진 자의 지도에 맡기는 것이 과연 양심껏 하는 일이냐 하는 거요. 아이의 어머니로서 대답을 해봐요. 그애의 금생과 내세의 행복을 위하여 그애를 어머니에게서 떼어내, 옷도 소박하게 입히고, 엄격하게 교육을 시키고, 진리를 따라 키우는 것이 좋지 않을까? 이런 일을 위해서 그대가 할 수 있는 일이 무엇이지?"

"제가 이것으로부터 배운 교훈을 어린 펄에게 가르칠 수 있습니다."

헤스터 프린은 손가락으로 주홍글씨를 가리키며 말했다.

"이것 봐, 그것은 그대의 부끄러움의 표시야!"

장관은 엄격하게 대답했다.

"우리가 그대의 아이를 남의 손에 넘기려고 하는 이유는 그 주홍글씨로 말미암아 물이 들까 봐 그러는 게야."

"그렇지만."

아이의 어머니는 얼굴이 더욱 창백했지만 고요한 목소리로 말했다.

"이 주홍글씨는 저에게 가르쳐주었습니다. 매일같이 저에게 가르쳐줍니다. 지금 이 순간에도 가르쳐주고 있어요. 저 자신에게는 무슨 유익이 안 될지 몰라도 제 아이만은 현명하게 그리고 착하게 만들어줄 수 있는 교훈을 말씀입니다."

장관이 말을 이었다.

"우리들이 잘 판단해서, 어떤 조처를 취해야 할지 생각해봅시다. 윌슨 목사님이 펄을, 그것이 애 이름이니 그렇게 부를 수밖에 없군요, 조사해서 그 나이의 아이가 가져야 할 기독교적인 소양을 갖추고 있는지 알아봐주세요."

그 늙은 목사는 안락의자에 앉아서 펄을 무릎가로 끌어오려고 애를 썼다. 그러나 어머니를 제외하고는 누구한테도 다정한 쓰다듬을 받는 일이 없는 그 아이는 열린 창문으로 나가 층계 위에 섰다. 그 모습은 마치 막 하늘로 날아가는 붉은 깃털의 열대 새와도 같았다. 할아버지 같은 인품에다 평소에 어린이를 무척 좋아하는 윌슨 목사는 돌발적인 일에 적이 놀랐지만 조사를 계속하려고 애썼다.

"펄."

목사는 엄숙한 말투로 말을 시작했다.

"내 말을 들어야 한다. 그래야 앞으로 값진 진주를 가슴에 달게 되는 거야. 얘야, 누가 너를 만들어주었는지 말해보련?"

펄은 누가 자기를 만들었는지 너무나도 잘 알고 있었다. 왜냐하면 경건한 가정에 태어난 헤스터 프린은 아기와 하늘 아버지에 대한 이야기를 나눈 직후에 아무리 미숙한 나이라도 인간의 정신을 가졌다면 흥미롭게 귀를 기울일 사실들을 이미 가르치기 시작했기 때문이다. 그래서 3년이란 인생을 통해 배운 것이 많은지라, 펄은 뉴잉글랜드 입문서나 웨스트민스터 교리문답의 첫머리 정도는 시험을 보아도 거뜬히 합격할 수 있었다(그 유명한 책의 겉모양이 어떻게 생겼는지는 본 일이 없었지만).

그러나 애들이라면 누구에게나 약간은 있고, 펄의 경우라면 열 배나 되는 심술이라는 것이 때 아닌 순간에 그애를 사로잡고 입을 꼭 다물게 하고, 한마디도 말을 못하게 했다. 윌슨 목사님의 물음에 답하기를 펄은 여러 차례나 버릇없이 거절하고, 손가락을 입에다 물고, 드디어 선언하기를 자기는 누가 만든 것이 아니라 감옥 문지방에서 자라난 들장미에서 엄마가 따왔다는 것이었다.

이런 환상적인 생각이 떠오른 것은 아마 펄이 창밖에 서 있었으니까 장관 댁의 빨간 장미가 지척에 있었기 때문이었으리라. 그리고 장관 댁에 오는 길에 지나온 감옥의 장미나무가 생각에 떠올라서 그랬을 것이다.

늙은 로저 칠링워드는 얼굴에 미소를 띠며 젊은 목사의 귀에다 대고 무엇인가 속삭였다. 헤스터 프린은 재주가 능한 그 사나이를 쳐다보고 자신의 운명이 흥망의 기로에 서 있는 그 순간에도 그 사나이의 용모가 사뭇 달라진 것을 알고 놀랐다. 그녀가 그 사나이와 친숙했던 그 시절보다 그의 용모가 얼마나 더 추잡해지고, 원래 검던 살결이 얼마나 더 어두워지고, 그의 모습이 얼마나 더 시들어졌는지 몰랐다. 그녀는 잠시 동안 그 사나이와 시선을 부딪쳤으나 그 순간에 벌어지고 있던 광경에 주위가 끌려 눈길을 돌렸다.

"참으로 기가 막힐 노릇이오."

펄의 대답으로 인하여 받은 충격으로부터 서서히 회복하면서 장관은 외쳤다.

"여기에 세 살 난 아이가 있는데, 누가 자기를 만들어줬는지도 모르다니. 그애의 영혼에 대해서는 현재의 타락이나 미래의 운명이나 마찬가지로 암담하오. 여러분, 이상 더 물어볼 필요가 없을 것 같소이다."

헤스터는 펄을 끌어당겨 품에 안고, 매서운 표정을 지으며 청교도인 노(老)장관과 대결했다. 세상에서 버림받은 외로운 몸, 마음에 위로를 줄 사람이라고는 펄 하나뿐인 그녀는 이제 단호히 세상과 대결할 권리가 있다고 느끼고, 죽기까지 그 권리를 지킬 용의를 갖추었다.

"이애는 하나님께서 제게 주신 앱니다!"

그녀는 부르짖었다.

"하나님께서는 당신들이 나에게서 뺏어간 모든 것을 보상해주시려고 나에게 주신 애예요. 그러나 이애는 또한 나의 고통입니다. 이애가 나의 생명을 붙들어주기도 하지만, 이애는 또한 나에게 벌을 줍니다. 당신들은 이애가 사랑을 받을 줄만 아는 주홍글씨라는 것을 모르세요? 그래서 나의 죄에 대한 천 배 만 배의 징벌의 힘을 가졌다는 것을 모르세요? 당신들은 이애를 가져가지 못합니다. 내가 먼저 죽어버릴 테예요."

"이것 보라구."

인정이 많은 목사가 말했다.

"어린애는 잘 돌봐줄 거요. 자네가 돌보는 것보다 더 낫게 말이요."

"하나님께서 저더러 키우라고 하신 거예요."

헤스터는 목소리를 높여 거의 비명을 올리다시피 거듭 부르짖었다.

"나는 이애를 내놓지 않을 테예요!"

여기서 그녀는 갑작스런 충동으로 젊은 딤즈데일 목사에게로 얼굴을 돌렸다. 여태까지 그녀는 거의 한 번도 그 목사에게 시선을 돌린 일이 없는 것 같았다.

"저를 위해 말씀 좀 해주세요."

그녀는 외쳤다.

"당신은 저의 목사님이었어요. 제 영혼을 맡으셨어요. 그래서 이

분들보다는 저를 더 잘 아시지요. 나는 절대로 이애를 놓지 않겠어요! 저를 위해 말씀 좀 해주세요! 목사님은 이 사람들보다 동정심이 더 많으세요. 목사님은 제 마음속을 아시고, 어미의 권리를 아시고, 그 어미가 자식 하나와 주홍글씨밖에 없을 때 그 권리가 과연얼마나 강한 것인가를 아세요. 보살펴주세요! 나는 이애를 안 놓겠어요, 제발 보살펴주세요!"

이런 형편으로 말미암아 헤스터 프린이 미칠 듯이 격하여 거칠고 심상치 않게 울부짖는 순간 젊은 목사는 창백한 얼굴로 가슴에손을 얹고 앞으로 나왔다. 유달리 불안한 그의 성격이 흥분했을 때에 가슴에 손을 대는 것이 그 젊은 목사의 버릇이었다. 목사는 헤스터가 치욕을 겪는 장면에서 설명했을 때보다 더 근심에 싸이고 쇠약한 것 같았다. 그의 건강이 나빠져서인지 또는 그 밖에 다른 이유때문인지, 그의 크고 검은 두 눈의 괴롭고 우울한 저변에는 고통의세계가 가라앉아 있었다.

"그녀가 하는 말에는 일리가 있습니다."

젊은 목사는 감미롭고 떨리는 목소리지만 홀이 울리고 갑옷이진동할 정도로 크게 말을 시작했다.

"헤스터 프린의 말에 일리가 있습니다! 그리고 그녀의 가슴에 사무치는 느낌에도 일리가 있습니다! 하나님이 그녀에게 아기를 주셨을 뿐 아니라 보기에 특이한 그애의 천성과 필요성에 대한 본능적인 이해도 주셨습니다. 이것은 다른 사람이 갖지 못하는 것이올시다. 그뿐만 아니라 이 어머니와 이 아기의 관계에서 대단히 신성한어떤 것이 엿보이지 않던가요?"

"아니, 딤즈데일 목사, 어째서 그렇소? 설명 좀 해주시오."

장관이 말을 가로막았다.

젊은 목사는 말을 계속했다.

"더욱더 그럴 수밖에 없는 것이, 우리가 만일에 그렇지 않다고 생각한다면, 무릇 육체의 창조자이신 하늘 아버지께서는 죄를 짓는 행동을 경시하시고 속된 정욕과 거룩한 사람 사이에 아무런 구별도 지어놓지 않았다고 주장하는 셈이 될 테니까 말입니다. 아버지의 죄와 어머니의 부끄러움으로 태어난 이 아이는 진지하고 뼈저린 정신으로 아기를 기를 권리를 달라고 호소하는 이 여인의 가슴에 여러 가지 손길을 내리시려고 하나님께서 손수 주신 것입니다. 그 일은 축복을 위한 일이었습니다. 이 여인의 일생에 단 한 번밖에 없는 축복의 일이었습니다. 이 일은 틀림없이, 그 어머니가 우리에게 말한 대로, 벌을 주는 일이기도 했습니다. 그 벌은 뜻하지 않은 순간 순간마다 느끼는 고통스러운 마음이요, 번뇌로운 기쁜 순간에 다시금 찾아오는 따끔하고 침통하게 찌르는 고통이었습니다. 가슴을 지지는 듯한 빨간 표시가 억지로 드러나도록 만든 아기의 옷차림에서도 이 여인이 그런 생각을 나타내지 않았습니까?"

"역시, 옳은 말이외다."

착한 윌슨 목사가 외쳤다.

"나는 저 여인이 자기 아이를 광대로 만들려는 생각밖에 못 하는 줄 알았구려."

"아닙니다. 그렇지 않습니다."

딤즈데일 목사는 계속했다.

"헤스터 프린은 하나님께서 그 어린아이의 생존을 통하여 엄숙한 기적을 행하셨음을 인정하는 것이 틀림없습니다. 그리고 이것이야말로 사실일 것입니다마는 그녀는 아마 이 은혜는 무엇보다도 어머니의 영혼을 살리고 사탄이라면 그녀를 몰아넣고야 말았을 더 깊은 죄의 구렁텅이에서 그녀를 보호하려는 뜻이었다고 느끼는 것 같습니다. 그래서 영원한 기쁨이 될 수도 있고 영원한 슬픔이 될 수도 있는 아기가 하나 맡겨져서 자신의 손으로 외롭게 키우고, 순간마다 자신의 타락을 잊지 않게 하여주고, 그러면서도 그 아이를 가르쳐 천국으로 이끌면, 그 아이도 어머니를 천국으로 이끌어간다는 것은 그야말로 이 가엾은 죄인을 위하여 얼마나 좋은 일입니까? 이 점에 있어서 죄 많은 어미가 죄 많은 아비보다는 더 행복합니다. 그러면 헤스터 프린을 위하여, 그리고 가엾은 아이를 위하여, 하나님의 섭리가 적합하다고 본 위치에다가 우리도 그들을 내버려두어야 합니다."

"당신은 이상하게도 열을 띠고 말하는구려."

늙은 로저 칠링워드는 그를 향해 빙그레 웃으며 말했다.

"그리고, 젊은 형제가 한 말에는 중요한 뜻이 있습니다."

윌슨 목사가 덧붙여 말했다.

"어떻습니까, 벨링엄 장관? 가엾은 여인을 위해 변호를 잘하셨지요?"

"정말 잘했습니다."

장관은 대답했다.

"그리고 여인이 그 이상 다른 추문을 일으키지 않는 한 이 문제는 현 위치에서 보류하는 것이 좋겠다는 시사도 한 셈이구요. 그렇지만 아이로 하여금 교리문답 시험은 보도록 해야지요. 목사님이 주재하시든지, 딤즈데일 목사를 시켜서 하든지 말씀입니다. 그리고 적당한 시기가 오면 그애가 학교에도 가고 회합에도 나가도록 마을 관리들이 잘 돌봐주어야겠습니다."

젊은 목사는 말을 마치자 남들이 있는 데서 몇 걸음 물러나서 두툼하게 드리운 커튼에 얼굴의 일부를 가리고 서 있었다. 햇빛을 받아 마룻바닥에 비친 목사의 그림자는 자기의 열띤 호소로 말미암아 떨고 있었다. 야성적이고 엉뚱한 꼬마 요정 같은 펄은 목사에게로 살그머니 다가가서 두 손으로 그의 손을 꼭 쥐고, 자기의 뺨을 갖다 댔다. 애무하는 품이 어찌나 얌전하고 다정스러운지 지켜보던 어머니는 혼잣말로 "얘가 우리 펄인가?"라고 묻는 것이었다.

헤스터는 펄의 가슴속에 사랑이 있음을 알고 있었다. 보통 그 사랑은 격렬하게 나타났고 이번처럼 차분하고 부드럽게 나타난 적은 없었지만 말이다. 오랫동안 궁금했던 헤스터의 안부를 제외하고는, 정신적 본능으로 말미암아 자연스럽게 우러나오고 진정 사랑을 받을 만한 것임을 우리에게 보여준 그 아이의 애정의 표현보다 더 흐뭇한 것이 없었으므로 젊은 목사는 주위를 둘러본 후, 손을 아이의 머리에 얹고, 잠시 주저하다가, 이마에 입을 맞추었다. 평소와는 다른 이와 같은 기분이 어린 펄에게서 오래 지속될 수는 없었다. 그애가 깔깔 웃고, 홀을 뛰어내려가는 발걸음이 하도 가벼워서 늙은 윌슨 목사는 그애의 발이 과연 마룻바닥에 닿았느냐는 질문을 던졌다.

"아무래도, 요 꼬마 녀석이 요술을 부리나보군."

그는 딤즈데일 목사를 향해 말했다.

"마녀의 빗자루가 없어도 곧잘 난단 말이야."

"이상한 아이군요."

늙은 로저 칠링워드가 말했다.

"그애에게서 어머니의 특징이 쉽게 드러나 보입니다. 저애의 성격을 분석하고, 그애의 질과 형을 따져서 그애의 아버지가 누구인가를 날카롭게 추측하는 것이 철학적으로 불가능하다고 생각하십니까?"

"안 됩니다. 그런 문제로 속된 철학의 단서를 따른다는 것은 죄입니다."

윌슨 목사가 말했다.

"금식을 하고 기도를 드리는 것이 옳지요. 아마도 하나님의 섭리가 스스로 드러낼 때까지 그 신비를 그대로 두는 것이 더욱더 옳을 것입니다. 그리하여 믿는 사람들은 모두 다 그 가엾은, 버림받은 아이에게 아버지 같은 친절을 베풀 만한 자격이 있는 것이올시다."

그 문제가 그토록 만족스럽게 해결이 되어 헤스터 프린은 펄과 함께 그 집을 떠났다. 모녀가 층계를 내려갈 때 방의 창문 하나가 활짝 열리더니 성격이 못된 장관의 동생 히빈스 부인이 햇빛을 담뿍 받으며 얼굴을 내밀었다고 전해왔는데, 히빈스는 몇 해 후에 마녀란 죄목으로 처형당했다.

"쉿, 이봐요."

그녀가 말할 때 그녀의 불길한 관상이 싱그러운 활기를 띤 그 집에 어두운 그림자를 던져주는 것 같았다.

"오늘 밤은 우리와 함께 가겠수? 오늘 숲에서 재미있는 사람들이 모일 거요. 헤스터 프린이 우리와 한 패가 될 거라고 블랙 맨한테 약속까지 하다시피 했는데."

"못 가서 미안하다고 전해주세요."

헤스터는 의기양양하게 미소를 지으며 말했다.

"난 집에 남아서 우리 어린 펄을 돌봐야 해요. 그분들이 애를 빼앗았으면, 기꺼이 숲속으로 가서, 악마의 명부에 사인을 할 참이었지만. 내 피로 말이에요."

"우리가 당신을 곧 거기로 데려가고야 말 거요."

마녀는 이렇게 말하고 얼굴을 찌푸리며 안으로 사라졌다.

그러나 만일에 히빈스 부인과 헤스터 프린 사이의 대화가 사실이고, 비유가 아니었다면, 타락한 어미와 그녀의 연약함이 낳은 자식과의 관계를 떼어놓아서는 안 된다고 주장한 젊은 목사의 주장은 여기서 이내 설명된 셈이다. 그리고 그 아이는 벌써 어머니를 사탄의 함정에서 구해낸 셈이다.

의사

독자들이 기억하는 대로 로저 칠링워드라는 가명 밑에는 또 하나의 이름이 숨겨져 있고, 그 이름을 쓰던 자가 이제는 쓰지 않기로 굳게 마음먹은 터였다. 헤스터 프린이 공개적으로 치욕을 당하는 것을 구경하던 군중 속에서 늙수그레한 여행 차림의 사나이가(그는 위험한 숲속으로부터 막 풀려 나왔다) 어떤 모양으로 그 여인을 쳐다보고 서 있었는지 이미 설명한 바 있다.

그 사나이는 여인이 가정에서 다정하고 명랑하게 지내고 있기를 희망했는데 사람들 앞에 죄의 표본이 되어 서 있었던 것이다. 그녀의 어머니로서의 명성은 이미 사나이들의 발밑에 짓밟혔다. 장터에 서 있는 그녀의 둘레에서는 치욕적인 말들이 오고 갔다. 그녀의 일가나 순결하던 시절의 친구들에게 이 소문이 전해진다면 결국엔 그녀의 수치밖에 번질 것이 없었다. 그 수치는 틀림없이 그녀와 친구들과의 관계가 얼마만큼 친밀하고 깨끗했느냐와 정비례하여 퍼져 나갈 것이었다. 그러면 어찌하여— 선택의 자유는 자기에게 있는 데— 그 죄지은 여자와 누구보다도 더 가깝고 신성했다는 그 사나이가 하잘것없는 상속권을 주장하고 나섰는가? 그는 수치의 단상에 그녀와 나란히 서지 않기로 결심했다. 헤스터만 알 뿐 아무도 그를 모르고, 그녀의 침묵에 대해서는 열쇠도 자물쇠도 모두 가졌으면서도, 그는 자기의 이름을 인간 사회의 명단에서 빼기로 정하고 자신의 과거의 인적 사실에 대하여는 오래전에 퍼졌던 소문대로 바다 밑에 깊숙이 빠져서 세상에서는 완전히 사라진 것처럼 하기로 정했다. 이 목적이 이루어지자, 새로운 호기심이 당장에 솟아날 것이고 따라서 새로운 목적도 그러할 것이었다. 사실상 죄는 아니로되 음흉한 일이고, 자기의 능력을 모두 쏟아야 할 정도로 활기 있는 일이기도 했다.

이와 같은 결심을 따르기 위하여 그는 로저 칠링워드라는 이름으로 청교도 읍내에 거처를 정하고, 자기가 비범한 학식과 지성을 가졌다는 것 이외에는 아무것도 밝히지 않았다. 과거에 하던 자기의 연구로 말미암아 당시의 의학에도 조예가 깊어지고, 의사로 행세하여 의사로 인정을 받았다. 그곳에는 의약과 수술에 모두 능한 사람이 드물었다.

그러나 그런 사람들에게는 많은 사람들이 대서양을 건너 여기로 피난 오게 만든 신앙적 열의가 없는 것 같았다. 인간의 육체를 연구하는 동안에 남달리 높고 섬세하던 그들의 정신적 기능이 물질화되고, 그 놀라운 신체 구조의 복잡한 속을 헤매다가 영적인 인생관을 잃어버린 모양이었다. 그 신체의 구조 속에 생명 전체를 만들어 내는 기술이 숨어 있는 듯이 착각을 한 것이다. 하여간 보스턴 사람들의 건강 문제는 의술과 관계가 있는 한 약제사 노 집사(老執事)의 손에 달려 있었고, 그 약제사의 경건하고 믿음이 독실한 행실은 의사 면허장보다도 유리한 증명서 구실을 했다. 그리고 하나뿐인 외과 의사는 매일같이 면도칼을 휘두르다가 간혹 한번씩 그 고상한 외과 기술을 발휘하는 것이었다. 그래서 의술계에서는 로저 칠링워드가 빛나는 존재였다.

그는 머지않아 무게가 있고 장엄해 보이는 고대 의술의 체계에 익숙해졌다. 고대 의술에서는 불로장생 약이라도 조제하려는 듯 서로 성분이 다른 엉뚱한 약물들을 섞어서 약을 만들었다. 더군다나 그는 인디언들에게 잡혀 있었을 때 약초나 풀뿌리에 대한 지식도 많이 배웠던 것이다. 이 의사는 또한 자연이 무지한 야만인들에게 내린 이와 같은 단순한 약초들에 대하여 저명한 의사들이 여러 세기를 걸려 이루어놓은 유럽의 약전(藥典) 못지않게 믿고 있다는 사실을 환자들에게 서슴지 않고 말했다.

학식이 많은 나그네의 신앙 생활은 표면상으로 볼 때는 모범적이라 할 수 있었고, 그가 여기에 도착한 지 얼마 안 되어 자신의 영혼의 지도자로 딤즈데일 목사를 택했다. 아직도 옥스퍼드에서 학자로서의 명성이 살아 있는 젊은 목사는 열렬한 숭배자들로부터 하나님이 택하신 사도에 못지않다는 인정을 받았다. 이 목사가 보통 사람만큼 수명이 길고 교회의 초기에 교부들이 한 것처럼 신앙이 나약한 뉴잉글랜드를 위하여 일한다면 사도들에 못지않은 업적을 남길 것이라고들 생각하는 것이었다. 그러나 이 무렵에 딤즈데일 목사의 건강은 눈에 띄게 악화되기 시작했다. 목사님의 습성을 잘 아는 사람들은 그의 얼굴이 창백한 것이 연구에 지나치게 열중하고, 교구의 일을 너무 철저히 수행하려고 애쓰고, 무엇보다도 속세의 더러움이 자신의 영의 등불을 막거나 흐리게 하지 못하도록 금식을 하고 철야 기도를 하기 때문이라고 생각했다. 어떤 사람들은 딤즈데일 목사님이 돌아가신다면 그것은 이 세상에 그분이 발을 디디고 있을 만한 가치가 이미 없어졌다는 증거라고 주장하기도 했다. 한편 그분은 자기 나름대로 하나님의 섭리가 자기를 데려가는 것이 합당하다고 여긴다면 그것은 자신이 세상에서 겸손한 사명을 다해 낼 자격이 없어진 때문일 것이라는 신념을 피력했다.

목사의 건강이 악화된다는 데 대하여 이처럼 의견이 다르지만 그의 건강이 악화되는 사실만은 어쩔 수 없는 일이었다. 그의 모습이 점점 쇠약하여지고, 그의 목소리가 아직 넘치고 부드럽기는 하지만 시들어가는 우울한 징조가 엿보이고, 그가 종종 사소한 일이나 뜻하지 않은 일로 놀라면 손을 가슴에 얹고, 안색은 처음에는 붉어졌다가 다음엔 창백해져서 고통을 느끼고 있음을 드러내는 일이 있었다.

젊은 목사의 건강이 그 지경이어서 로저 칠링워드가 읍내에 나타나던 무렵에 때 아니게도 그의 서광이 꺼질 때가 머지않았다는 징조가 보였다. 하늘에서 떨어졌는지 땅에서 솟아났는지 아는 사람이 별로 없는 칠링워드의 출현은 수수께끼와도 같아서 사람들이 기적이 아닌가 하고도 생각했다. 그가 이제는 의술을 갖춘 사람으로 알려졌고, 약초와 들꽃을 뜯고, 풀뿌리를 캐고, 숲의 나뭇가지를 꺾는 등 보통 사람의 눈에는 가치가 없어 보이는 것에서 숨은 묘약을 찾아내는 사람만이 하는 일들에 열중하는 그를 사람들이 목격했다. 또한 그는 영적인 업적에 뒤지지 않을 만한 과학적 업적을 이룩한 케넬름 딕비 경이며 그 밖의 유명한 사람들을 자기의 동료라고 언급한 적도 있었다. 학계에서 그만큼 높은 위치에 있는 사람이라면 그가 과연 무엇 때문에 여기에 온 것일까? 큰 도시에 자기의 세계가 있는 사나이가 이 황무지에서 무엇을 찾자는 것일까? 이 질문에 대한 답으로 하나의 풍설이 생겼다. 이론적 근거야 어찌 되었든 간에 몇몇 지각 있는 사람들도 이것을 믿었는데, 한 독일의 대학으로부터 저명한 의사를 살짝 들어 하늘로 날라다 딤즈데일 목사님의 현관에 내려놓음으로써 하나님께서는 완벽한 이적을 행하셨다는 것이었다. 하나님께서 목적을 이루실 때에 이적이라고 하는 극적인 효과가 필요 없으시다고 생각하는, 신앙이 좀 더 현명한 사람들은 로저 칠링워드가 때를 맞추어 온 것은 하나님의 섭리가 함께하심이라고 생각했다.

목사에 대한 의사의 깊은 관심이 이런 생각을 더욱 뒷받침해주었다. 의사는 교인으로 목사에게 접근하여 천성이 예민하고 내성적인 목사에게서 친구로서의 경의와 신임을 얻으려고 노력했다. 그는 목사의 건강 상태에 적이 놀라움을 표시했으나, 고쳐주고 싶은 마음이 간절하여 빨리 손을 쓰면 희망이 없지 않다는 눈치였다. 장로들과 집사들과 아낙네들과 젊고 아리따운 아가씨들과 딤즈데일 목사의 교우들이 의사의 솔직한 치료 제안을 수락하라고 모두들 야단이었다. 그러나 딤즈데일 목사는 그들의 간청을 넌지시 물리쳤다.

"나는 약이 필요 없습니다"라고 그는 말했다.

그러나 안식일마다 얼굴이 더 창백하고 파리해지고 목소리는 더욱 떨리고, 가슴 위에다 손을 얹는 것이 간혹 하는 몸짓이 아니라 이제는 버릇이 되다시피 했는데 어찌하여 이 젊은 목사가 그런 말을 하는 것일까? 목사는 자기가 하던 일에 싫증이 난 것일까? 그가 죽기를 원하는 것일까? 이런 질문을 보스턴의 선배 목사들과 자기네 교회의 집사들이 되풀이했다. 그리고 그들은 분명한 하나님의 섭리가 보내는 도움을 물리침은 죄라고 지적하고 그들 자신의 표현을 빌린다면 "목사님에게 적당한 조처"를 취했다. 그는 묵묵히 듣고 있다가, 마침내 의사에게 보이기로 약속을 한 것이었다.

약속한 대로 늙은 로저 칠링워드에게 치료를 부탁하면서 딤즈데일 목사는 이렇게 말했다.

"만약에 하나님의 뜻이라면, 그대가 나를 위하여 의술을 베푸느니보다 나의 노력과 슬픔과, 나의 죄와 고통이 곧 끝나고, 땅에 속하는 것은 무덤에 묻히고 영에 속하는 것은 나와 더불어 영원한 세계로 가게 하는 것이 나로서는 더욱 흡족하겠습니다."

"하아."

로저 칠링워드는 꾸며내는 태도인지 스스로 우러나온 본래의 성격인지는 몰라도 여전히 가라앉은 어조로 말을 꺼냈다.

"젊은 목사님들은 으레 그렇게들 말하지요. 젊은 사람들은 뿌리가 깊이 박히지 않아서인지 삶을 쉽게 포기하는 법입니다. 그리고 하나님과 더불어 세상을 가던 성자와 같은 사람들은 아마 새 예루

살렘의 황금 길을 주님과 함께 거닐고 싶은 생각으로 이 세상을 떠나고 싶겠지요."

"아닙니다!"

젊은 목사는 손을 가슴에 얹고 이마에 고통의 빛을 보이며 대답했다.

"천국에서 거닐 자격이 있다고 해도, 나는 이 세상에서 고생하며 사는 것이 좋겠습니다."

"선한 사람은 언제나 자신을 낮추어서 말하는 법인가 봅니다."

의사의 말이었다.

이리하여 그 이상한 노인 로저 칠링워드가 딤즈데일 목사의 주치의가 되었다. 의사는 병에도 관심이 있었지만 환자의 성격과 기질을 알아보고 싶은 마음도 커서 나이는 크게 차이가 나도 두 사람이 점차적으로 많은 시간을 함께 보내게 되었다. 목사의 건강도 위하고 약초도 캐기 위하여 두 사람은 바닷가로 혹은 숲속으로 긴 산책을 갔다. 두 사람은 철썩이는 파도 소리와 나무 끝에 부는 엄숙한 바람 소리를 들으며 여러 가지 대화를 나누었다. 의사가 서재로 목사를 방문하는 일도 종종 있었다. 목사도 그와 같은 과학자와 자리를 같이하는 데 매력을 느꼈다. 목사는 의사가 비상하게 깊고 넓은 지적 교양을 쌓았을 뿐 아니라 자기와 같은 목사들 가운데서도 찾아볼 수 없을 정도로 넓고 자유로운 사상을 가졌음을 깨달았다. 의사의 이와 같은 특징을 발견하고 목사가 충격은 안 받아도 놀란 것만은 사실이었다.

딤즈데일은 진정한 목사요, 진정한 종교가로서 경건의 감성이 높이 발달하고, 신조를 강경히 따르고 세월의 흐름과 더불어 이 신조를 뇌리에 더욱 깊이 새기는 마음의 질서를 유지했다. 목사는 어떠한 사회 형편에서도 자유 사상을 따르지 못할 사람이었다. 자기를 부축할 신앙의 압력을 항상 몸으로 느끼고, 그 압력이 무쇠 같은 손아귀로 자신을 속박할 때에만 그는 마음의 평화를 얻었다. 그럼에도 불구하고 자기가 평소에 대화를 나누지 않던 사람의 색다른 지성을 통하여 우주를 관찰할 때 마음은 떨려도 위안이 되는 수가 있었다. 그것은 마치 창문을 열어젖히고 공기가 탁한 서재 안으로 자유로운 분위기를 영접하는 것과도 같았다. 서재 안에서의 생활이란 몽롱한 등불과 차단된 햇빛과 책에서 나는 곰팡이 냄새(감각적이건 정신적이건 간에)로 말미암아 서서히 꺼져가는 생명과도 같았다. 그러나 새로운 공기는 너무 신선하고 너무 차가워서 오래 들이마시니까 불안해졌다. 그래서 목사는 의사와 더불어 그들의 교회가 정통이라고 부르는 울타리 안으로 다시금 후퇴했다.

이리하여 로저 칠링워드는 자기의 환자를 유심히 관찰했다. 환자가 평소에 하던 생각만 하고 자기의 익숙한 사상의 한계를 벗어나지 않을 때에도 관찰하고, 환자가 색다른 도덕적 환경에 던져져서 새로운 환경의 신기함으로 말미암아 어떤 새로운 징후가 그의 성격의 표면에 떠오를 때에도 관찰했다. 의사는 목사에게 어떤 치료를 시도하기 전에 그를 잘 아는 것이 불가결하다고 보는 듯했다. 감성과 지성이 있는 곳이라면 육체의 병도 감성과 지성의 영향을 받게 마련이라는 듯했다. 아서 딤즈데일의 경우는 그의 생각과 상상력과 감수성이 하도 강해서 육신의 병의 원인도 그 안에 있을 것 같았다.

그래서 의술에 능하고 친절하고 다정한 의사 칠링워드는 환자의 가슴속 깊이 파고들려고, 마치 어두운 동굴 속을 더듬어 보물을 찾는 사람처럼 조심스럽게 목사의 사상을 살피고, 기억을 더듬고, 그 밖에 여러 가지를 탐지했다. 이런 것을 탐지할 능력이 있고 기술이 있는 사람이 관찰한다면 숨은 비밀도 놓칠 리가 없을 것이다. 그리고 비밀이 있는 환자라면 의사와 접근하는 것을 회피할 것이다.

그러나 만일에 의사가 천성이 총명하고 통찰력이 있다면, 그리고 자만심이 주제넘게 강하거나 남에게 불쾌감을 줄 정도로 특이한 성격의 소유자가 아니라면, 그리고 그의 마음이(이것은 타고난 재주가 있어야 가능하겠지만) 환자의 심경에 접근하여 마음을 떠보고 환자가 마음속에 먹은 생각을 모르는 사이에 실토해버리도록 유도하는 능력이 있고, 이 실토를 듣되 가만히 마음속으로 은밀하게 이해하고 애매한 말을 한마디씩 던져 말꼬리를 흐리는 재주가 있다면, 그리고 비밀을 지키는 심복이 갖출 이 모든 특징에다가 의사로서 지닌 인정받은 장점까지 합친다면 환자는 어느 순간에 가서는 어쩔 수 없이 긴장을 풀고 어둡지만 맑은 흐름과 더불어 흘러나와 모든 비밀을 낮과 같이 밝게 드러낼 것이다.

로저 칠링워드는 위에서 말한 특징을 거의 모두 갖추고 있는 사람이었다. 어쨌든 시간이 흘러 우리가 말한 대로 교양이 높은 이 두 사람 사이에는 일종의 친분이 이루어지고, 인간의 사상과 연구를 모두 망라하는 넓은 터전 위에서 서로가 사귀고 공과 사를 막론한 여러 가지 문제의 윤리와 도덕을 논하고, 사적으로 보이는 문제까지도 서로가 언급을 했다. 그러나 숨겨져 있을 것으로 생각했던 비밀 같은 것은 목사의 의식 밖으로 흘러나오지 않았다. 그래서 의사는 딤즈데일의 정신의 병은커녕 육신의 병의 성격 자체도 파악하지 못한 것이 아니냐는 의심마저 느꼈다. 참으로 이상한 일이었다.

얼마 후에 딤즈데일 목사의 친구들은 칠링워드의 귀띔으로 의사와 목사가 한집에 살게 하여 초조한 마음으로 염려하는 의사가 자기의 눈으로 목사와 목사의 생명이 밀물 썰물처럼 드나드는 것을 일일이 관찰하도록 만들었다. 이 계획이 달성되자 읍내의 사람들은 모두 기뻐했다. 젊은 목사의 건강 회복을 위하여 더할 나위 없이 좋은 처사라고 생각했던 것이다. 물론 권할 자격이 있다고 스스로 생각하는 사람들이 권한 대로 그의 아내가 되려고 정신적인 헌신을 다하여 온 아름다운 아가씨 중의 하나를 부인으로 맞이할 마음이 있다면 별문제였으나 딤즈데일 목사가 아내를 맞이할 가능성은 전혀 없었다. 그는 목사가 독신을 지키는 것이 교회 생활의 기강이라는 듯이 이런 권유를 모조리 거절했다. 그러므로 딤즈데일 목사는 남이 차린 식탁에서 맛없는 부스러기 음식을 먹고, 남의 화롯가에서 몸을 녹이려는 사람의 운명인 추위를 일생 동안 견디기로 정한 스스로의 선택으로 말미암아, 이 영리하고, 경험 많고, 인정을 풍기고, 젊은 목사에게 어버이와 같으면서도 존경하는 사랑을 약속하는 노의사가 이 세상의 누구보다도 목사의 몸 가까이 있어서 그에게 시중을 드는 사람이 된 셈이었다.

이 두 친구가 거처할 새로운 집은 사회적 신분이 훌륭하고 신앙이 돈독한 과부의 집으로 후에 거룩한 킹스 채플이 세워진 대지를 거의 다 차지한 저택이었다. 한편에는 본래 아이작 존슨네 땅이었

106

던 묘지가 있어서 목사가 의사의 진지한 사색을 돕고 그들이 각각 다른 일에 종사하기에 알맞은 곳이었다. 어머니와도 같은, 마음씨가 착한 과부는 딤즈데일 목사에게 양지바른 앞 방을 주었는데, 필요시에는 두꺼운 커튼을 내려 한밤중같이 어둡게 할 수가 있었다. 사면의 벽에는 고불랑〔파리의 유명한 염색가〕의 베틀로 짜냈다는 장식 비단이 걸려 있고, 장식 비단의 그림은 성서에 나타난 다윗과 밧세바와 선지자 나단의 이야기〔사무엘후서 11장〕로 색깔이 아직 바래지는 않았으나 그 장면에 나타난 아리따운 여자 밧세바는 재난을 고하는 예언자 나단과 더불어 처절한 아름다움을 풍겼다.

여기에다 얼굴이 창백한 목사는 양피지 반절판(半切版)에다 쓴 교부(敎父)들의 글과 유대교의 랍비〔유대교의 지도자〕나 수도사들이 쓴 글들을 쌓아놓았다. 이런 글들에 대하여 개신교의 목사들이 한편으론 비방하고 배척하지만 그것들을 읽지 않을 수 없는 때가 많았다. 늙은 로저 칠링워드는 그 집의 다른 부분에다 서재와 실험실을 차려놓았는데, 현대의 과학자가 그만하면 됐다고 할 정도는 못되어도, 증류하는 시설과 약이나 혼합 물질을 혼합하는 기구를 갖추어서 능숙한 연금사라면 이를 충분히 이용할 수가 있었다. 이렇게 편리한 환경이 조성되고 보니 두 학자는 각각 자신들의 세계에 정착했으나 서로의 방에 허물없이 자주 드나들고 서로가 하는 일을 흥미진진하게 관찰하곤 했다.

그리고 아서 딤즈데일 목사의 슬기로운 친구들은 앞서 언급한 대로 섭리의 손길이 젊은 목사의 건강을 회복시킬 목적으로 이 모든 일을 이루어준 것이라고 상상했는데, 허다한 사람들이 공적인 기도나 사적인 기도나 가정에서의 기도 가운데서 얼마나 간절히 구했는가를 생각하면 일리가 있는 생각이었다. 그러나 또 한 가지 일러둘 일이 있는데, 그것은 다른 일부의 사람들이 뒤늦게나마 딤즈데일 목사와 이상한 늙은 의사의 관계에 대하여 자기들 나름대로의 견해를 갖기 시작했다는 사실이다. 무식한 대중이 저희들 나름대로 사리를 판단하려고 들 때 사실을 왜곡하는 수가 많다. 그렇지만 우리가 흔히 보듯이 그들이 다정하고 너그러이 마음의 직관을 기초로 사리를 판단하며 얻은 바 결론은 깊고 어김이 없어서 자연을 초월하는 진리와도 같을 때가 있다.

이번 일에 있어서도 군중이 칠링워드에 대한 자기들의 편견을 정당화할 만한 사실상의 증거나 뚜렷한 주장이 있는 것은 아니었다. 그러나 이것만은 사실이다. 한 30년 전 토머스 오버베리 경의 살해 사건이 있었을 때 런던의 시민이었던 한 수공업자가 있었는데, 그의 증언에 의하면 칠링워드가 지금과는 다른 이름으로 — 필자가 지금 그 이름을 기억하지는 못하지만 — 그 유명한 노 마술사 포먼 박사와 함께 있는 것을 보았다는 것이다. 그런데 그 마술사는 오버베리 살해 사건과 관련이 있는 자였다고 한다. 또 한두서너 명의 증언에 따르면 이 의사는 인디언들에게 붙잡혀 있을 때 원주민 주술사들과 어울려 주문을 외우며 원주민들의 의술을 배웠다는데, 그 원주민 주술사들은 능숙한 마술사로서 그들의 마술을 써서 병을 신기하게 고친다는 소문이 자자했다. 판단력과 관찰력이 평소에 강하고 명석하여 보통 때 같으면 그들의 의견이 존중시되었을 인사들 중의 많은 분들은 칠링워드가 읍내에 와서 사는 동안 특히 딤즈데일 목사와 거처를 함께한 이래로 그의 모습이 변했다고 주장했다. 처음에는 그의 표정이 조용하고, 명상적이고, 학자 같았다. 그런데 이제는 그의 얼굴이 어딘지 모르게 추하고 악해졌다. 이런 표정은 전에 없었던 표정일 뿐 아니라 그를 쳐다보면 볼수록 더욱더 표정이 추하고 악해진다는 것이었다. 무식한 사람들의 생각에 따르면 그의 실험실에 있는 불은 저속한 지역에서 가져온 것이며 지옥에서 쓰는 연료로 그 불을 때기 때문에 필연코 그의 얼굴이 검어지고 있다는 것이었다.

요컨대 기독교 사회에서 어느 시대를 막론하고 특별한 성직에 몸을 담고 있던 많은 사람들과 마찬가지로 아서 딤즈데일 목사는 칠링워드라는 인간의 탈을 쓰고 나타난 사탄이나 사탄의 사자에게 홀리고 있다는 소문이 두루 퍼졌다. 이 악마의 사자가 어떤 이유로인지 하나님에게 허락을 받고 목사의 곁으로 파고들어 그의 영혼을 모함하고 있다는 것이다. 지각이 있는 사람이라면 어느 편이 승리를 거둘 것이냐에 대하여 의심할 여지가 없다는 말이었다. 사람들은 목사가 필연코 이겨 얻은 영광에 휩싸여 싸움에서 벗어나리라는 굳은 희망을 안고 지켜보았다. 그러나 그러는 가운데에도 목사가 승리를 향해 싸워 나가며 겪어야 할 죽음과도 같은 고통을 생각하면 슬픈 일이었다.

아아, 가엾은 목사의 깊은 눈동자에 비친 우울과 고통을 보면 그 싸움은 쓰라린 싸움이요, 승산도 불확실한 싸움이었다!

의사와 환자

늙은 로저 칠링워드는 일생 동안 성격이 조용하고 다정하지는 않아도 친절하고 세상 사람들과의 모든 관계에서 순수하고 마음이 바른 사람이었다. 그는 진실만을 추구하는 법관처럼 엄격하고 성실하게 자기가 생각하는 대로 문제를 관찰하기 시작했다. 그런데 그의 태도를 보면 마치 그가 풀려는 문제가 그 자신에게 영향을 미친 애정이나 억울함의 문제가 아니라 공중에 그려진 선이나 도형으로 되어 있는 기하학 문제인 양 싶었다. 그러나 그가 관찰을 계속하는 동안 굉장한 매혹의 힘이, 꼭 해내지 않고는 물러설 수 없다는 고요하지만 맹렬한 생각이 노인의 마음을 사로잡았다. 이제 그는 금을 찾는 광부처럼, 아니 오히려 죽은 시체의 가슴 위에 묻혀 있는 보물을 찾아 무덤을 파헤치지만 죽음과 시체의 부패뿐인 묘혈의 관청 심부름꾼처럼 가엾은 목사의 마음속을 파고들어 갔다. 진정 그가 찾는 것이 죽음과 부패였다면, 아아, 그는 얼마나 가엾은 영혼인가!

때로는 의사의 두 눈이 파랗게 불타는 듯한 불길한 빛을 발했다. 그것은 용광로의 불빛이 반사하는 것 같기도 하고 버니언의 《천로역정》에 나오는 언덕 기슭의 무시무시한 집 문간에서 흘러나와 순례자의 얼굴을 창백하게 비추는 괴화(怪火) 같기도 했다. 이 검은 광부(의사)가 캐들어가는 광산의 지질은 만족할 만한 것이었다.

언젠가 한번 의사는 혼자 중얼거렸다.

"이 사람은 남들이 순결하게 여기고, 보기에는 아주 영적인 사람 같으나 아버지나 어머니한테 아주 강한 동물적인 성격을 물려받았어. 이 방향으로 좀 더 깊이 파봐야겠는걸."

그래서 어두운 목사의 마음속을 오랫동안 더듬어 인류의 복리를 위한 포부라든가, 사색과 연구로 다듬어지고 계시로 말미암아 깨달은 영혼과 순수한 감성과 경건한 마음에 대한 뜨거운 사랑 등을(황금같이 귀중한 이 모든 것이 의사에게는 쓰레기만도 못할지 몰랐다) 샅샅이 뒤지고 난 후 의사는 실망에 가득 차서 돌아서고 다시금 새로운 각도를 잡아 탐색을 시작했다. 그는 마치 방에 침입했으나 방에 누운 사람이 잠시 선잠이 들든가 깨어 있어서 이 사람이 눈동자처럼 귀하게 지키고 있는 보물을 훔치다가 어려워진 도둑이 숨을 죽이고 정신을 바짝 차리고 살금살금 더듬는 것 같았다. 미리 용의주도하게 계획은 세웠지만 마룻바닥이 가끔 삐걱거리고 옷깃이 살랑 스치고 자신의 그림자가 너무 가까이에서 흰 상자 위에 그림자를 던졌다. 다시 말하면 예민한 신경이 가끔 영적인 통찰력을 발휘하는 딤즈데일 목사 자신의 마음의 평화를 해치려는 무엇이 자신에게 접근하고 있다는 것을 어렴풋이 느끼곤 했다. 그러나 늙은 로저 칠링워드 역시 직관적인 감수성이 있어서 목사가 놀란 시선을 그에게로 던지면 친절하고 주의 깊고 동정심이 많고 절대로 상대방을 침범하지 않는 의사로서 앉아 있을 따름이었다.

딤즈데일 목사가 병든 사람이 늘 그렇듯이 모든 사람을 다 의심하려는 경향만 없었더라면 칠링워드라는 인간의 정체를 좀 더 완전히 파악했을 터이지만, 친구도 안 믿는지라, 설사 적이 나타나도 그것이 적인 줄 몰랐다. 그래서 그는 늙은 의사를 자기 서재에서 맞이하기도 하고, 실험실을 찾아가서 풀이 효능 있는 약으로 변해가는 과정을 심심풀이로 구경하기도 하며 친근한 교제를 계속했다.

어느 날 목사는 무덤을 향하여 나 있는 창문 턱에 고인 팔로 이마를 받치고 로저 칠링워드와 담소를 하고 있었는데 그 늙은 의사는 흉측하게 생긴 약초 한 묶음을 조사하는 중이었다.

목사는 그 풀뿌리를 곁눈으로 보며(그 무렵에는 물건이든 사람이든 똑바로 쳐다보지 않는 것이 목사의 특이한 점이었다) 다음과 같이 말했다.

"의사 선생, 그렇게 검고 축 늘어진 잎이 달린 약초를 어디서 뜯어 오셨지요?"

"여기 묘지에도 있어요."

작업을 계속하며 의사는 대답했다.

"나도 처음 보는 겁니다. 묘비도 없고 그 밖에 죽은 사람을 기념할 만한 아무 표시도 없고 다만 이 풀만이 죽은 자를 기억하듯이 서 있는 무덤에서 뜯었어요. 이 풀이 시체의 가슴 있는 데서 돋아났는데 아마 시체와 함께 묻힌 비밀을, 그가 살았을 때 고백했으면 좋았을 무서운 비밀을 말해주고 있는 것 같습니다."

"아마도 그 사람이 무척 고백하고 싶었지만, 못했는지도 모르죠."

딤즈데일이 말했다.

"왜 그랬을까요?"

의사가 물었다.

"어째서 고백을 안 했을까요? 자연의 모든 힘이 죄를 고백하라고 그토록 간절히 호소한 나머지 죄를 머금고 죽어 파묻힌 가슴에서 이렇게 검은 풀까지 돋아 나왔는데 말이오?"

"그것은, 의사 선생, 당신의 환상에 불과합니다."

목사가 대답했다.

"내가 아는 대로는 인간의 마음과 더불어 무덤에 묻힐 비밀 ─ 말이든 어떤 다른 기호나 표시이든 간에 ─ 을 드러낼 수 있는 힘은 하나님만이 가졌습니다. 그런고로 비밀의 죄를 지은 마음은 모든 숨은 일이 드러나는 날까지 그 비밀을 간직하고 있는 수밖에 없습니다. 그리고 그날이 와서 인간의 생각과 행동을 드러내는 것은 성경 말씀에 따르면 벌을 주기 위함이 아닌 것으로 저는 알고 있습니다. 벌을 준다는 견해는 정말로 천박한 견해였지요. 결코 벌이 아닙니다. 제가 아는 대로는 이렇게 비밀을 드러냄은 모든 지성 있는 인간들의 지적인 만족감을 더해주기 위한 것이고, 이날이 오면 지성적인 인간들이 자신의 인생 문제가 밝혀지기를 기다릴 것입니다. 이 문제를 완전히 해결하려면 물론 인간의 마음속을 환히 알아야 하겠지만 선생께서 말하는 것과 같은 비밀을 마음속에 가진 사람도 최후의 날이 오면 서슴지 않고, 말할 수 없이 기쁜 마음으로 그 비밀들을 내놓을 것입니다."

"그렇다면 어째서 비밀을 안 내놓는단 말이오?"

로저 칠링워드는 가만히 곁눈으로 목사를 쳐다보며 물었다.

"어째서 죄 있는 자들이 이와 같이 말할 수 없는 기쁨을 좀 더 빨리 누리지를 않는 겁니까?"

"대부분이 그렇게 합니다."

목사는 뛰는 가슴이 아파서 괴로운 듯이 가슴을 움켜쥐고 말했다.

"수많은 가엾은 영혼들이 임종할 때뿐 아니라 정력이 왕성하고 명성을 떨치고 있을 때에도 저에게 고백을 했습니다. 그리고 죄지은 형제들이 이렇게 죄를 쏟아놓고 나면 얼마나 마음이 편해지는가를 저는 목격했습니다. 오랫동안 자신의 더러워진 입김으로 말미암아 질식하는 사람이 마지막 숨을 거둘 때에도 그런 것을 보았습니다. 그럴 수밖에 없지 않습니까? 어찌하여 불쌍한 죄인이, 예를 들어 살인한 죄인이 죽은 시체를 당장에 밖으로 밀어내지 않고 가슴 속에다 묻어두어 세상이 처리하도록 둔다는 말입니까?"

"그러나 어떤 사람들은 그들의 비밀을 그렇게 가슴속에다 묻어두지요."

의사가 침착하게 말했다.

"옳습니다. 그런 사람들이 있습니다."

딤즈데일 목사는 대답했다.

"그러나 그것은 그 사람들의 타고난 성격 때문에 침묵을 지키는 것이겠지요. 더 명백한 이유를 댈 필요도 없겠습니다. 또는 이렇게 생각할 수는 없을까요? 그들이 죄는 지었을망정 하나님의 영광과 인간의 번영을 바라는 마음이 간절하여 남들이 보는 앞에다 어둡고 더러운 그들의 자태를 감히 드러낼 수 없기 때문이고, 또 드러냈다고 해서 앞으로 좋아질 것도 없고 이미 저지른 악이 씻기어 선이 될 수도 없기 때문이라고 말입니다. 그래서 말할 수 없이 고통스럽지만, 그들은 새로 내린 눈처럼 결백한 듯이 사람들 사이를 오가지만, 마음은 그들이 벗을 수 없는 죄로 말미암아 물들고 멍들어 있다는 말입니다."

"그 사람들은 스스로를 속이는 거지요."

로저 칠링워드는 유달리 힘을 주고 집게손가락으로 손짓을 하면서 말했다.

"그들은 마땅히 겪어야 할 부끄러움을 두려워하는 겁니다. 그들의 인간에 대한 사랑이나 신을 섬기려는 열성과 같은 성스러운 충동이 그들로 하여금 마음속에 불러들여 지옥의 씨를 뿌리게 만든 죄와 더불어 그들의 마음속에 고정됐는지 안 됐는지는 모를 일이오. 그러나 만일에 그들이 하나님께 영광을 돌리기를 원한다면 하늘을 향하여 죄에 물든 손을 높이 들지는 말아야 하지 않소! 또 그들이 이웃에게 봉사하고 싶다면 속죄하는 뜻으로 스스로 굴욕을 겪어 양심이 존재하고 힘을 발휘하고 있음을 보여주어야지요. 경건하고 현명한 딤즈데일 목사! 당신은 잠시 속이는 것이 신의 진리를 드러내는 것보다 신의 영광이나 인간의 번영을 위하여 낫다는 말입니까? 정말이지, 그런 자들은 스스로를 속이는 사람들이오."

"그럴는지도 모르겠습니다."

젊은 목사는 이치에 맞지 않는 논쟁을 물리치기라도 하듯이 냉담하게 말했다. 그는 자신의 신경과민한 성격을 건드리는 화제는 서슴지 않고 회피하는 버릇이 있었다.

"그런데, 유능하신 의사 선생께 정녕 묻고 싶습니다만 선생께서 이 허약한 신체에 베푸신 치료가 무슨 효험을 가져왔다고 생각하시는지요?"

로저 칠링워드가 답을 하려는 찰나에, 이웃 묘지로부터 깔깔대는 어린아이의 맑은 웃음소리가 들려왔다. 여름이라서 열어놓은 창 밖을 반사적으로 내다보는 목사의 시선에 헤스터 프린과 펄이 울타리 안으로 나 있는 길을 지나가는 모습이 눈에 띄었다. 펄은 화창한 날씨처럼 아름다웠으나 짓궂은 장난을 하고 한바탕 웃어보고 싶은 기분이었다. 이런 기분이 생길 때마다 펄은 동정심이나 인정 같은 것은 아랑곳없는 듯했다. 그애는 불경스럽게도 이 무덤 저 무덤을 뛰어다니고, 그러다가 저명한 인사의 무덤에 크고 널따란 문장(紋章)이 새겨진 묘비가 서 있으면─아이작 존슨 자신의 묘비인지도 모른다─ 거기에 올라가 춤을 추었다. 어머니가 얌전히 굴라고 분부를 하든가 타이르면, 어린 펄은 어머니의 분부에 대한 응답으로 무덤 근처에서 자라는 우엉의 씨를 한줌 따서 어머니의 가슴을 수놓은 주홍글씨의 선을 따라 늘어놓았다. 가시 달린 우엉씨는 찰싹 달라붙어 떨어지질 않았다. 헤스터는 그것을 떼지 않고 그대로 두었다.

로저 칠링워드는 바로 이 순간에 창문 있는 데로 다가와서 무서운 표정으로 웃음을 머금고 내려다보았다.

"저애는 되먹기를 윗사람을 무서워하는 법도 없고, 옳든 그르든 사람의 말이나 의견을 들어주는 법도 없어요."

혼자 중얼거린 건지 친구더러 들으라고 한 건지는 모르겠으나 그는 이렇게 말했다.

"일전에는 스프링 레인에서 소 먹이는 물통에 든 물을 튀겨 장관님께 뒤집어씌우는 것을 봤소이다. 도대체 무슨 애가 그렇습니까? 이 요정 같은 애가 악마일까요? 애정이 있는 애일까요? 인간으로서의 원리가 그애에게서 엿보입니까?"

"원칙에 어긋나는 자유분방밖에는 아무것도 안 보입니다."

딤즈데일 목사는 이 문제를 마음속으로 은밀히 토론이라도 하는 듯 조용히 대답했다.

"그애가 선을 행할 수 있을는지는 나도 모르겠습니다."

그애가 그들의 말소리를 엿들은 것 같았다. 명랑하고 총명함을 보여주지만 한편 장난꾸러기 같은 미소를 지으며 창문을 쳐다보더니 딤즈데일 목사를 향하여 우엉씨를 하나 던졌다. 예민한 목사는 마음이 두렵고 불안해지며 우엉씨 화살을 피했다. 목사의 심정을 눈치챈 펄은 너무 좋아서 어쩔 줄을 모르고 작은 손바닥을 쳤다. 헤스터 프린도 역시 무심결에 쳐다보았다. 젊고 늙음을 막론하고 이 네 사람이 모두 다 서로 묵묵히 쳐다보았다. 이윽고 아이는 웃음을 터뜨리고 소리를 쳤다.

"엄마, 이리 와요. 안 오면 저 늙은 마귀가 잡아갈 거예요. 벌써 목사님은 붙잡혔어요. 엄마, 빨리 와요, 안 오면 붙잡혀요. 그렇지만 조그만 펄은 못 잡아요.”

이렇게 펄은 어머니를 끌고 가서 뛰고 춤추며 무덤 사이를 돌아다니는 것이 세상을 떠나서 땅에 묻힌 세대와는 상관이 없거나 인연이 없다고 주장하는 것 같았다. 마치 그 아이는 새로운 원소로 지음을 받아서 인생을 제멋대로 살아도 좋고, 자신이 법이라서 괴벽한 일이 있어도 죄가 아니라는 듯했다.

“저기 한 여인이 갑니다.”

로저 칠링워드는 잠시 후에 말을 이었다.

“저 여자는 자신의 과실이야 무엇이든 목사님께서 참고 견디기가 어려울 거라고 보는 숨은 죄 같은 것도 없는 사람이올시다. 헤스터 프린은 가슴에 단 주홍글씨 때문에 불행이 덜어졌다고 생각하시오?”

“그렇게 생각합니다.”

목사는 대답했다.

“그렇지만 내가 그녀 대신에 답을 할 수는 없습니다. 그녀의 얼굴에는 내가 차라리 보지 않았으면 좋았을 괴로운 표정이 엿보였습니다. 그래도 역시 이 가엾은 여인 헤스터처럼 마음의 괴로움은 감추어 두기보다는 차라리 드러내버리는 것이 당하는 사람을 위해서는 좋다는 생각이 듭니다.”

다시금 말이 중단되고 의사는 뜯어 온 풀을 다시금 조사하고 정돈하기 시작했다.

마침내 의사는 입을 열었다.

"조금 전에 목사님의 건강에 대한 나의 견해를 물으셨소?"

"네, 그랬습니다."

목사가 대답했다.

"정말 알고 싶습니다. 살든 죽든 솔직하게 말씀해주십시오."

"기탄 없이, 쉽게 말해서."

의사는 아직도 바쁘게 풀을 매만지는 한편 딤즈데일 목사에게 주의 깊은 시선을 던지면서 말했다.

"목사님의 병은 이상해요. 적어도 내가 증세를 관찰한 대로는 병 자체보다도 표면상으로 나타난 것이 말이외다. 지나간 몇 달 동안 매일같이 목사님을 쳐다보고 목사님께 나타나는 증세를 관찰하고 나서 나는 당신이 아마도 심한 병에 걸린 것이라고 생각하게 됐지 마는 의학 지식이 많고 주의 깊은 의사라면 능히 고칠 수 있는 병으로 봅니다. 하나, 무어라고 하면 좋을지 모르겠소. 무슨 병인지 알 듯하면서도 모르겠구려."

"선생께서는 수수께끼 같은 말씀을 하십니다."

얼굴이 창백해진 목사는 곁눈으로 창밖을 내다보며 말했다.

"그러면, 좀 더 쉽게 말씀드려서."

의사가 말을 계속했다.

"용서하시오, 목사님. 실례가 되더라도 솔직하게 말씀드려야 하겠소이다. 친지로서 그리고 하나님의 섭리로 말미암아 당신의 생명과 건강을 돌볼 책임을 진 사람으로서 묻는데, 당신은 병의 증세를 하나도 숨김없이 모두 나에게 보여준 것이오?"

"그것이 무슨 말씀이십니까?"

목사가 물었다.

"의사를 불러들이고 병을 감추다니 그것이야말로 어린애 장난이 아니겠습니까?"

"그러면 내가 죄다 알고 있다는 말씀이오?"

로저 칠링워드는 강한 지성의 빛이 흐르는 눈으로 목사의 얼굴을 유심히 쳐다보면서 말했다.

"그건 좋소마는 의사가 환자의 병의 외면적 육체적 증세밖에 못 본다면 자기가 고쳐야 할 병은 반밖에 모르는 수가 종종 있소이다. 우리가 병의 전체라고 생각하는 육신의 병이 결국엔 영혼의 병의 징후에 불과할 수도 있다는 말이외다. 제 말이 다소라도 귀에 거슬리거든 용서하시오. 당신은 내가 아는 모든 사람 중에서 유독 육신이 정신과 가장 밀접하게 결합하고 섞이어 말하자면 일체가 되어서 육체는 정신의 도구가 되는 것이오."

"그러면 제가 이상 더 부탁드릴 것이 없습니다."

목사는 조금 성급히 자리에서 일어나며 말했다.

"생각컨대 선생은 영혼을 고치는 의사가 아닙니다."

로저 칠링워드는 목사의 항의에는 아랑곳없이 일어서서 작달막하고 까무잡잡한 병신꼴로 창백하고 파리한 목사와 대결하여 말을 계속했다.

"그런고로, 병이라는 것은 정신의 병이라는 것은, 당장에 육체를 통하여 증세를 드러내게 마련이오. 그러므로 당신이 의사로 하여금 육체의 병을 고치게 하려면 당신의 영혼이 받은 상처나 고민을 밝히지 않고서야 어떻게 그것이 가능하다는 말입니까?"

"아닙니다. 육신의 의사인 선생에게는 그런 부탁을 안 하겠습니다."

딤즈데일 목사는 빛나는 두 눈을 크게 뜨고 매서운 표정을 지으며 격한 감정으로 칠링워드를 향해 소리쳤다.

"선생께는 부탁하지 않습니다. 그러나 만일에 나의 병이 영혼의 병이라면 유일하신 영혼의 의사에게 나를 맡길 것입니다. 나의 병이 그분의 노여움만 사지 않으면 그분이 고쳐주실 것이고 아니면 죽이실 것입니다. 나는 그분더러 정의와 지혜대로 그분의 뜻대로 처분해줍시사고 부탁드릴 것입니다. 그러나 선생이 누군데 이 일에 손대고, 마음이 괴로운 자와 하나님의 사이를 막으려 합니까?"

목사는 미친 듯이 방에서 뛰어나갔다.

"이런 절차를 밟길 잘했군."

로저 칠링워드는 의미심장한 미소를 짓고 목사의 뒷모습을 쳐다보며 혼자 중얼거렸다.

"손해날 것은 하나도 없어. 우리는 금방 또 친해질 테니까. 이 자의 감정이 얼마나 격했는지 순식간에 제정신을 잃는 걸 봤단 말이야. 한번 격정에 그랬으니 앞으로 격하면 또 그럴 테지. 조금 전에 경건하신 딤즈데일 목사께서 감정이 격하여 미쳐 날뛰더란 말씀이야."

두 사람이 같은 입장에서 같은 정도로 친분을 되찾는 일은 어렵지 않았다. 몇 시간을 혼자 있노라니까 젊은 목사는 자기의 신경이 어지러워져서 화를 내는 추태를 부렸고, 그 추태에 대하여 변명이나 구실이 될 만한 말을 의사가 한 것도 아니라는 생각이 들었다.

목사는 자기가 그 친절한 노인네를 윽박지르는 폭언을 어떻게 감히 했을까 하고 놀랐다. 그것도 그가 자신의 의무를 다하느라고 권고를 하였고, 그런 권고는 목사 자신이 스스로 청할 성격의 것이 아니었는가. 이렇게 후회가 나서 목사는 지체하지 않고 크게 사과를 하며 계속해서 병을 보살펴달라고 청했다. 그의 보살핌이 자신의 건강을 회복시키지는 못했지마는 자신의 나약한 생명을 그 시간까지 연장시켜준 게 틀림없으리라는 것이었다. 로저 칠링워드는 이를 쾌히 승낙하고, 확신을 갖고 최선을 다하여 목사의 치료를 계속했으나 치료를 위한 면담이 끝나고 환자의 방을 나갈 때에는 묘하고 착잡한 미소를 입가에 떠우곤 했다. 이런 표정이 딤즈데일 목사가 있을 적에는 나타나지 않았으나 의사가 그 방의 문지방을 넘어설 때면 강하게 드러났다.

"보기 드문 증세로군."

의사는 중얼거렸다.

"좀 더 깊이 관찰해야겠어. 영혼과 육체가 이상한 조화를 이루고 있단 말이야. 의학적 기술을 위해서만이라도 이 문제는 끝까지 캐내야겠어."

위에서 말한 사건이 있은 뒤 얼마 안 가서 딤즈데일 목사가 대낮에 깜박 잠이 든 적이 있었다. 커다란 검은 활자로 박힌 책을 한 권 책상 위에 펴놓고 의자에 앉아서 깊이 잠들었다. 그것은 틀림없이 독자의 잠을 재촉하는 학파의 역작이었으리라. 목사의 휴식의 한량없는 깊이가 더욱더 놀라운 것이었다. 왜냐하면 그는 보통 얕게 가볍게 잠들어서, 그의 잠은 나뭇가지 위를 깡충깡충 뛰는 작은 새 모양으로 쫓아버리기가 쉬웠기 때문이다. 그러나 목사의 정신이 그토록 깊이 잠들어버려서 늙은 칠링워드가 별로 조심도 않고 방에 들어왔지만 목사는 의자에서 잠든 채 꼼짝도 안 했다. 의사는 곧장 환자 앞으로 다가가서, 그의 가슴에 손을 대고 그때까지는 의사의 눈에서도 감추어두던 가슴 위의 옷을 제쳤다.

그랬더니 아니나 다를까 딤즈데일 목사는 덜덜 떨고 몸을 약간 움직거렸다.

잠시 지체한 후 의사는 도로 나가버렸다.

그런데 그가 놀람과 기쁨과 공포가 뒤섞인 얼마나 착잡한 표정을 지었던지! 그야말로 눈과 용모만 가지고는 표현할 수 없을 만큼 소름을 끼치게 하는 미치광이 같은 기쁨의 표시여서, 추하게 생긴 그의 몸뚱이를 뚫고 나와 천장을 향해 두 팔을 번쩍 들고 두 발로 마룻바닥을 구르는 기괴한 몸짓을 하여 자태를 드러냈다. 이와 같이 황홀의 순간에 처한 늙은 로저 칠링워드를 보았다면 한 귀한 영혼이 천국을 잃고 지옥에 떨어질 때에 사탄이 어떤 모양으로 자태를 드러내는가를 새삼 물어볼 필요가 없을 것이었다.

그러나 의사의 황홀함이 사탄의 황홀함과 다른 점은 그 속에 드러난 경탄의 표시였다.

마음속의 비밀들

앞서 말한 사건이 있은 뒤부터는 목사와 의사의 사이가 겉으로 보기에는 여전한 것 같았으나 전과는 다른 양상을 띠기 시작했다. 현명한 로저 칠링워드의 앞길은 환히 틔었다. 물론 그것은 자기가 닦은 길은 아니었다. 표면상으로 조용하고, 점잖고, 성내지 않는 것 같았으나, 그 불행한 노인의 마음속에서는 지금까지 숨어서 잠재하던 악의가 머리를 들기 시작하고 지극히 교묘한 복수를 꾀하기 시작한 것이다. 그 방법이란 우선 친구로 가장하여 상대방의 신뢰를 얻고 상대방으로 하여금 모든 두려움과 참회와 번민과, 그리고 참회를 하여도, 잊으려고 애써도 되살아나는 악몽 같은 추억을 죄다 고백하도록 만드는 것이다. 그리하여 목사의 슬픈 죄책감이 그를 용서하여줄 마음씨가 너그러운 세상 사람들에게는 알려지지 않고, 인정도 용서도 모르는 자기만이 알게 만든다. 그다음에 그가 모든 비밀을 목사의 면전에서 폭로하면 최고의 복수가 되리라는 이야기다.

목사의 내성적이고 민감하고 남에게 속을 안 주는 성격이 의사의 간계에 지장을 주었다. 그러나 로저 칠링워드에게서는 진전이 없어서 불만스럽다는 기색을 전혀 찾아볼 수 없었다. 하나님의 섭리가 벌을 주어야 할 것 같은데 용서를 주고, 보복을 하는 자와 당하는 자를 모두 이용하여 의사의 검은 흉계를 이루어주는 셈이 되었던 것이다. 그는 자기에게 신의 계시가 내린 것이나 마찬가지라고 생각했다. 목적만 달성한다면 계시가 하늘에서 내려오건 땅에서 솟아나건 무슨 상관이겠는가. 계시의 도움으로 그는 딤즈데일 목사와 사귀는 가운데 목사의 외적 존재뿐 아니라 마음속 깊이 숨어 있는 영혼까지도 낱낱이 알 수 있었다. 그때부터 그는 가엾은 목사의 마음속 깊이 파고들어 관객과 배우의 두 가지 역을 다하게 되었다. 의사는 목사를 마음대로 다루었다. 그가 목사를 괴롭히고 싶으면, 목사는 고문대에 오른다. 그는 고문대를 조정하는 용수철만 알면 되고, 사실상 그는 그것을 잘 알고 있었다. 목사가 갑자기 공포에 사로잡히도록 만들기를 원하면, 그는 마술사처럼 지팡이를 흔들어 소름이 끼치도록 무서운 환상을 불러일으킨다. 그러면 더러는 죽음의 형상을 하고, 더러는 부끄러움을 참지 못하는 형상을 한 무수한 무리가 목사를 에워싸고 그의 가슴을 향하여 손가락질한다.

의사의 계획이 하도 교묘하고 감쪽같아서 목사도 어떤 요사스러운 힘이 자기를 노리고 있다는 것을 어렴풋이 느끼기는 하지만 그것의 정체가 무엇인가는 알 길이 없었다. 목사는 심한 의구심에 사로잡혀서(때로는 심한 공포와 혐오감이 엄습했다) 뒤틀어져 기형이 된 늙은 의사의 모습을 쳐다보곤 했다. 의사의 몸짓이며, 걸음걸이며, 희끗희끗한 수염이며, 그의 옷차림이며 사소한 동작 하나하나에 이르기까지 모든 것이 목사의 혐오감을 불러일으켰다. 이것은 본인이 의식하는 것보다 훨씬 더 뿌리 깊은 반감이 목사의 마음속에 숨어 있음을 보여주는 증거였다. 그러나 그와 같은 불신과 혐오감을 품게 된 이유는 목사 자신도 잘 몰랐다. 그래서 목사는 병든 한군데에서 독이 번져 나와 가슴 전체를 침해하고 있음을 의식하면서도 이것을 누구의 탓으로는 돌리지 않았다. 오히려 목사는 칠링워드를 대하던 자신의 옹졸한 마음을 책하고 뿌리뽑으려고 애쓸 따름이고, 눈앞에 닥치는 경고는 보지 못했다. 그가 자신의 옹졸함을 뿌리뽑지는 못했다. 노인과의 친교는 자연스럽게 유지되었다. 이리하여 노인은 목적을 달성할 기회를 얻었다. 그러나 자기의 환자보다도 외롭고 비참한 늙은 의사는 보복의 목적을 달성하려고 허덕였다.

이렇게 몸은 아프고 검은 마력은 영혼을 좀먹고 괴롭혀서 마침내는 죽음에 이르게 할 악마의 손아귀 속에 있으면서도, 딤즈데일 목사는 성직을 십분 수행하여 이름을 빛냈다. 그의 명성의 대부분은 슬픔의 대가였다. 그러나 타고난 지성과 예리한 도덕적 안목과 자신이 경험한 강한 감정을 남에게 전달할 수 있는 능변이 일상생활의 고뇌와 고통으로 말미암아 이상한 행동으로 변모하고 있었다. 아직도 위로 치닫는 그의 명성은 동료 목사들이 차분하게 얻은 명성을 능가했다. 그들 중의 몇몇 저명한 인사들은 딤즈데일 목사가 이 세상에 태어나서 산 것보다 더 긴 세월을 성직에 관한 오묘한 뜻을 깨우치기 위하여 보낸 사람들이었다. 따라서 그들은 젊은 목사보다 정신의 바탕이 굳건하고 이해력이 강철이나 금강석같이 예리하고 단단해서 교리적인 요소만 알맞게 가미하면 존경할 만하고, 능력 있고, 엄숙한 부류의 성직자들이었다. 성자와도 같은 신부(神父)들도 있었다. 그들은 책과 씨름하고 끈기 있게 사색하여 지적 기능은 섬세해지고 내세와의 영적 교제로 말미암아 그들의 생은 순결하여 인간의 옷을 걸친 대로 천국에 들어갈 것이었다. 그들에게 부족함이 있다면 오순절 날에 뽑힌 그리스도의 사도들에게 불 같은 혀로 내렸던 성령이 있었다. 불 같은 혀는 알아들을 수 없는 외국어를 상징하는 것이 아니라 마음의 언어로써 전 인류에게 내리신 성령을 상징하는 것이었다. 이 신부들이 신부임을 입증하여줄 하늘의 증거인 이 불 같은 혀만 가졌더라도 진정한 사도가 되었을 것인데 그들에게도 이것이 결여되어 있었다. 그들은 아마도 가장 높은 진리를 흔하고 속된 말과 형상으로 표현해보려는 헛된 시도를 했나보다. 그들의 음성은 그들이 항상 깃들이던 높은 세계로부터 멀리 그리고 불확실하게 울려 내려왔다.

딤즈데일 목사는 자신의 여러 가지 특징으로 보아 마지막에 예를 든 사람들과 동류였을 것이다. 자신의 죄(그것이 무슨 죄였든지 간에)로 말미암아 그의 노력이 좌절되지만 않았더라면 그는 신앙의 높은 봉우리에 도달했을 것이다. 그러나 지금은 높은 봉우리의 기슭에서 비틀거릴 수밖에 없는 신세가 되어 항상 낮은 데서 비천한 사람들과 자리를 같이하게 되었다. 그렇지만 않았더라면 하늘나라 사람 같은 그의 목소리에 천사도 귀를 기울이고 화답했을 것이었다. 그러나 그는 이 죄로 말미암아 죄인들을 동정하게 되었다. 그래서 그의 마음은 죄인들과 더불어 떨고, 그들의 고통을 자신의 고통으로 여기고, 자신의 마음의 고통을 슬프고도 설득력 있는 능변으로 수많은 사람들의 마음에 전하는 것이었다. 그의 능변이 보통은 듣는 이의 심금을 울렸으나, 때로는 무서웠다. 사람들은 무슨 힘이 그들의 마음을 그토록 감동시키는지 알지 못했다. 그들은 이 젊은 목사를 거룩한 기적이라고 생각했다. 그들은 이 목사가 하늘의 지혜와 질책과 사랑의 소식을 전하는 대변자라고 생각했다. 그들에게는 그가 밟고 서 있는 땅마저 성역으로 보였다. 교회의 처녀들은 목사 앞에서 창백해졌다. 신앙으로 물든 애정이 넘치는 그들은 그 애정이 신앙인 양, 하나님이 즐겨 받으실 제물인 양, 하얗게 맑은 가슴속에 품고 제단 앞으로 나아갔다. 늙은 교인들은 자신들의 병든 몸이 파리하면서도, 목사가 허약하여 먼저 하늘나라에 갈 것이라고 생각하고, 죽거든 늙은 뼈일랑 목사님의 거룩한 무덤 옆에 묻어달라고 자식들에게 간곡히 부탁했다. 그러나 가엾은 딤즈데일 목사는 과연 자기의 무덤에도 풀이 자랄 것인가 하고 의심했다. 저주받은 자신의 육체가 거기에 묻힐 것이기 때문이었다.

　뭇사람의 존경을 받는 그의 마음의 고통은 말할 수 없이 컸다. 진실을 우러러보려는 그의 마음은 순수한 것이었다. 생명 중의 생명과 같은 성스러운 본질이 없는 것은 무엇이든지 그림자처럼 알맹이도 가치도 없는 것으로 여기려는 그의 마음도 순수한 것이었다. 그러면 자기는 무엇인가? 실체였다는 말인가? 또는 그림자 중에서도 희미한 그림자였다는 말인가? 그는 자신이 서 있는 강단에서 무엇인가를 큰 소리로 외치고 싶은 충동을 느꼈다. 딤즈데일 목사는 강단에 올라갔을 때에 이 말을 외치지 않고서는 내려오지 않으리라는 결심을 한 적이 한두 번이 아니었다. 헛기침을 하고 목소리를 가다듬고 숨을 깊이 들이쉰 다음 자신의 마음속 깊이 감추어둔 검은 비밀을 쏟아놓고야 말겠다고 생각한 적이 한두 번이 아니었다. 아니 사실은 여러 번 말을 해버렸다. 과연 어떤 모양으로 말을 했던가? 그는 청중에게 자기는 악한 자일 뿐 아니라 악인 중에서도 악인이며, 죄인 중의 죄인이고, 추악한 자고, 상상도 못 할 불법자라고 말했다. 전능하신 하나님의 불길 같은 분노 앞에서 바르르 떨고 있는 자신의 초라한 모습을 눈앞에 대하면서도 그 사실을 믿지 않는 교인들이 참으로 딱하다고 말했다. 얼마나 분명한 말이었는가? 교인들은 아마 자리에서 벌떡 일어나 그가 더럽힌 강단에서 그를 끌어내렸을 테지. 그러나 아니었다. 교인들은 그 말을 듣고 나서 오히려 목사를 더욱더 존경하게 되었다. 자신을 질책하는 목사의 말 속에 숨어 있는 비밀을 교인들은 상상조차 못 했던 것이다. 그들은 서로 이렇게 말했다.

"믿음이 깊은 젊은이로군, 과연 성자야. 맙소사, 그가 해맑은 자신의 영혼 속에서 그토록 많은 죄를 찾아낸다면 자네나 내 마음속에서는 얼마나 끔찍스러운 죄악을 끄집어내겠는가"라고.

교활한 위선자였으나 뉘우칠 줄 아는 목사는 자신의 참회의 모호함이 폭로될 날이 올 것을 알고 있었다. 그는 양심의 가책을 사람들 앞에 털어놓음으로써 자신을 속이려 했으나 죄를 한 가지 더 지을 뿐 부끄러움을 금치 못하며, 순간적인 마음의 평화도 누리지 못했다. 그는 진실을 말함으로써 진실을 거짓으로 탈바꿈하게 한 셈이 되었다. 그러나 바탕이 그런지라 그는 소수의 인간들처럼 진실을 사랑하고 거짓을 미워하는 사람이었다. 그래서 그는 무엇보다도 떳떳하지 못한 자신을 미워했다.

목사는 마음속의 번민으로 말미암아 자기가 태어나서 자라난 교회의 밝은 신앙을 따르지 못하고 낡고 부패한 로마 교회의 신앙을 따를 수밖에 없었다. 자물쇠로 굳게 잠근 딤즈데일 목사의 밀실에는 피묻은 채찍 하나가 있었다. 개신교다운 청교도인 이 목사는 종종 이 채찍으로 자신의 두 어깨를 후려갈기면서 자신을 몹시 비웃었다. 그리고 이 비웃음으로 인하여 자신을 더욱더 사정없이 때렸다. 많은 경건한 청교도들이 그랬듯이 그도 또한 금식을 했다. 그러나 몸을 정결하게 하여 하늘의 광명을 받아들일 그릇을 준비하려고 금식하는 청교도들과는 달리 꿇은 무릎이 떨릴 때까지 엄격하게 고행을 더하기 위해서 금식을 했다. 그는 밤마다 암흑 속에서 이와 같이 밤을 지샜다. 때로는 흐린 등잔불 아래서 고행을 하고 때로는 매우 밝은 불빛 아래서 자신의 얼굴을 거울에 비추어보기까지 했다. 목사는 이토록 끊임없는 자기 반성으로 자신을 괴롭혔지만, 몸과 마음이 결코 정결해지는 것은 아니었다. 오랫동안 철야 기도를 하면 눈이 빙빙 돌고 환상 같은 것이 눈앞을 날아간다. 환상 자체가 말하는 희미한 빛으로 말미암아 방 안의 어두운 구석에 있는 것들이 보일 듯 말 듯하고, 그의 뒤에 있는 거울 속에서는 오히려 뚜렷하게 반사되어 보였다. 악마 같은 것들이 이빨을 드러내고 히죽히죽 웃으며 창백해진 목사를 조롱하고 따라오라는 듯 손짓을 하는

가 하면 다음에는 빛나는 천사의 무리 같은 것들이 슬픔에 잠긴 듯이 처음에는 무겁게 날더니 점점 가벼워져서 사뿐히 날아갔다. 또 다음에는 어렸을 때 죽은 자기의 친구들이 왔다. 그리고 성자처럼 얼굴을 찌푸린 백발의 아버지와 어머니. 어머니는 지나가시면서 얼굴을 외면하셨다. 어머니의 유령, 너무나도 희미한 어머니의 환상, 그런데 그건 어쩌면 돌아가신 어머니께서 아들에게 보낸 연민의 시선이었는지도 모른다. 이번에는 환상적인 생각으로 무서워진 방 안을 헤스터 프린이 주홍빛 옷을 입은 어린 펄을 이끌고 미끄러지듯 지나가며 그녀의 손가락으로 먼저 자신의 가슴 위에 붙은 주홍글씨를 가리키고 다음에는 목사의 가슴을 가리켰다.

목사가 이런 환상에 사로잡히지는 않았다. 그는 강한 의지력으로 언제라도 몽롱함을 꿰뚫고, 실체를 알아보았다. 그래서 그 환상들이 저기 놓여 있는 무늬가 아로새겨진 참나무 탁자나 가죽 뚜껑에다 놋쇠로 철한 크고 네모진 신학 서적과 같은 실체가 아님을 확실히 감지할 수 있었다. 그러나 어떤 의미로는 실체가 없는 환상들이 가엾은 목사가 다루는 가장 진실하고도 본질적인 문제들이었다. 하늘이 영혼의 기쁨과 양식이 되라고 주신 우리의 현실의 정수와 본질을 앗아가는 인생이라면(목사의 그릇된 인생처럼) 그것은 말할 수 없이 비참한 인생이다. 진실이 없는 사람에게는 온 우주가 거짓이고, 만져보아도 알 수 없고, 손에 쥐면 오그라들어 허무로 변한다. 그리고 자기 자신도(자신의 잘못된 견해에 비추어볼 때) 안개처럼 사라지거나 존재하지 않게 된다. 딤즈데일 목사로 하여금 진정으로 땅 위에 존재하게 해주는 유일한 사실은 그의 영혼의 깊은 곳에 숨어 있는 번뇌와 그의 표정에 나타난 숨길 수 없는 번민이었다. 그가 한 번이라도 웃고 명랑한 얼굴을 가질 수 있는 힘만 있었더라도 지금의 자신과 같은 인간이 되지는 않았을 것이다.

우리가 잠시 비치기만 하고 끝까지 묘사하지는 않았지만 무섭고 추한 어느 날 밤에 목사는 의자에서 벌떡 일어섰다. 어떤 새로운 생각이 떠올랐던 것이다. 잠시 동안은 가만히 서 있었을 것이다. 목사는 마치 예배에 참석할 때처럼 조심스럽게 옷을 차려입고 역시 같은 태도로 층계를 가만히 내려가서 문을 열고 밖으로 나갔다.

밤을 새운 목사

꿈속을 거니는 듯, 아니 몽유병 환자처럼 딤즈데일 목사는 오래전에 헤스터 프린이 치욕의 첫 시간을 보냈던 곳으로 걸어왔다. 7년이라는 오랜 세월 동안 비바람을 맞고 햇볕에 그을려 검어지고 그 위를 올라간 수많은 범인들의 발에 밟힌 처형대가 아직도 공회당 발코니 밑에 서 있었다. 목사는 그 처형대의 계단을 올라갔다.

5월 초순의 어두운 밤이었다. 한결같이 검은 구름이 하늘 정상에서 지평선까지 뒤덮인 밤이었다. 헤스터 프린이 벌을 견디고 서 있을 때 이를 목격하고 있던 그 당시의 마을 사람들이 지금 이 순간에 불려 나와 여기 선다고 해도 단상에 있는 얼굴이나 어떤 사람의 형태도 이 어둠 속에서는 알 길이 없을 것이었다. 사실, 읍내는 모두 잠들었고, 누구 하나 와서 볼 사람도 없었다. 만약 목사가 원한다면 다음날 아침 동이 틀 무렵까지 거기에 서 있어도 누구 하나 나무

랄 사람이 없었다. 다만 위험이 있다면 습하고 차가운 밤공기가 그의 사지에 스며들어 뼈마디가 관절염으로 뻣뻣해지든가, 감기와 기침으로 목이 잠겨서 다음날 그의 기도와 설교를 들으러 올 교인들에게 실망을 줄지도 모른다는 생각뿐이었다. 목사를 본 사람은 이 세상에 하나뿐이었다. 그자는 또한 목사가 골방에서 피묻은 채찍을 휘두르는 것도 보았다. 그런데 목사는 무엇 때문에 여기에 왔다는 말인가? 헤스터의 고행을 흉내내려고 왔다는 말인가? 그래, 흉내내려고 왔을 것이다. 그러나 흉내를 내는 도중 목사는 자신의 영혼을 우롱했다. 그 흉내를 보고 악마는 낄낄대며 좋아했으나 천사들은 얼굴을 붉히고 울었다. 목사는 항상 양심의 가책에 못 이겨 쫓겨다니고, 이 양심의 가책의 누이동생뻘이 되고 가장 가까운 친구가 되는 비겁이란 놈이 무서운 손아귀로 그를 움켜쥐고 당기면 모든 걸 고백하려던 목사가 다시금 의기소침해지는 것이었다. 가엾고 애처로운 사나이, 그 나약한 자가 무엇 때문에 죄를 저질러 자신을 그토록 괴롭히는 것일까? 죄란 신경이 무쇠 같은 철면피나 저지를 수 있는 것이다. 그래서 죄를 이겨내든가, 또는 죄의 짐이 너무 무거워 견딜 수 없으면 무섭고 사나운 힘을 동원하여 자신에게 유리하도록 당장 죄의 짐을 벗어버리든가 할 일이다. 신경이 예민하고 나약한 목사는 어느 쪽도 못 하고 다만 갈팡질팡하여 하늘을 거역한 죄책감과 소용없는 참회의 고통이 풀리지 않는 매듭처럼 꽉 맺혀 있는 것이었다.

이렇게 처형대 위에서 헛된 속죄의 흉내를 내고 서 있던 딤즈데일 목사는 갑자기 자신의 가슴팍 심장 부근에 있는 주홍빛 표시를 온 우주가 주시하고 있는 것 같은 무서운 생각에 사로잡혔다. 목사는 정말 가슴팍 그 부분에서 독 있는 이빨로 먹어들어가는 것 같은 육체의 아픔을 느낀 지가 오래되었다. 자신을 억제할 생각도 힘도 없으므로 목사는 비명을 질렀다. 그 비명 소리는 밤하늘을 뚫고 나가 집집마다 부딪혀 메아리치고, 그 뒤에 있는 산들을 공명시켜 마치 악마의 무리가 애절함과 공포로 떠는 이 소리를 알아채고 이를 받아 장난삼아 던지고 받고 하는 것 같았다.

"이젠 됐다!"

두 손에 얼굴을 묻으면서 목사는 말했다.

"읍내 사람들이 모두 깨어나서 달려와 내가 여기 있는 것을 발견할 것이다!"

그러나 일이 그렇게 되지는 않았다. 아마 그의 비명이 크게 들린 것은 자신의 귀에뿐이었던가 보다. 읍내의 사람들이 잠에서 깨지도 않았고, 설사 잠에서 깨었다고 한들 잠에 취한 그들은 누군가가 무서운 꿈을 꾸었나 보다 하고 생각하든가 혹은 그 당시엔 흔히 들린다고 생각되던 마녀와 마귀가 어느 농장이나 오막살이 지붕 위로 하늘을 나는 소리라고 생각했을 것이다. 사람들의 웅성거림이 멈추자 목사는 눈을 뜨고 주위를 살폈다. 약간 멀리 떨어져 저쪽 길에 자리잡은 벨링엄 장관 관저의 창문 하나를 보니 거기에 늙은 나리가 손에 등을 들고 머리에는 수건을 쓰고 몸 전체를 가리는 희고 긴 잠옷을 입고 서 있었다. 마치 아닌 밤에 무덤에서 불려나온 귀신과도 같았다. 목사의 고함 소리가 나리를 깨운 것이 분명했다. 더욱이 장관의 누이동생인 늙은 히빈스 노파가 역시 등불을 들고 다른 창문에 나타났는데 거리가 먼데도 그녀의 표정이 심술궂고 불만에 차 있음을 알 수 있었다. 그녀는 창살 밖으로 머리를 내밀고 초조하게 위를 쳐다보았다. 의심할 여지없이 이 고명하신 마귀 노파께서는 딤즈데일 목사의 고함 소리가 수많은 메아리로 변하여 울려 퍼지는 것을 듣고 마귀나 마녀의 소리로 착각을 했던 것이다. 그녀가 이 마귀나 마녀들과 숲속을 싸다닌다는 말은 널리 알려진 사실이었다.

노파는 벨링엄 장관의 불빛을 보자 당장에 자기의 등을 끄고 사라졌다. 아마도 그녀는 구름 속으로 올라갔을 것이다. 장관은 그녀의 모습을 그 이상 더 볼 수 없었다. 장관께서 어둠 속을 한참이나 살펴보았지만 하수도 구멍을 들여다보는 것 같아서 아무것도 보이지 않기 때문에 마침내 창가를 떠나 안으로 들어가버렸다.

목사는 비교적 마음이 가라앉았다. 그런데 그 순간 그의 시선이 반짝이는 조그만 불빛과 마주쳤다. 처음에는 멀리 보이던 불빛이 행길을 따라 점점 다가오며 마치 이 지역을 잘 아는 듯이 여기 한군데를 비추고는 저쪽의 정원 울타리를 비추고, 여기 있는 철창 달린 창문을 비추고 나서는 저기 있는 펌프와 물이 가득 찬 물통을 비추고, 여기 있는 철로 된 녹커가 달린 참나무 아치 문을 비추고, 그다음엔 거친 통나무로 만든 문간을 차례로 비추었다. 들려오는 발소리와 함께 자신의 운명이 다가오고 있다는 것과 몇 초만 있으면 불빛이 자기를 비추어 오래 숨겨졌던 비밀을 드러내고야 만다는 것을 확실히 알면서도 딤즈데일 목사는 불빛이 비추는 하나하나를 주시했다. 불빛이 좀 더 가까이 오자 그는 불빛이 비추는 밝은 원 속에서 자기의 동료, 아니 좀 더 정확히 말해서, 귀한 친구요, 성직의 아버지인 윌슨 목사의 모습을 보았다. 딤즈데일 목사는 윌슨 목사가 세상을 떠나는 어떤 사람 곁에서 기도를 드리다가 오는 것이라는 생각을 금방 해냈다. 과연 그랬다. 착한 노목사는 바로 그 시간에 세상을 떠나신 윈드롭 장관의 임종을 보고 돌아오는 길이었다. 윌슨 목사는 옛 성자와도 같이, 찬란한 후광으로 둘러싸여, 돌아가신 장관으로부터 영광이라도 물려받은 듯이, 또는 그 승리의 순례자가 천국 문으로 들어가는 것을 보는 순간 그의 몸이 천국의 광채를 받기라도 한 듯이 빛을 발하며 걸어오고 있었다. 요컨대 착한 윌슨 목사는 등불로 발밑을 환히 비추면서 집을 향해 가고 있었던 것이다. 그런데 딤즈데일 목사는 이 광경을 보고 천국의 후광이 비치는 환상적인 광경을 상상했던 것이다. 목사는 그 환상을 보고 빙그레 웃었다. 아니 사실은 비웃었다. 그리고 그가 비웃는 순간 자기가 정신 이상이 되지나 않을까 하고 염려를 했다.

윌슨 목사가 한 손으로 망토를 몸에다 휘감고 다른 한 손으로는 등불을 가슴에 갖다 대고 처형대 앞을 지날 때 딤즈데일 목사는 말을 건네지 않을 수가 없었다.

"윌슨 목사님 안녕하십니까? 이리 올라와서 저와 함께 이야기라도 나누십시다!"

하나님 맙소사! 딤즈데일 목사가 정말 그렇게 말을 했단 말인가? 잠시 동안은 그도 자기 입에서 위의 말이 나왔다고 생각했다. 그러나 그것은 그의 상상에 불과했다. 윌슨 목사는 앞에 있는 진창을 조심하여 앞으로 걸어가고 죄 많은 처형대가 있는 쪽은 보지도 않았다. 희미한 불빛이 아주 사라지자, 목사는 맥이 탁 풀리며 지나간 몇 초가 매우 불안한 순간이었음을 깨달았다. 무심결에 마음을 가라앉히려고 명랑한 체했으나 그의 마음은 창백하기만 했다.

잠시 후에 그의 머리를 채운 엄숙한 환상들 사이로 익살스런 생각이 다시 고개를 들어 그의 마음에 소름이 끼치게 했다. 그는 유난히 추운 밤공기로 사지가 뻣뻣해져서 처형대를 내려갈 수 있을 것 같지 않았다. 동이 터도 그는 그대로 거기에 있을 것이었다. 근처 사람들은 일어나고, 제일 먼저 일어난 사람이 어두컴컴한 곳을 걸어오다가 높은 치욕의 처형대 위에 어렴풋이 드러나 보이는 사람의 윤곽을 보고 놀라면서도 호기심에 이끌려 집집마다 다니며 문을 두드려 세상을 떠난 죄인의 귀신을 보라고— 아마 그렇게 보였을 것이다— 사람들을 불러일으킬 것이다. 어둠 속의 웅성거림이 날개를 치듯이 이 집에서 저 집으로 옮아갈 것이다. 이윽고 서광이 더욱더 밝아지면 나이 많은 가장들이 플란넬 겉옷 바람으로 황급히 일어나고, 아낙네들은 잠옷을 벗지도 않고 일어날 것이다. 지금까지 머리카락 하나 흩어진 꼴을 남에게 보인 일이 없는 단정한 족속들이 모두 떨쳐 나와 악몽을 꾸다 나온 사람들처럼 헝클어진 모습으로 다른 사람들 앞에 나타날 것이다. 벨링엄 노 장관은 제임스 왕조 때의 깃을 비뚜로 달고 무서운 표정으로 나타나며, 치맛자락에 숲속의 나뭇가지가 주렁주렁 매달린 히빈스 노파는 지난밤에 숲속을 싸다니느라고 한숨도 못 잤는지 더욱더 찌푸린 얼굴로 나타날 것이며, 착한 윌슨 목사도 밤중까지 임종을 지키고 나서 영광 나라의 성자들의 꿈을 꾸다가 갑자기 이른 새벽에 잠을 깨어 몹시 언짢은 표정으로 나타날 것이다. 딤즈데일 목사가 담당한 교회의 장로와 집사들도 역시 이리로 올 것이다. 목사를 사모하여 살결이 흰 가슴속에 그를 위한 성단(聖壇)까지 마련한 아리따운 처녀들까지 솔도 걸치지 않은 채 허둥지둥 뛰어나올 것이다. 요컨대, 온 읍내가 떨쳐내서 엎어지며 뒹굴며 문지방을 뛰어넘고 처형대 둘레로 몰려와서 놀라고 얼빠진 표정으로 쳐다볼 것이다. 동이 붉게 틀 무렵 그들은 과연 누구를 볼 것인가? 헤스터 프린이 섰던 처형대 위에 서 있는 것은 몸이 얼어서 빈사 상태에 이르고, 부끄러워서 몸둘 바를 모르는 아서 딤즈데일 목사가 아니고 누구겠는가?

이와 같이 기괴하고 무서운 환상으로 말미암아 넋을 잃은 목사는 무의식중에 웃음을 터뜨리고는 스스로가 한없이 놀랐다. 목사의 웃음소리에 응답이라도 하듯이 경쾌하게 깔깔대는 어린아이의 웃음소리가 들려왔다. 달콤한 괴로움인지 찌르는 즐거움인지는 몰라도 목사는 그 웃음소리가 어린 펄의 소리임을 알아차렸다.

"오, 귀여운 펄."

목사는 이렇게 외치고 나서 격한 목소리를 누르며 "헤스터! 헤스터 프린! 당신이 아니오!"라고 불렀다.

"네, 접니다, 헤스터예요."

그녀는 놀란 음성으로 대답했다. 그리고 목사는 보도가 있는 쪽에서 접근하는 발소리를 들었다. 그녀가 그곳을 지나가던 중이었다.

"저예요, 그리고 저의 어린 펄입니다."

"헤스터, 어디서 오는 길이오? 웬일로 여길 왔소?"

목사가 물었다.

"윈드롭 장관의 임종을 보러 갔어요. 그리고 수의의 치수를 재고 집으로 돌아가는 길입니다."

헤스터 프린이 대답했다.

"헤스터, 이리 올라와요. 당신도 그리고 어린 펄도 둘 다 여기 올라와봤지만, 나는 지금이 처음이오. 한 번만 더 올라와봐요. 우리 셋이서 함께 섭시다."

딤즈데일 목사가 말했다.

헤스터는 묵묵히 층계를 올라가서 어린 펄의 손목을 잡고 처형대 위에 섰다. 목사도 아이의 다른 쪽 손을 더듬어 손목을 잡았다. 그가 아이의 손목을 잡는 순간 자기의 생명이 아닌 새로운 생명이 소리를 내며 밀려와 그의 심장 속으로 펑펑 쏟아져 들어가서 온몸의 혈관 속에 두루 퍼져, 모녀로 말미암아 죽어서 굳어버린 그의 신체 속에 따스한 생기가 되살아나는 것 같았다. 세 사람은 전깃줄로 전기가 통하듯이 서로 생명이 통했다.

"목사님."

어린 펄이 속삭였다.

"왜 그러느냐?"

딤즈데일 목사가 물었다.

"목사님, 엄마하구 나하구 내일 낮에 또 여기 와서 설까요?"

펄이 물었다.

"아니다, 어린 펄. 그건 안 된다."

목사의 대답이었다. 순간적으로 얻은 새로운 생기와 함께 그의 생의 고민이었던 대중 앞에서 비밀이 폭로되는 두려움이 되살아났던 것이다. 그는 이상한 희열을 느끼면서도 세 사람의 결합을 두려워하며 떨고 있었다.

"그건 안 된다, 아가야. 나와 엄마와 너와 언젠가는 한 번 같이 여기에 서겠지만, 내일은 안 된다."

펄은 웃고 자기의 손목을 뿌리치려 했으나 목사는 꼬옥 쥐고 놓아주지 않았다.

"잠시만 더 쥐고 있자꾸나, 아가야!"

목사는 말했다.

"그러면 내일 낮에 내 손과 엄마 손을 잡고 같이 서겠다고 약속하겠어요?"

펄이 물었다.

"다음 언제 말이에요?"

아이는 단념하려 들지를 않았다.

"심판 날에 말이다."

목사는 작은 소리로 속삭였다. 그런데 이상하게도 자기가 진리를 가르치는 선생이라는 생각이 무의식중에 그렇게 대답하도록 시켰던 것이다.

"그날 거기서는 엄마와 아가와 내가 심판대 앞에 함께 서야 한다. 그러나 이 세상의 햇빛이 비치는 데서 우리가 같이 서지는 않을 것이다."

펄은 다시금 웃었다.

그러나 딤즈데일 목사가 말을 끝내기도 전에 구름으로 덮인 하늘 저 멀리서 그리고 넓게 한 줄기 섬광이 번쩍했다. 그것은 분명히 한 별똥별의 불빛이었으리라. 밤하늘을 관측하고 있노라면 우주 공간을 불타며 날아가다가 사그라지는 별똥별을 흔히 볼 수 있다. 불빛이 하도 강해서 하늘과 땅 사이에 두껍게 깔려 있는 구름을 비추어서 환하게 만들었다. 천공(天空)은 그 빛을 반사하여 마치 거대한 등불의 갓처럼 보였다. 눈에 익은 거리의 전경은 빛을 받아 낮과 같이 밝았으나 기이한 빛에 비친 낯익은 광경이 기괴하기만 했다. 층마다 삐죽 나오고 괴상한 뾰족 지붕이 있는 목조 건물들이며, 이른 봄풀이 돋아나고 있는 층계며, 문지방이며, 새로 파헤친 흙이 검은 정원이며, 조금 파인 수레바퀴 자국을 따라 풀이 돋은 장터며 — 이 모두가 한눈에 보였으나, 예전에 느낄 수 없었던 도덕적 의미를 사물에 부여하는 듯한 신기한 면모를 띠고 있었다. 거기서 목사는 가슴에 손을 얹고 서 있었다. 헤스터 프린은 가슴에 번쩍이는 수놓은 주홍글씨를 달고 그리고 펄은 상징적인 존재가 되어 두 사람을 연결짓는 역할을 했다. 모든 비밀을 밝혀줄 것은 빛이고 서로 관련된 세 사람을 결합시켜줄 것은 새벽 어스름이라는 듯이 그들은 기이하고도 엄숙한 한밤중의 찬란한 광채 속에 서 있었다.

펄의 눈동자엔 마력이 어리고 목사를 쳐다보는 그녀의 얼굴에는 요정의 표정과도 같은 장난기 어린 미소가 깃들었다. 펄은 자기의 손을 딤즈데일 목사의 손에서 빼내어 길 건너를 가리켰다. 그러나 그는 가슴 위에 두 손을 모으고 하늘 위를 우러러보았다.

그 당시에 무엇보다도 흔했던 일은 별똥별의 출현과 해돋이 해넘이처럼 규칙적이 아닌 자연 현상을 초자연적인 계시라고 풀이하는 일이었다. 그래서 화염의 창이나, 불꽃 검이나, 활과 화살통이 밤

하늘에 나타나면 그것은 인디언의 전쟁을 예시하는 것이었다. 빨간 불꽃이 쏟아지면 그것은 질병이 돌 것을 예고하는 것으로 알려졌다. 뉴잉글랜드에 사람들이 정착한 이래로 독립 전쟁에 이르기까지 길흉을 막론하고 위에서 말한 바와 같은 자연의 예고 없이 발생한 큰 사건이 언제 있었던가 싶다. 그중에서도 다수의 사람들이 함께 목격한 경우가 적지 않았다. 그러나 그 신빙성은 오로지 목격한 사람의 믿음에 의존하는 경우가 더 많았다. 이럴 때면 목격자의 상상력이라는 채색되고 확대되고 왜곡된 매개체를 통하여 하늘의 징조를 보고 다음에 거기에 대한 풀이를 꾸며대는 것이었다. 한 민족의 운명이 하늘의 장막 위에 상형문자로 예시된다는 생각은 과연 굉장한 생각이었다. 그렇게 큰 두루마리라 해도 하늘의 섭리가 한 민족의 운명을 기록하기에는 너무 크다는 생각이 들지는 않았으리라. 우리 조상들은 이와 같은 믿음이 새로 생긴 이 나라가 하늘의 가호를 친근하게 어김없이 받고 있다는 징조라고 생각하며 좋아했다. 그러나 어떤 개인이 같은 자연의 두루마리 위에다 자기만 보도록 계시를 했다고 주장한다면 이를 어떻게 풀이할 것인가? 이런 경우에는 그것이 심한 정신착란의 징후에 불과할 수도 있다. 남몰래 오랫동안 심한 고통을 겪고 병적으로 자아 중심적인 생각에 잠긴 사람은 광활한 자연 위에다 자아 중심적인 환상을 그리고 하늘 자체를 자신의 영혼의 역사와 운명을 말해주는 사주쟁이라고 보는 것이다.

그러므로 하늘을 우러러보며 은은한 붉은 빛이 윤곽을 그려낸 A자가— 그것도 거대한 A자가— 하늘에 나타난 것을 보았다는 목사의 주장을 우리는 그의 눈과 마음이 병든 탓으로 돌린다. 구름의 베일 속으로 희미하게 빛나는 별똥별이 거기에 나타나지 않았다는 말이 아니라 죄책감에 사로잡힌 그가 상상하는 그 글자가 나타나지 않았다는 말이요, 적어도 그 별똥별의 모양이 확실치가 않아서 자신의 죄를 의식하는 다른 사람의 눈에는 다른 모양으로 보였을 것이라는 말이다.

이 순간에 딤즈데일 목사의 심리 상태를 특징 있게 드러내주는 이상한 일이 일어났다. 그가 하늘을 우러러보는 동안 내내 어린 펄의 손가락이 늙은 로저 칠링워드를 가리키고 있다는 것을 확실히 의식했고, 칠링워드는 처형대에서 얼마 떨어지지 않은 곳에 서 있었는데, 목사는 기적적인 A자를 보는 시선으로 동시에 칠링워드도 보고 있었다는 것이다. 별똥별이 발하는 빛은 다른 물체에뿐 아니라 칠링워드의 얼굴에도 새로운 표정을 지어주었다. 다시 말해서 그 늙은 의사가 남을 해치려는 악의를 보통 때처럼 감추지 않고 마음대로 얼굴에 드러내고 있었던 것이다. 진실로 헤스터 프린과 목사에게 심판 날을 경고하던 무서운 빛으로 별똥별이 하늘을 비추고 땅을 밝힌다면 로저 칠링워드는 아마 성을 냈다 웃었다 하며 죽음을 재촉하고 서 있는 사탄으로 보였을 것이다. 의사의 표정은 너무나도 뚜렷했다. 아니 오히려 목사가 받은 인상이 너무나도 강했다고 해야 옳은 것이다. 어쨌든 별똥별이 사라지고 밝게 드러났던 거리와 모든 것이 일시에 자취를 감춘 뒤에도 의사의 표정은 어둠 위에 채색하여 그려놓은 듯이 그대로 남아 있었다.

"헤스터, 저 사람은 누구요?"

공포에 질린 딤즈데일 목사가 숨가쁘게 말했다.

"저 사람을 보면 치가 떨리는구려. 저게 누군지 아오? 헤스터, 나는 저자가 싫소!"

그녀는 자신의 약속을 기억하고 입을 열지 않았다.

"저 사람을 보니 정말 내 영혼이 떨리오!"

목사는 다시 중얼거렸다.

"저 사람이 누구인가 말이오? 왠지 저 사람이 두렵소!"

"목사님, 나는 저 사람이 누구인지 알아요!"

어린 펄이 말했다.

"애야, 빨리, 그러면 빨리 그리고 가만히 말해다오!"

목사는 허리를 굽혀 귀를 펄의 입에 갖다 대며 말했다.

펄이 목사의 귀에 대고 종알거린 말은 무슨 말 같기는 했으나 어린애들이 흔히 한 시간씩이나 조잘조잘거리지만 실은 아무 뜻도 없는 따위의 조잘거림이었다. 하여간 로저 칠링워드에 관한 비밀 이야기가 그 말 속에 들어 있었다 해도 박식한 목사도 알아들을 수 없는 말이고 보니 목사의 마음만 어리둥절해질 따름이었다. 이때 요정 같은 아이는 큰 웃음을 터뜨렸다.

"너는 나를 놀리는 거냐?"

목사는 말했다.

"목사님은 겁쟁이였어요! 목사님은 거짓말쟁이였어요!"

아이의 대답은 계속되었다.

"내일 낮에 내 손과 엄마 손을 붙잡고 같이 서지 못하겠다고 했잖아요!"

"선생."

펄의 물음에 응답한 사람은 처형대 아래로 다가오던 늙은 의사였다.

"아니, 이거 딤즈데일 목사님 아니시오. 이거 참, 책에만 몰두하는 우리 같은 학자들은 돌봐줄 사람이 필요하단 말이야. 깨어서도 꿈꾸고 잠자면서도 걸으니까 말이오. 여보, 선생, 그리고 나의 좋은 친구여, 자, 갑시다. 내가 집까지 바래다드리리다."

"제가 여기 있는 줄을 어떻게 아셨습니까?"

목사는 두려운 마음으로 물었다.

칠링워드는 대답하기 시작했다.

"사실은 저도 몰랐지요. 저는 존경하는 윈드롭 장관 침상 옆에서 저의 보잘것없는 의술로 무슨 도움이라도 드릴까 하고 밤을 보냈으니까요. 그분은 저세상으로 돌아가시고 저도 또한 집으로 돌아가는 길이었는데 이상한 광채가 비쳤습니다. 자, 목사님 어서 갑시다. 그렇지 않으면 내일 주일의 설교도 잘 못 하시겠어요. 이제 아시겠소, 그놈의 책들이 얼마나 사람의 머리를 괴롭히는가를. 그놈의 책들이! 선생, 책일랑 좀 덜 읽으시고 쉬시죠. 그렇지 않으면 밤중에 생기는 이 변덕이 고질이 될 거요."

"같이 집으로 가겠소."

딤즈데일 목사가 순순히 응했다.

악몽에서 깨어났을 때 맥이 풀리듯이 싸늘하게 기가 죽어서 순순히 의사를 따라 집으로 돌아갔다.

그러나 다음날인 주일에는 그의 입에서 흘러나온 중에서 가장 훌륭하고 힘 있고 하나님의 감화력이 충만한 설교를 했다. 이리하여 영혼들이, 한 영혼이 아닌 뭇 영혼들이 이 설교로 말미암아 진리를 깨닫고 딤즈데일 목사에 대한 감사의 마음을 깊이 간직할 것을 마음속 깊이 맹세했다. 그러나 그가 교단의 층계를 내려올 때 수염이 희끗희끗한 교회의 관리자가 장갑 한 짝을 내놓았다. 목사가 보니 그것은 자기의 장갑이었다.

관리자가 말했다.

"오늘 아침에 죄를 지은 자들이 대중 앞에서 부끄러움을 겪는 처형대 위에서 이것을 발견했습니다. 사탄이 목사님에게 상스러운 장난을 치려고 한 짓으로 생각됩니다. 그러나 사탄이란, 예전에도 그랬고 지금도 그렇지만, 어리석기 짝이 없는 걸요. 정결한 손은 그것을 감출 장갑이 필요 없다는 걸 모르니 말입니다."

"자네, 고맙네."

목사는 엄숙하게 말했으나 내심 놀라지 않을 수 없었다. 기억이 하도 희미해서 지난밤에 일어났던 일들을 사라진 환영인 양 다시 마음속으로 더듬으며 "그래, 이 장갑은 내 것인가 보군" 했다.

"그런데 말씀입니다, 사탄이 목사님의 장갑을 노리고 있으니까, 이제부터는 장갑을 안 끼고 그놈을 다루시는 것이 좋지 않을까 합니다."

늙은 관리자는 징그러운 미소를 지으며 말했다.

"그런데, 목사님 어젯밤에 나타났던 징조에 대한 말을 들으셨습니까? 하늘에 거대한 붉은 글씨가 나타났다는 말인데 우리는 그 A자를 천사(Angel)의 머릿글자로 풀이했습죠. 착하신 윈드롭 나리께서 어젯밤 천사가 되셨으니까 말입니다. 하늘에 무슨 징조가 나타난 것은 당연한 일이 아니겠습니까?"

"아니, 나는 그런 말을 듣지 못했네."

목사가 대답했다.

다른 모습의 헤스터

이상한 계기로 딤즈데일 목사를 만났을 때 헤스터 프린은 목사의 몸이 그토록 쇠약해진 것을 보고 깜짝 놀랐다. 그의 신경이 극도로 쇠약해진 것 같았기 때문이다. 그리고 그의 선, 악을 가리는 정신력은 어린애만도 못할 만큼 약했다. 그의 지적인 기능은 원래의 힘을 유지했으나— 혹은 아플 때에만 생기는 병적인 힘이었는지도 모른다— 그의 정신력은 땅 위에서 응고되는 어쩔 수 없는 상태였다. 남들이 모르는 비밀을 알고 있는 헤스터는 목사 자신이 당연히 느낀 양심의 가책 이외에 어떤 조작된 흉계로 말미암은 고통이 목사의 건강과 안정에 나쁜 영향을 미치고 있다는 판단을 당장 내렸다. 목사가 버림받은 여인인 자기더러 무서워 떨며 보이지 않는 적으로부터 보호해달라고 호소할 때 타락한 목사의 과거를 아는 헤스터의 영혼은 근본적으로 흔들렸다. 그래서 그녀는 자기가 목사를 도와야 할 의무가 있다는 결론을 내렸다. 사회에서 멀리 떨어져서 사는 헤스터는 외부 세계의 척도로 자신이 생각하는 선과 악을 어떻게 재야 할 것인지는 몰라도 누구를 위해서도 지지 않을 책임이라도 목사를 위해서는 져야 한다는 것을 잘 알고 있었다. 어쩌면, 잘 알고 있는 것처럼 생각만 한 것인지도 모른다. 그녀를 바깥 사회와 연결시켜주던 모든 유대가— 꽃이나, 비단이나, 황금이나, 그 밖의 모든 물질적 유대가— 끊어져버렸다. 이제 여기에 서로의 죄로 말미암아 무쇠의 사슬만이 남았으니 그것은 헤스터도 목사도 끊을 수 없는 유대였다. 다른 모든 유대와 마찬가지로 이 유대에도 의무는 따르는 법이다.

헤스터 프린의 위치는 그녀가 사회적인 치욕을 겪었던 당시와 꼭 같지는 않았다. 여러 해가 지나서 펄은 일곱 살이 되었고, 번쩍이는 수로 아로새긴 주홍글씨를 가슴에 단 어머니도 읍내 사람들의 눈에 익숙해졌다. 사람이 어떤 모양으로 남의 앞에서 두드러져도 남의 흥미나 편이를 해치지 않으면 언제나 그렇듯이, 헤스터 프린도 역시 일종의 존경 같은 것을 받기 시작했다. 인간성은 이기심이 동하지 않는 한 남을 미워하기보다는 사랑하기를 서슴지 않는 것이 장점이다. 본래의 미웠던 감정이 부단히 되살아나서 길을 막지 않는한, 미움도 세월이 흐르면 서서히 사랑으로 변한다. 헤스터 프린도 남을 자극하거나 남에게 따분한 느낌을 주지 않았다. 그녀는 남들과 싸우지도 않고 푸대접을 받아도 불평 없이 순종하고, 억울한 일을 당해도 보복을 주장하지 않고, 남의 동정심에 기대지도 않았다. 그리고 공민권을 박탈당한 그 여러 해 동안 그녀가 불평 없이 깨끗한 생활을 영위한 것이 그녀를 위해서 매우 유리했다. 아무리 보아도 잃을 것도 없고 얻을 희망도 욕망도 없는 불쌍한 방랑자가 제 길을 찾도록 해준 것은 미덕을 순수하게 우러러보려는 그녀의 마음이었으리라.

또한 헤스터는 남들과 같이 공기를 마시고 스스로 일을 하여 펄과 자기가 연명하는 이상의 특혜를 받겠다고 주장한 적이 없었다. 오히려 자선이 필요할 때에는 서슴지 않고 나서서 사람들을 도와 그들의 형제임을 증명했다. 그녀는 가진 것이 별로 없었지만 걸인이 요구하면 누구보다도 먼저 있는 것을 주었다. 매일 문전에 갖다 주는 음식을 받아 먹고, 임금님의 옷에도 수를 놓을 솜씨 좋은 손으로 만든 옷을 받아 입고도 감사는커녕 비웃어대는 마음씨 고약한 거지와는 무척 대조가 되었다. 전염병이 읍내로 침입했을 때도 헤스터처럼 헌신적인 사람은 없었다. 재난이 있을 때마다 계절의 여하를 막론하고 전체적이건 개인적이건 가리지 않고 사회에서 버림받은 그녀는 불행으로 우울해진 가정을 손님으로서가 아니라 가족으로서 찾아온다. 그것은 마치 불행의 어두운 땅거미가 헤스터로 하여금 그녀의 이웃과 더불어 대화하도록 해주는 매체인 것 같았다. 거기서는 그녀의 수놓은 주홍글씨가 세상 빛과 다른 빛을 발하여 마음을 흐뭇하게 해주었다. 다른 곳에서는 그것이 죄의 상징이었으나, 병실에서는 방을 밝혀주는 촛불이었다. 환자가 운명할 경우에는 그것이 빛을 발하여 시간의 한계점까지 비추어준다. 땅 위의 빛이 꺼지고 내세의 빛이 아직 이르지 못했을 때에 주홍글씨가 발하는 빛은 환자의 영혼이 발 디딜 곳을 비추어준다. 그와 같이 위급한 때에도 헤스터의 성품은 다정하고 푸근했다. 그녀의 부드러운 인간성의 샘물은 누구든지 원하면 마실 수 있고 아무리 마셔도 마르지 않는 샘이었다. 수치의 표가 달린 그녀의 가슴이 베개가 필요한 머리를 위해서는 부드러운 베개가 되어주었다. 그녀는 스스로 임명한 자비의 수녀, 아니 오히려 세상도 그녀도 예측하지 못했을 때, 세상의 무거운 손길이 그녀에게 이와 같은 임무를 맡긴 것이라고 함이 좋을 것이다. 주홍글씨는 그녀의 사명감의 상징이었다. 그토록 그녀는 남에게 도움을 주었다. 일을 하는 힘도 남을 동정하는 마음도 한없이 크고 너그러워서 사람들은 주홍글씨의 A자를 본래의 뜻대로 풀이하기를 거절했다. 그들은 그 글자가 유능함(Able)을 뜻하는 것이라고 말했다. 헤스터 프린이 여자치고는 너무나도 강했던 까닭이다.

그녀를 불러들일 수 있는 집은 어두운 집뿐이었다. 햇빛이 다시 비치면 그녀는 이미 거기에는 없었다. 그녀의 그림자가 문지방 너머로 사라져갔다. 그녀의 정성 어린 시중을 고맙게 여기는 사람들이 감사의 뜻을 표현하려 해도 한식구처럼 도와주던 그녀는 누가 고맙다는 말을 할까 봐 뒤도 안 돌아보고 가버리는 것이었다. 그들을 길에서 만나도 그녀는 인사를 받으려고 머리를 드는 법이 없었다. 그들이 한사코 인사를 하겠다고 다가오면 그녀는 손가락으로 주홍글씨를 가리키며 지나갔다. 이런 태도는 그녀의 긍지였는지도 모른다. 그러나 그보다는 오히려 그녀의 겸손이었으리라. 사람들은 그것을 그녀의 겸손으로 생각하고 흐뭇해했다. 대중이란 기질적으로 폭군이다. 반면 대중의 관대성에 호소하면 폭군도 탄원을 좋아하듯이 대중은 공정 이상의 것을 허용하여줄 때가 많다. 헤스터 프린의 행실을 이런 성격의 탄원으로 풀이한 사회는 한때 사회의 희생자였던 그녀에게 그녀의 바람보다도 많은, 아니 그녀가 받을 자격의 분수보다도 넘치는 관용의 얼굴을 보여준 것이다.

사회의 지도층이나 현명하고 학식이 높은 사람들은 헤스터의 착한 영향력에 대한 인정을 대중보다 더디게 했다. 그들의 편견도 대중의 편견과 같은 것이었으나 그들의 편견은 강철 같은 이성의 테두리에 꼭 물린 채 풀리지 않았다. 그러나 그들의 찌푸리고 질긴 마음의 주름살도 세월이 흐름에 따라 서서히 펴지고 부드러워져서 인자한 마음의 표정으로 변할 것이었다. 지위가 높아서 사회의 도덕을 수호해야 하는 고관대작들도 역시 마찬가지였다. 그러는 동안에 개인들은 헤스터가 마음이 약했던 탓이라고 용서해주었다. 오히려 그들은 헤스터가 달고 다니는 주홍글씨를 그녀가 한 번 저지른 죄의 표시가 아니라 그녀가 행한 많은 선행의 표시라고 보기 시작했다.

"수놓은 글씨를 달고 다니는 여자를 보셨소? 그 사람이 우리 마을의 헤스터랍니다. 가난한 자에게는 친절하고 병든 자에게는 도움을 주고, 고민하는 자에게는 위로를 주는 여자랍니다."

사람들은 그곳을 지나는 길손에게 이렇게 말하는 것이었다. 물론 인간이란 인간성의 나쁜 점만을 말하는 경향이 있어서 남의 말을 할 때에는 지나간 추문만을 속삭이게 되는 것이 사실이지만, 이런 인간들이 보기에도 주홍글씨는 수녀의 가슴에 걸려 있는 십자가나 마찬가지였다. 그 글씨를 달고 다니는 사람은 거룩해져서 어떠한 위험 속을 걸어가도 안전했다. 그녀가 도둑 떼를 만났다고 해도 무사했을 것이다. 인디언이 활로 그 글씨를 쏘았는데 화살이 거기에 맞았으나 아무 상처로 입히지 않고 땅에 떨어졌다는 이야기가 전해지고, 이를 믿는 사람이 많았다.

그 글씨가 헤스터 프린의 마음에 끼치는 영향보다 그 글씨가 말해주는 그녀의 사회적 위치가 그녀의 마음에 주는 영향이 더 크고 특이한 것이었다. 그녀의 파릇파릇한 나뭇잎 같은 밝은 성격은 붉은 낙인에 찍혀 시들어버리고 남은 것은 뼈만 앙상한 가지뿐이었으니, 이를 보고 항의할 친구라도 있었더라면 그녀는 반발을 일으켜 용기라도 얻었으련만 그녀의 아름답던 용모도 이와 비슷한 변화를 겪었다. 그것은 그녀가 조심해서 내핍하는 옷차림을 한 때문이기도 하고, 행동이나 언사를 남에게 과시하지 않는 탓이기도 했다. 그녀의 풍성하고 화사한 머리카락이 싹뚝 잘린 것이나, 아주 모자 속에 감추어져서 그 빛나는 머리채가 햇빛을 보지 못하는 것은 슬픈 변화였다. 헤스터의 얼굴에 사랑이 깃들 곳이 없어진 것은— 그녀의 몸매가 위엄 있고 조각처럼 아름다워도 애정이 포옹하고 싶어할 매력이 사라지고, 그녀의 가슴속에는 사랑의 베개가 되어줄 부분이 이미 없었다— 이와 같은 이유 외에도 또 다른 이유가 있었다. 여인이 가져야 할 여성의 매력이 그녀에게서 사라졌다. 험준한 인생을 살아나갈 때 한 여성이 겪는 운명은 그런 것이고 그 여인의 성격과 인간성은 그토록 심하게 변해간다. 그 여인이 연약하면 살지 못한다. 살아남는다고 해도 여자로서의 부드러움은 멍들어 없어지거나 마음속 깊숙이 가라앉아 다시는 표면에 떠오르지 못한다. 그리고 눈에 보이는 용모도 그와 같이 된다. 아마도 후자가 옳은 이야기일 것이다. 그래서 일찍이 성을 상실한 여자가 어느 순간에 마술의 손길이 와 닿아 성을 되찾고 여성으로 변모한다는 이야기가 있을 것이다. 헤스터 프린에게도 과연 그런 손길이 와서 변모할 것인지, 이제 우리는 알게 될 것이다.

대리석처럼 차가운 느낌을 주는 헤스터의 인상은 그녀의 인생을 사랑과 정에서 사색으로 전환시킨 엄청난 변화를 가져오는 환경의 소산이었다. 우주 공간에 홀로 서서, 세상에 의지할 곳 하나 없이, 어린 딸을 인도하고 보호하며 홀로 살다가, 희망을 잃고 끊어진 고리의 파편을 버렸던 것이다. 자신의 옛 모습을 되찾고 싶은 마음을 비웃는 것은 아니었다. 그 당시의 법은 헤스터의 정신에 맞는 법이 아니었다. 그러나 그 시대는 새로 해방된 인간의 지성이 지나간 여러 세기보다 더 활발하고 널리 퍼졌던 시대였다. 군인들이 귀족과 제왕을 타도하고, 그들보다 더 용감한 사람들이 낡은 원리와 연결되어 있는 낡은 편견의 체계 전체를 실제로가 아니고 이론상으로— 이론은 그들의 보금자리였다— 뒤집어엎고 재정비했다. 헤스터 프린은 바로 이 정신을 본받았다. 그녀는 대서양 건너에서는 이미 널리 알려진 사상의 자유를 본받았다. 만약에 우리 조상들이 이것을 알았다가는 주홍글씨로 낙인을 찍히는 것보다도 더 무서운 죄라고 했을 것이다. 뉴잉글랜드의 어느 집에도 감히 찾아오지 못할 사상들이, 바닷가의 호젓한 오막살이에 사는 그녀에게는 곧잘 찾아왔다. 그림자와도 같은 이 방문객들이 헤스터의 문을 두드리는 것을 누가 보았다면 그들을 맞이한 그녀에게는 악마를 맞이한 것이나 마찬가지의 위험이 될 것이었다.

가장 대담한 생각을 하는 사람들이 외적인 사회의 규칙에 말없이 동화하는 일이 많다는 사실은 주목할 만한 것이다. 사상가들은 사상으로 끝난다. 그래서 사상을 피와 살이 있는 행동으로 변화시킬 필요를 느끼지 않는다. 적어도 헤스터가 보기에는 그랬다. 만약에 어린 펄이 저 영의 세계로부터 자기에게 태어나지 않았더라면 사정은 훨씬 달라졌을지도 몰랐다. 그녀는 한 교파의 창립자가 되어서 앤 허친슨과 손에 손잡고 역사적인 인물로 우리에게 임했을지도 모른다. 어떤 면에서 헤스터는 예언자가 되었을지도 모른다. 그녀가 청교도 정신의 기초를 와해시키려는 흉계를 꾸몄다고 해서 그 당시의 엄격한 재판부로부터 사형 선고를 받았을지도 모른다. 아니 받았을 것이다. 그러나 어머니의 사상적 열의는 이 아이를 교육시키는 문제에 대해 분명히 할 말을 가지고 있었다. 하늘의 섭리가 자기에게 명하여 어린아이의 마음속에 여성의 싹이 트게 하고, 꽃이 피게 하여서 모든 어려운 가운데서도 이를 귀하게 여기고 자라게 하라셨다는 것이다. 그러나 만사가 그녀에게 불리했다. 세상이 모두 미워했기 때문이다. 그애의 천성은 어딘가 잘못되어 그애가 세상에 잘못 태어난 것이 아니냐는(어머니의 불의의 정욕으로 말미암아) 끊임없는 암시를 받았다. 그래서 헤스터는 괴로운 마음으로 그애가 세상에 태어난 일이 잘된 일인가 잘못된 일인가를 되풀이해서 묻지 않을 수 없었다.

헤스터는 마음속으로 여성 전체에 대해서도 같은 우울한 질문을 던졌다. 여성 중에서 가장 행복한 사람이라면 인생은 과연 받아들일 가치가 있는 것일까? 자신의 인생에 대해서는 그녀의 태도가 이미 부정적으로 굳어져서 새삼 문제 삼는 일이 없었다. 남자나 여자나 마찬가지로 사색하는 버릇이 붙으면 조용하기는 하겠지만 슬퍼지는 법이다. 헤스터는 자기 앞에 놓인 임무가 불가능하다고 느꼈다. 첫 단계로 사회의 제도 전체를 헐어버리고 다시 지어야만 했다. 여성이 공정하고 적합한 지위를 차지하려면 남성의 성격 자체와 원칙처럼 되어버린, 전해 내려오는 관습이 근본적으로 개정되어야만 했다. 마지막으로 모든 다른 난관을 미연에 방지한다고 해도 여성 자체가 놀라운 변화를 일으키지 않는 한 여성들은 이와 같은 예비적인 개혁의 덕을 볼 수 없을 것이었다. 그러나 여성 자체가 변화할 때 여성의 진정한 생명이 깃들어 있는 오묘한 본질이 안개처럼 사라져버릴지도 모를 일이었다. 여자가 사상으로 이런 문제를 극복하지는 못한다. 이런 문제는 해결하기가 어려운 문제들이고 해결할 수 있는 방법은 한 가지뿐이다. 여성의 정(情)이 앞서면 이 모든 문제들은 없어질 것이다. 그래서 정을 품은 심장이 규칙적이고 건강한 고동을 하지 못하는 헤스터 프린은 마음의 어두운 미궁에서 단서도 찾지 못하고 때로는 넘을 수 없는 절벽에 부딪혀 되돌아서고, 때로는 깊은 구렁텅이에 직면하여 되돌아서며 방황했다. 황량하고 무서운 풍경이 사방을 에워싸고 그녀의 주변에서는 가정의 단란함 같은 것은 찾을 길이 없었다. 때로는 펄을 당장에 저승으로 보내고 자신도 영원한 심판이 정하는 대로 세상을 하직하는 것이 좋을지도 모르겠다는 생각이 그녀의 영혼을 사로잡으려 했다.

　주홍글씨는 본래의 임무를 다하지 못한 셈이었다.

그러나 딤즈데일 목사가 밤을 새우던 날에 그를 만난 이후로 헤스터에게는 생각해야 할 새로운 문제가 생기고, 애쓰고 희생하여 이루어놓을 가치가 있는 새로운 일이 나타났다. 목사가 애쓰던, 아니 정확히 말해서 목사가 애쓰다가 지쳐버린 비참한 상황을 헤스터는 목격했던 것이다. 목사가 아주 미치지는 않았으나 미치기 직전임을 그녀는 알았다. 남몰래 뉘우치는 마음의 고통은 컸으리라. 그러나 고통을 덜어준다던 자가 뉘우치는 사람의 아픈 가슴속에 무서운 독소를 넣어준 것이 분명했다. 정체를 감춘 원수가 친구나 돕는 사람의 탈을 쓰고 항상 곁에 있으면서 기회를 타서 딤즈데일 목사의 허약한 몸과 마음을 농락하고 있었다. 악의 전조가 농후하고 길한 징조라고는 보이지 않는 처지로 목사를 몰아 넣은 것은 애초부터 진실성도 용감성도 충성심도 없었던 자신이 아니냐고 헤스터는 자신을 책하지 않을 수 없었다. 그러나 한 가지 변명의 여지는 있었다. 거짓 탈을 쓴 로저 칠링워드였지만 그의 계획이나마 따르지 않는다면 목사를 암흑의 절망에서 구해내기 위하여 무엇을 어떻게 해야 할지를 몰랐던 것이다. 하나 그런 상황에서 택한 방법이 결국엔 더 나쁜 방법이었음이 드러났다. 그녀는 아직도 시정할 여지가 있다고 판단하고 그렇게 하기로 결심했다. 여러 해 동안의 모질고도 엄숙한 시련을 겪고 나서 힘이 나는 헤스터는 이제 자기가 로저 칠링워드를 다룰 수 있는 충분한 실력이 생겼다고 믿었다. 그녀가 칠링워드와 감옥에서 대면했을 때는 자신의 죄로 말미암아 기가 죽고 새로 겪은 수치로 말미암아 제정신이 아니었다. 그 이후로 그녀는 좀 더 높은 위치로 올라갔다. 그러나 그 노인은 복수에 정신이 팔려 허리를 굽힘으로써 그녀와 같은 수준이나 수준 이하로 떨어졌다.

마침내 헤스터 프린은 전 남편을 만나기로 결심했다. 분명히 그 자의 손아귀에 들어 있는 희생자를 구출하기 위하여 전력을 다하기로 결심한 것이다. 기회는 오래지 않아서 왔다. 어느 날 오후에 펄과 함께 반도의 외딴 곳을 산책하고 있노라니까 그 늙은 의사가 한 손엔 광주리를 들고 다른 손에 지팡이를 들고, 땅에서 허리를 구부리며, 약을 짓기 위한 풀과 뿌리를 찾고 있는 것이 보였다.

헤스터와 의사

헤스터는 어린 펄에게 약초를 캐는 사람과 잠시 이야기를 나눌 것이니 그동안 물가로 내려가서 조개 껍데기나 엉클어진 해초를 갖고 놀라고 말했다. 그래서 아이는 새처럼 날아가 하얀 작은 발을 벗고 바다 물가를 따라 찰박거리며 놀았다. 아이는 가끔 서서 썰물 때에 생긴 물웅덩이를 얼굴을 비춰 보는 거울인 양 호기심에 찬 눈으로 들여다보았다. 물웅덩이 속에서 반짝이는 검은 머리가 곱슬곱슬하고 눈가에는 온정의 미소가 어린 소녀의 얼굴이 내다보였다. 친구도 없는 펄은 손을 내밀어 함께 달음박질을 하자고 유인했다. 그러자 그 환상의 아가씨도 손짓을 하며 ―"여기가 좋아. 물속으로 들어와!" 하고 부르는 듯했다. 펄이 장딴지 깊이만큼 물속으로 들어가서 밑바닥에 비친 자기의 하얀 다리를 보고 있노라니까 좀 더 깊은 곳에서 흔들리는 수면에 비친 미소가 부서져서 이리저리 떠돌아다녔다.

그러는 동안 아이의 어머니는 의사와 이야기를 주고받았다.

"잠깐 여쭐 말이 있습니다. 우리와 상관 있는 말인데요."

그녀는 말을 꺼냈다.

"아아, 이 늙은 칠링워드와 이야기를 하고 싶다는 분이 헤스터 씨인가요?"

그는 구부리고 있던 허리를 펴면서 대답했다.

"그럽시다. 그렇지 않아도 가는 곳마다 당신에 대한 좋은 소식을 듣고 있었소. 바로 어제저녁 일이오. 현명하고 경건한 어떤 관리께서, 당신 이야기를 하던 중에, 의회에서 당신에 관한 문제가 논의되었다는 귀띔을 해주더군요. 당신 가슴에 붙어 있는 주홍글씨를 떼어버려도 사회에 물의가 생기지 않을 것이냐 하는 문제를 의논했다는 거요. 헤스터, 그래서 정말 나는 그 관리에게 그것을 떼어달라고 간청을 했소!"

"이 표시를 떼는 것은 관리들이 좋아하고 싫어하는 데 달린 것이 아닙니다."

헤스터가 조용히 대답했다.

"제가 그것을 면할 자격이 되면 그것은 자연히 떨어져나가거나 다른 의미를 지닌 것으로 변형될 것입니다."

"아니, 그것이 어울리거든 그대로 두구려."

그가 대답했다.

"여자란 장신구에 관한 한 자기의 생각대로 해야 하니까. 수놓은 글씨가 화려해서 당신 가슴에 훌륭하게 어울리는군."

헤스터는 줄곧 노인을 쳐다보고 있었다. 그리고 7년도 못 되는 사이에 노인이 그토록 변한 것을 보고 놀랄 뿐 아니라 충격을 받았다. 노인이 너무 늙어 보여서가 아니었다. 늙은 티가 나기는 했으나 노인은 몸을 잘 가꾸어서 강한 정력과 민첩함마저 유지하고 있는 것 같았다. 그러나 그녀가 그에 대하여 기억하고 있던 조용하고 말이 없고 지성적이고 학구적이던 옛 모습은 완전히 사라지고, 그 대신 골똘히 무엇인가를 찾아내려는 잔인하지만 조심스러운 표정이 역력히 드러나 보였다. 이와 같은 표정을 미소로 위장하는 것은 무슨 목적이 있어서였다. 그러나 비웃는 듯한 미소는 오히려 자신을 배반하고 마음속에 숨은 검은 꼬리를 드러내 보였다. 때로는 영혼이 불타는 듯 붉어졌던 그의 눈은 감정이 격하여 다시 붉어질 때까지는 사그라진 듯이 불길이 꺼졌다. 노인은 재빨리 자기의 감정을 억누르고 아무 일도 없었던 것처럼 태연한 표정을 지었다.

한마디로 말해서 늙은 로저 칠링워드는 자기가 얼마 동안 악마의 역할을 하고 싶으면 자신을 악마로 변모시킬 수 있는 재주를 가진 사람이라는 것이 분명했다. 7년이라는 긴 세월 동안 번민으로 가득 찬 한 사람의 마음을 분석하는 데 전념하고, 거기서 쾌락을 느끼고, 자기가 분석하고 즐긴 그 사람의 번뇌에 번뇌를 더하여줌으로써 이 불행한 늙은이는 자신을 변모시켰다.

헤스터 프린의 가슴에서는 주홍글씨가 불타고 있었다. 그것은 또 하나의 파멸을 의미하는 셈이었다. 그러나 이 파멸에 대해서는 헤스터만이 전적인 책임을 질 수는 없었다.

"내 얼굴에 무엇이 있길래 뚫어지게 쳐다보는 거요?"

의사가 물었다.

"저를 울게 만드는 그 무엇이 있군요. 제게 울 수 있는 쓴 눈물이라도 남아 있다면 말입니다."

헤스터가 대답했다.

"그러나 그 말은 그만두세요. 제가 하고 싶은 말은 저기 있는 가없은 사람에 대한 말입니다."

"그래 그 사람이 어떻게 되었소?"

로저 칠링워드는 마치 그 화제가 마음에 들뿐더러 흉금을 터놓고 이야기할 수 있는 사람과 토의하고 싶다는 듯 큰 소리로 말했다.

"헤스터, 사실은 말이외다, 우연하게도 그분의 생각을 한창 하고 있던 터이오. 그러니 기탄 없이 말하시오. 내가 대답을 하리다."

헤스터는 말을 시작했다.

"우리가 지난번에 얘기를 했을 때, 벌써 7년이 됩니다마는, 당신과 나 사이의 관계를 비밀에 붙이자고 한 것은 당신이었어요. 그분의 생명과 명예가 당신 손 안에 있으니 어쩔 도리가 없는 줄 알고 나는 당신의 지시대로 침묵을 지켰던 것이죠. 그러나 이제는 나 자신을 이렇게 얽매어두는 일이 잘하는 일인지가 의심스럽군요. 다른 인간들로 말미암은 나의 모든 의무는 벗어버렸지만 그분에 대한 의무는 아직 남아 있으니까요. 그리고 내가 당신의 말만 따른다는 것이 내 의무를 저버리는 것이 아니냐는 생각이 들었어요. 당신은 그를 가는 곳마다 따라다니고, 자나깨나 그이 곁에 붙어서, 그의 생각을 살피고, 그의 마음을 파고들어 헤치고 있어요. 당신의 손아귀가 그의 생명을 움켜쥐고, 그로 하여금 매일 생죽음을 겪게 하는 거지요. 그런데도 그이는 그것을 모르고 있어요. 이런 일을 허용했다는 것은 제가 역을 잘못 맡은 것입니다. 그것은 나를 진실하게 만들어 줄 힘을 가진 사람이 조작해놓은 역입니다."

"그래 어쩔 셈이었소?"

로저 칠링워드가 물었다.

"내 손가락이 이 사람을 가리키기만 하면 그는 강단에서 떨어져 감옥으로 굴러 들어가고, 아마 거기서 교수대로 직행했을 텐데 말이오!"

"차라리 그랬으면 좋았을 테지요."

헤스터 프린이 말했다.

"헤스터 프린, 내 말 좀 들어봐요. 내가 이 가련한 목사를 돈도 안 받고 돌봐준 치료는 임금님이 내는 높은 값으로도 받을 수 없는 치료요. 내 도움이 없었더라면 그의 생명은 그와 당신이 죄를 범한 후 2년도 못 되어서 끊어졌을 거요. 왜냐하면 헤스터, 그의 정신은 당신이 주홍글씨와 같은 무거운 짐을 지고도 견딜 수 있는 것처럼 강하지 못하기 때문이오. 그 기막힌 비밀을 폭로하려면 할 수도 있지만, 이만하면 됐어. 인간의 재주로 할 수 있는 모든 것을 다 그에게 해주었으니까. 그가 지금 땅 위에서 숨쉬고 기어다닐 수 있는 것은 모두 다 이 칠링워드의 덕택이란 말이오!"

"그이는 차라리 죽어버렸으면 좋겠어요!"

헤스터가 말했다.

"그렇소, 헤스터. 옳은 말이오!"

칠링워드는 불 같은 가슴의 분노를 헤스터의 눈앞에 내뿜으면 말했다.

"당장에 죽었으면 좋을 것이었소. 인간 중에서 이자처럼 고통을 겪은 사람은 없을 것이오. 게다가 그 모든 고통을 자신의 철천지한 (徹天之恨) 원수가 보는 앞에서 겪었단 말이야. 그는 나를 의식하고 있었어. 그는 어떤 힘이 마치 저주처럼 자기에게 임하고 있음을 느꼈던 거야. 그는 어떤 영감(靈感)으로— 신의 피조물 중에서 그자처럼 예민한 사람을 본 일이 없단 말이야— 눈에 보이지 않는 손이 자기의 심금을 울리고 있다는 것과 자기를 해치려는 어떤 시선이 자기를 주시하고 있다는 것도 느끼고 드디어는 그것을 찾아냈어. 그러나 그 손과 시선이 나의 손과 시선인 줄은 몰랐던 거야. 그는 이웃들이 믿는 미신대로 자신은 귀신이 들려서 죽은 뒤에 겪을 일을 미리 보고 무서운 꿈과 어쩔 수 없는 생각들과 마음을 찌르는 후회와 용서받을 길이 없다는 절망감으로 고통을 당하고 있는 것이 아니냐는 생각도 해보았지. 그러나 그것은 그의 주변에 항상 있는 나의 그림자였어. 그에게 말할 수 없을 정도로 억울함을 당하고 오로지 무서운 복수라는 독소를 뿜지 않고서는 살 수 없게 된 사람의 그림자였소. 그래, 정말, 그자의 생각이 옳았어. 악마가 바로 눈앞에 있었던 거야. 한때는 인정 있는 인간이었던 내가 남모르는 번민으로 인해 악마가 된 거구."

그 불행한 의사는 이 말을 뇌까리면서도 공포에 질린 표정으로 두 손을 번쩍 들었다. 마치 그는 거울 속에서 자기의 얼굴이 변하여 자기도 알 수 없는 흉악하고 무서운 얼굴로 되는 것을 보기라도 한 듯했다. 그것은 여러 해 동안에 한 번 있을까 말까 한 순간이었다.

그것은 인간의 도덕적으로 불순한 면이 마음의 눈에 정직하게 비치는 순간이었다. 아마도 칠링워드는 자신의 모습을 이토록 뚜렷하게 본 적이 없었을 것이다.

"그이를 그만큼 괴롭혔으면 됐잖아요?"

헤스터는 노인의 표정을 보며 말했다.

"그이도 그만하면 대가를 치른 셈이 아닌가요?"

"아니오. 갚을 것이 더 늘어났을 따름이지."

의사의 대답이었다. 말을 하는 동안 사납던 의사의 표정은 힘을 잃고 우울하게 변해갔다.

"헤스터, 당신은 9년 전의 내가 기억나는가? 그때만 해도 벌써 내 인생은 가을이었어. 그것도 늦가을이었지. 그러나 내 인생은 내 지식의 연마를 위하여 충실하게 바쳤던, 진실되고, 근면하고, 사려 깊고, 조용한 여러 해였어. 그리고 또한 인간 복지의 향상을 위해서도 충실하게 바쳤던 여러 해였어 ─ 하기야 전자에 비하면 후자는 마음이 내킬 때나 그랬던 것이긴 하지만, 내 인생처럼 평화스럽고 정직하고 유복한 인생도 드물었소. 당신은 그것이 생각나오? 당신이 나를 냉정하다고 보았을는지 몰라도, 나는 남을 위해 사려 깊고 자기를 위해 바라는 것이 별로 없는 사람이 아니었소? 그리고 친절하고, 진실되고, 뜨겁지는 않아도 변함 없는 애정을 지닌 사람이 아니었소? 내가 그런 사람이 아니었던가 말이오."

"그렇다 뿐이겠습니까."

헤스터는 대답했다.

"그래, 지금의 나는 어떻게 변했다고 생각하오?"

그는 그녀의 얼굴을 응시하고 마음속에 숨어 있던 모든 악의를 얼굴에 드러내며 물었다.

"지금 내가 어떻게 변했는지는 이미 말했소. 악마가 되었다고. 누가 그렇게 만든 거요?"

"제가 그랬어요!"

헤스터는 바르르 떨며 외쳤다.

"그 책임은 그이에게보다 제게 더 있습니다. 어째서 제게 복수를 하지 않았습니까?"

"당신에게는 내가 주홍글씨를 주었어."

로저 칠링워드가 대답했다.

"주홍글씨가 복수를 해주지 못한다면 다른 도리는 없소."

그는 손가락을 주홍글씨에 갖다 대고 빙그레 웃었다.

"당신은 복수를 했습니다."

헤스터 프린이 말했다.

"나도 그렇다고 판단은 했지."

의사가 말했다.

"그런데 이 사람에 관해서 나와 어쩌자는 거요?"

"그에게 비밀을 밝혀야겠습니다."

헤스터는 단호하게 말했다.

"그이에게 당신의 정체를 알려야겠어요. 결과가 어떻게 되든지 나는 모릅니다. 그러나 나로 비롯된 이 비밀이라는 빚을 갚아야 합니다. 지금까지 저는 그에게 해독이요, 파멸이었으니까요. 그의 명성도 그가 땅 위에 존재하는 상태도, 그리고 아마 그의 생명까지도 끝나느냐 보존되느냐 하는 것이 당신의 손에 달려 있어요. 나는 주홍글씨로 말미암아 바로잡혀 진실을 되찾았어요. 그것은 나의 영혼에 찍힌 붉게 단 낙인과도 같은 사실이지요. 하나 그이가 소름이 끼치도록 허황된 인생을 더 길게 살아본대도 내 경우와 같은 유익한 일이 생길 것 같지 않아서 이렇게 머리 숙여 자비를 구합니다. 그이에 대해서는 하고 싶으신 대로 하세요. 그러나 그이를 위해서도, 나를 위해서도, 당신을 위해서도, 그리고 어린 펄을 위해서도 결코 좋은 일은 아닙니다. 우리들이 처참한 구렁텅이에서 빠져나가도록 해줄 길은 없으니까요!"

"헤스터, 측은한 생각마저 드는군."

로저 칠링워드는 탄복하여 마지않은 듯이 말했다. 그녀가 표현한 실망에는 존엄성마저 어리어 있었다.

"당신은 바탕이 훌륭한 여자야. 일찍이 나보다 나은 낭군을 만났더라면 지금 같은 액은 면했을 것을 타고난 장점을 헛되이 낭비하고 말았으니 당신을 가엾게 생각하오!"

"나도 역시 당신을 가엾게 생각합니다."

헤스터 프린이 대답했다.

"증오심으로 말미암아 현명하고 공정한 사람이 악마로 탈바꿈했으니 말입니다. 이제라도 악마의 탈을 벗고 좀 더 인간다운 사람이 되지 않으렵니까? 그이를 위해서가 아니라도 몇 갑절 당신 자신을 위해서 말입니다. 용서하고, 그이에 대한 앞으로의 보복은 그것을 주관하는 하나님의 뜻에 맡기세요. 내가 지금 말했듯이 어두운 악의 미궁과 함께 헤매고, 자신이 뿌려놓은 죄에 발부리를 부딪혀 엎어지는 그이와 당신과 내게 무슨 좋을 일이 있을 리가 있겠습니까? 사실은 그렇지 않아요! 당신에게는, 오직 당신에게만은 좋은 일이 있을 수 있습니다. 당신은 지금까지 억울함을 당했고, 용서를 베풀 수 있는 자유를 가졌으니까요. 그 유일한 특혜를 저버리렵니까? 한 없이 귀중한 은혜를 거절하렵니까?"

"그만, 헤스터, 그만!"

우울하고 엄격한 표정으로 노인은 대답했다.

"내게는 용서할 권한이 없어! 당신이 말한 따위의 권한이 없단 말이오. 오랫동안 있었던 옛 신념이 되살아나오. 그리고 그것이 우리가 해야 할 모든 일과 우리가 겪어야 할 모든 것을 설명해주는 거요. 당신이 한 번 실족함으로써 악의 씨를 뿌렸소. 그러나 그 이후로는 그것이 필요악이 된 거요. 나를 억울하게 한 당신이 죄를 지었다는 것은 일종의 망상과 같은 것이고, 지금 악마의 짓을 빼앗아 하고 있지만 나는 결코 악마 같지는 않소. 그것은 모두 우리들의 운명이라는 거요. 검은 악의 꽃이 필 대로 피라고 두구려! 어서 가서 그 사람에게 하고 싶은 대로 하오."

그는 손을 흔들고 다시 약초 캐는 일에 전념했다.

헤스터와 펄

한번 보면 그 인상이 좀처럼 머리에서 사라지지 않는 이상한 얼굴을 한 기형의 노인 로저 칠링워드는 헤스터 프린과 헤어진 후 마치 땅 위를 기는 듯이 걸었다. 그는 여기저기서 약초를 뜯고 뿌리를 들추어내서 팔에 걸친 바구니 속에 넣었다. 그가 기어갈 때 그의 회색 수염은 거의 땅을 스쳤다. 헤스터의 시선은 그의 뒤를 좇았다. 그의 발자국이 디디고 지나갈 때마다 발밑의 여린 봄풀이 시들어, 푸른 풀밭을 쭉 건너지르는 갈색 발자국이 줄줄이 생기지나 않을까 하는 생각이 들었다. 그녀는 또한 노인이 여념이 없을 정도로 뜯고 있는 약초가 과연 무엇일까 하고 생각해보기도 했다. 땅이 노인의 시선과 마주칠 때 나쁜 생각을 품고 노인의 손끝에서 세상이 모르는 독초가 돋아나게 하는 것이나 아닐까? 또는 노인의 손이 닿기만 하면 모든 좋은 풀들이 독 있는 악한 풀로 변하여 노인의 마음을 만족시켜주고 있는 것이 아닐까? 모든 것을 밝게 비춰주는 태양이 과연 그에게도 비치는가? 기형적인 그의 체구가 가는 곳마다 따라다니는 불길하고 검은 그림자가 있는 것이 아닌가? 그런데 그는 도대체 어디로 가는 것일까? 또는 그가 별안간 땅속으로 가라앉고 그 부분이 메마르면 얼마 후에 거기서 벨라도나와 산딸기나무와 싸리풀과 그 밖에도 기후가 허락하는 모든 악한 독초들이 무성하게 자랄 것이 아닌가?

"벌받을 소리인지는 몰라도, 나는 저 늙은이가 미워 죽겠다!"

그의 뒷모습을 응시하던 헤스터 프린은 쓰디쓴 한마디를 뱉었다.

헤스터는 이런 감정에 사로잡힌 자신을 꾸짖었지만 그 감정을 억제할 수도 감소시킬 수도 없었다. 그녀는 옛날에 멀리 떨어진 곳에서 생긴 일들을 생각하며 노인에 대한 증오심을 달래보았다. 그 당시에는 저녁 어스름이 찾아 들면 그는 호젓한 서재에서 나와 단단한 난롯가에 앉아 아내의 밝은 미소를 듬뿍 받았다. 홀로 책 속에 여러 시간 동안 묻힘으로써 느끼는 차가움을 마음속에 몰아내려고 아내의 따스한 미소를 온몸에 받아야 한다고 그는 설명했다. 한때는 다름 아닌 행복, 그것이었던 그 장면들이 그 후의 그녀의 우울한 생을 통해 볼 때 추한 추억의 일부에 불과했다. 어떻게 그런 장면이 가능했는지 그녀는 알 수가 없었다. 어째서 자신이 그 사람과 결혼을 하게 되었는지 모를 일이었다. 그녀에게는 자신이 그 사람의 미적지근한 손을 참고 서로 주고받으며, 입술과 눈가에 미소를 지어 그의 미소에 호응한 일이 회개해야 할 커다란 범죄로 생각되었다. 그리고 그녀가 아무것도 모르는 철부지였을 때 자기의 곁에만 있으면 행복하다는 그릇된 생각을 그녀에게 불어넣은 것은 로저 칠링워드가 저지른 모든 범죄 중에서도 가장 악독한 범죄 같았다.

"나는 저 사람이 밉다!"

헤스터는 아까보다도 더 매정한 말투로 되풀이했다.

"저 사람이 나를 배반한 거야! 내가 자기에게 한 것보다 더 몹쓸 짓을 내게 한 거야!"

무릇 남자들은 여자의 진정한 사랑을 얻지 못하면 결혼을 못 하고 전전긍긍할지어다. 그렇지 않으면 로저 칠링워드의 경우처럼 여자가 혼미한 잠에서 깨어나서 남편이 아늑한 현실이라고 만들어준 안일한 만족감과 행복이라고 부르던 돌부처의 정체를 알게 되면 비참한 운명이 찾아올지도 모르기 때문이다. 그러나 헤스터는 이런 억울한 일을 진작 청산했어야 할 것이었다. 한데 이것은 과연 무엇을 뜻하는 것인가? 7년이라는 오랜 세월을 주홍글씨의 고문으로 말미암아 그토록 비참한 일을 겪고도 회개가 성립되지 않았다는 말인가? 헤스터가 구부정한 칠링워드의 뒷모습을 잠시 쳐다보는 동안의 순간적인 감정이 그녀의 마음에 어두운 빛을 던져서 여느 때 같으면 느끼지 못하고 지나쳤을 여러 가지를 깨닫게 해주었다.

그가 사라지자 그녀는 아이를 불렀다.

"펄! 펄! 너 어디 있니?"

정신의 활발함을 잃은 적이 없는 펄은 어머니가 약초 캐는 늙은 이와 함께 얘기를 나누는 동안에도 심심한 줄을 몰랐다. 이미 말한 대로 처음에는 물웅덩이에 비친 자신의 모습과 더불어 공상의 세계에서 뛰어놀고, 환상 같은 자신의 그림자가 모험을 거절하자 물속

172

에서 뛰어나오라고 손짓을 하더니 다음에는 만져도 알 수 없는 땅과 손이 닿지 않는 하늘로 놀이터를 옮겼다. 그러나 자기와 그림자 둘 중의 하나가 현실이 아니라는 것을 곧 알아채고 펄은 더 재미있는 것을 찾아간 것이다.

아이는 나무껍질로 작은 배를 만들고 그 위에 달팽이 껍데기를 싣고 깊은 물위로 뉴잉글랜드의 어느 상인이 기도한 것보다 더 큰 모험을 떠나보냈다. 그러나 대부분이 물가에서 침몰했다. 아이는 살아 있는 참게의 꼬리를 잡고, 불가사리도 몇 마리 잡고, 해파리는 잡아서 볕이 쪼이는 뭍에 던져 녹아버리게 했다. 그러고는 밀려오는 조수에 하얗게 줄무늬를 입힌 거품을 집어서 불어오는 바람을 향해 던지고 눈송이 같은 거품의 부서진 조각들이 떨어지기 전에 잡으려고 나는 듯한 발걸음으로 쫓아다녔다. 물가에서 먹이를 잡아먹으며 날아다니는 바닷새의 무리를 보고 이 장난꾸러기가 앞치마에 조약돌을 하나 가득 주워 가지고 있다가 그것들을 재빠르게 던져댔다. 가슴팍이 하얀 회색 새가 조약돌에 맞아 날개가 부러져서 푸드득거리며 날아갔다. 펄이 보기에는 틀림없이 그랬다. 그러나 요정 같은 아이는 그때 한숨을 짓고 장난을 그만두었다. 바람이나 자기와 마찬가지로 야성적인 어린 새를 해친 것이 제 마음을 아프게 했기 때문이다.

아이의 마지막 장난은 여러 가지 해초를 모아서 목도리와 외투와 머릿수건을 만들어 입고 쓰고 어린 인어 차림을 하는 것이었다. 그애는 벽걸이와 의상을 잘 만드는 어머니의 솜씨를 닮았다. 펄은 마지막으로 거머리말을 주워서 엄마의 가슴에서 흔히 보던 장식을 본떠서 제 가슴에 장식을 해달았다. 그 글씨는 A자였으나 빨간색이 아니고 싱싱한 초록색이었다. 그애는 가슴 위로 고개를 숙이고 자기가 만든 장식을 보고 생각에 잠겼다. 마치 자기가 세상에 보내진 유일한 목적이 이제 그 뜻을 드러내려는 듯했다.

'엄마가 이게 무슨 뜻이냐고 묻지 않을까 모르겠어.'

펄은 이렇게 생각했다. 바로 그때 아이는 어머니의 음성을 듣고 작은 물새처럼 가볍게 뛰면서 춤추고 웃고 가슴에 달린 장식을 가리키면서 헤스터 프린 앞에 나타났다.

"얘, 펄!"

잠깐 동안의 침묵을 깨고 헤스터는 말했다.

"네 가슴에 단 초록 글씨는 아무 의미도 없는 것이다. 그런데 애야, 엄마가 가슴에 달고 다녀야 하는 이 글씨의 뜻이 무엇인지 아니?"

"네, 알아요."

아이가 대답했다.

"그것은 큰 A자지요. 엄마가 글씨 교본에서 가르쳐주었잖아요."

헤스터는 그 어린 얼굴을 물끄러미 쳐다보았다. 아이의 눈동자에서 늘 발견하는 특이한 표정을 보았지만 펄이 정말 무슨 뜻을 그 글자에 부여했는지 알지 못해서 궁금했다. 그래서 그녀는 그 점을 확인하고야 말겠다는 고집이 이상하도록 강하게 일어남을 느꼈다.

"얘, 엄마가 왜 이 글씨를 달고 있는지 아느냐 말이다."

"알고말고요!"

펄은 어머니의 얼굴을 명랑하게 쳐다보며 대답했다.

"그건 목사님이 가슴에 손을 갖다 대는 것과 똑같은 이유 때문이죠!"

"그래 그 이유가 뭐니?"

헤스터는 아이가 앞뒤가 맞지 않는 관찰을 했다고 생각하고 빙그레 웃으면서 물었으나, 다음 순간에 얼굴빛이 창백해졌다.

"그 글씨가 다른 사람의 가슴과는 무슨 상관이 있단 말이니?"

"아니에요, 엄마, 난 그것밖에 몰라요."

펄은 평소에 서슴지 않고 말하기를 좋아하던 것과는 달리 이처럼 진지하게 대답을 했다.

"엄마와 같이 이야기하던 노인한테 물어봐요. 아마 그 노인은 알 거야. 엄마, 근데 정말 이 글씨가 무슨 뜻이야? 엄마는 왜 그걸 가슴에 달고 다녀? 그리고 목사님은 왜 자꾸만 손을 가슴에 갖다 대는 거야?"

그애는 자기 손으로 엄마의 귀를 잡고, 야성적이고 변덕스럽던 그애의 성격에 어울리지 않는 진지한 표정으로 어머니의 두 눈을 쳐다보았다. 그 아이가 진정 어떤 확신을 갖고 어머니에게 접근하려는 것인지도 모른다는 생각이, 그리고 어머니와의 공감점을 발견하기 위해서 아이가 할 수 있는 데까지 아는 데까지 해보려는 시도인지도 모른다는 생각이 헤스터에게 문득 들었다. 그러고 보니 옛날과는 다른 모습이 펄에게서 엿보였다. 여태까지 헤스터는 홀어머니로서 아이를 마음껏 사랑하면서도 대가로서는 변덕스러운 봄바람(4월의) 이상의 것을 바라지 않으리라고 스스로 다짐했던 것이다. 봄바람은 경박한 장난을 잘 치고, 때로는 예측할 수 없는 정열의 돌풍을 일으키고, 기분이 가장 좋을 때는 변덕스럽고, 가슴에 품으면 따스하기보다는 차가울 때가 많다. 때로는 무슨 속셈인지 잘못에 대한 보상이라도 하는 듯이 의심이 갈 정도로 다정한 키스를 해주고 머리를 쓰다듬어주기도 하지만 다음 순간엔 마음속에 꿈 같은 즐거움만 안겨주고 다른 장난을 찾아 어디론가 가버린다. 그리고 이것은 어머니가 보는 자기 아이의 성품이었다. 남이라면 무슨 퉁명스러운 성격이라도 발견하고 거기에다 더욱더 어두운 채색을 했을지도 모른다.

그러나 이제는 매우 조숙하고 영리한 펄이 엄마의 친구가 될 수 있고, 모녀가 서로 어색함 없이 엄마의 슬픈 얘기를 나눌 수 있는 나이에 이르렀다는 생각이 언뜻 헤스터의 마음에 강하게 들었다. 혼란한 펄의 성격 가운데는 아마 변함 없이 굽히지 않는 용감성과 억제할 수 없는 의지와 강한 자존심(잘 가꾸면 훌륭한 자부심이 될 수 있는)과 그리고 잘 살펴보면 무엇이든지 멸시하려는 그릇된 태도가 싹트는 것이 보일 것이다. 아니 애당초부터 싹트고 있었을 것이다. 익지 않은 과일처럼 씁쓸하고 맛이 없기는 했지만 펄에게는 애정도 있었다. 그러나 헤스터는 펄이 훌륭한 성품을 많이 가지고 있어도 요정 같은 그애가 자라서 숙녀가 되지 않는 한 자신에게서 물려받은 악도 틀림없이 자랄 것이라는 걱정을 했다.

주홍글씨의 수수께끼 주변을 떠나지 못하는 펄의 경향은 어쩔 수 없이 타고난 성격 같기도 했다. 철이 들기 시작할 때부터 그애는 자기가 받은 사명인 양 이 수수께끼 주변을 맴돌았다. 하늘이 이와 같이 뚜렷한 성격의 아이를 줄 때에는 정의와 처벌의 계획이 있어서 그랬던 것이 아니냐는 생각이 헤스터에게 종종 들었다. 그러나 지금까지 그 정의와 처벌의 계획과 아울러 자비와 은총의 계획도 포함되었을 것이 아니냐는 질문을 할 생각은 한 번도 한 적이 없었다. 만일 어린 펄이 육체의 아이인 동시에 영혼의 사자(使者)로서 믿음과 신앙이 있었다면 마음을 싸늘한 무덤으로 변하게 한 어머니의 슬픔을 달래는 것이 펄의 사명이 아닐까? 그리고 한때는 원기가 왕성했으나 지금은 죽지는 않았지만 무덤 같은 가슴속에 간혀버린 열정을 되찾도록 어머니를 돕는 것이 또한 펄의 사명이 아닐까?

이상과 같은 생각들이 마치 누가 귀에 대고 속삭이는 듯이 생생한 인상으로 헤스터의 마음을 설레게 했다. 그리고 어린 펄은 내내 엄마의 손을 붙잡고 엄마의 얼굴을 우러러보며 똑같은 질문을 두 번 세 번 되풀이했다.

"엄마, 그 글씨의 뜻이 뭐야? 그리고 엄마는 왜 그걸 달고 다녀? 또 목사님은 왜 자기 손을 가슴에 대고만 있어?"

'뭐라고 대답할 것인가?'

헤스터는 마음속으로 생각했다.

'안 된다! 비록 대답이 아이의 공감을 사기 위한 값이라고 하여도 나는 그 값을 치를 수는 없다!'

그리고 헤스터는 큰 소리로 말했다.

"바보 같으니라고."

헤스터의 말이었다.

"너는 무얼 묻는 것이냐? 애들이 물어서는 안 될 일이 세상에는 많다. 내가 목사님의 가슴속을 어떻게 알겠느냐? 그리고 주홍글씨에 대해서라면 나는 그 금색 실이 좋아서 달고 다닌다."

지난 7년 동안 헤스터 프린은 자기가 가슴에 달고 있는 표에 대하여 정직하지 않았던 적이 한 번도 없었다. 그 표는 엄격했지만 그것은 그녀를 지켜주던 수호신이 준 부적이었는지도 모른다. 그리고 수호신의 끊임없는 보호에도 아랑곳없이 새로운 악이 침투하고 옛 악은 없어지지 않으니까 수호신은 드디어 그녀를 저버린 것인지도 모른다. 어린 펄의 얼굴에서는 그토록 진지하던 표정이 어느덧 사라졌다.

그러나 아이는 그 문제를 그대로 흘려버리는 것이 합당하다고는 생각하지 않았다. 엄마와 자기가 집으로 돌아가는 길에서나 저녁을 먹을 때나, 헤스터가 아이를 자리에 눕힐 때나 눕히고 나서 아이가 아주 잠든 듯했을 때에 그애는 장난치려는 눈치로 쳐다보면서 두서너 번 되풀이해서 물었다.

"엄마, 빨간 글씨의 뜻이 뭐야?"

이튿날 아침 펄은 눈을 떴다는 인사인 양 베개 위에서 머리를 들고는 웬일인지 늘 주홍글씨와 결부시켜서 묻는 또 하나의 질문을 했다.

"엄마, 엄마! 목사님은 왜 늘 가슴에다 손을 대지?"

"닥쳐라, 못된 것아!"

어머니는 전에 없이 사나운 말투로 대답했다.

"나를 놀리는 거냐? 다시 그랬단 봐라, 캄캄한 데다 가둬버릴 테다!"

숲속의 길

현재의 고통이나 훗날의 결과가 어찌 되든 딤즈데일 목사에게 은 밀하게 접근하여 가까워진 사람의 정체가 무엇인가를 밝히기로 한 헤스터의 결심에는 변화가 없었다. 그러나 목사가 명상하며 산책할 때에 목사에게 말을 하려던 며칠 동안의 노력은 허사로 돌아갔다. 목사가 곶의 바닷가와 그 근처의 숲이 우거진 언덕을 늘 산책한다 는 것을 그녀는 알고 있었다. 전에도 많은 참회자들이 찾아가서 주 홍글씨가 상징하는 것보다 더 짙은 죄를 고백한 일이 있는 목사님 의 서재로 찾아갔으면 무슨 추문도 목사님의 명예를 손상시키는 일 도 없었겠지만, 헤스터는 그것을 원치 않았다. 늙은 칠링워드가 몰 래 또는 공공연하게 간섭할까 봐 두려웠고, 긴장한 그녀의 의심은 아무 일도 없을 텐데도 염려를 했고, 목사와 자신이 이야기를 나누 는 동안은 숨을 마음껏 쉴 수 있는 넓은 공간이 있어야 하겠다고 생각했기 때문이었다. 이런 이유로 해서 헤스터는 하늘 밑보다 더 좁은 곳에서 목사를 만나는 것을 원치 않았다.

딤즈데일 목사가 기도를 올려주려고, 초청을 받아 갔던 집 환자의 방에서 시중을 들다가 마침내 헤스터는 목사가 인디언 교도들이 있는 곳에 엘리엇 사도를 만나러 갔다는 사실을 알았다. 그는 아마도 다음날 오후 어느 시간까지는 돌아올 것이었다. 그래서 다음날 일찍 헤스터는 펄을 데리고 집을 나섰다. 거추장스럽기는 했지만 펄은 엄마가 어디를 갈 때마다 데리고 갈 수밖에 없었다.

두 길손이 곶에서 본토로 들어서자 길은 좁은 오솔길로 변했다. 그 길은 원시림의 비경(秘境) 속으로 꼬불꼬불 들어갔다. 오솔길 좌우에 우뚝 속은 나무들이 하도 우중충하고 빽빽해 하늘이 겨우 쳐다보일 정도여서, 헤스터에게는 마치 자기가 오랫동안 방황하던 도덕의 광야와도 흡사해 보였다. 날씨는 싸늘하고 음산했다. 머리 위에는 회색 구름이 깔렸으나 때때로 부는 미풍에 흩어져서 햇빛이 새어 나와 길을 따라 비치는 것이 보였다. 그러나 이와 같이 상쾌한 햇빛은 숲을 통과한 아주 먼 끝에서만 나타나는 현상이었다. 쾌활한 햇빛은(이날 따라 찌푸린 날씨라 쾌활해 보였지만) 가까이 오는가 보다 하면 사라져서 햇빛이 반짝 했던 곳은 더욱더 우중충해 보였다. 두 모녀가 햇빛이 밝게 빛나기를 바라는 마음이 너무나도 간절해서 그랬을 것이다.

"엄마."

어린 펄이 말을 꺼냈다.

"빛이 엄마를 싫어하나 봐. 엄마 가슴에 있는 것이 무서워서 햇빛이 달아나서 숨어버리나 봐. 저것 봐! 햇빛이 저 멀리서 놀고 있지 않아. 엄마, 여기 가만히 서 있어요. 내가 뛰어가서 햇빛을 잡을 테야. 나는 아이니까, 햇빛이 내게서 도망하지는 않을 거야. 나는 가슴에 아무것도 달지 않았으니까 말이야!"

"얘, 앞으로도 달지 않기를 바란다."

헤스터가 말했다.

"왜요, 엄마?"

펄은 막 달리려다가 잠시 서서 물었다.

"어른이 되면 그것은 자연히 달게 되는 것 아냐?"

어머니가 대답했다.

"얘, 어서 달려가서 햇빛을 잡아라. 금방 없어질 것이다."

펄은 큰 걸음으로 앞을 향해 달렸다. 헤스터가 그걸 보고 빙그레 웃는 동안 아이는 정말 햇빛을 붙잡고 그 가운데 서서 웃었다. 아이는 찬란하게 빛나고, 빠른 달음질로 말미암아 고조된 활기가 넘쳐 흘렀다. 어머니가 빛이 비치는 밝은 곳으로 다가올 때까지 햇빛은 장난치는 아이가 좋다는 듯이 그곳을 떠나려 하지 않았다.

"햇빛이 이젠 없어질 거야."

펄은 머리를 흔들며 말했다.

"자, 봐라!"

헤스터가 미소를 지으며 말했다.

"이젠, 손을 내밀면 햇빛을 조금 잡을 수가 있다."

그녀가 그렇게 하려는 순간 햇빛은 사라졌다. 아이의 춤추는 듯한 밝은 얼굴 표정을 보면 그 아이가 햇빛을 모두 흡수했다가, 어두운 곳을 지날 때 다시 발하여 길을 밝힐 셈인가 보다 하는 생각이 헤스터에게 들었다. 펄이 엄마와는 다른 성격을 띠고 태어났다는 느낌을 제일 강하게 주는 것은 그애에게서 항상 넘쳐 흐르고 있는 활기였다. 펄에게는 슬픔이라는 병도 없었다. 그 당시의 다른 애들은 이 병을 연주창과 더불어 조상들로부터 물려받았다. 펄의 이와 같은 성격은 그애가 태어나기 전에 헤스터가 슬픔을 이겨내느라고 애쓰던 일에 대한 반사 작용에 불과한 것이겠지만, 이것 역시 아마 병이었을 것이다. 아이의 성격에서 강한 금속성 광채가 나게 만든다는 것은 확실히 묘한 매력을 느끼게 하는 일이었다. 헤스터는 큰 슬픔이 심금을 울려 아이를 인간답게 만들어주고, 동정심이 생기게 만들어주기를 원했던 것이다(어떤 사람들은 일생 동안 두고두고 원하는 일이지만). 그러나 어린 펄을 위해서는 시간이 아직 많았다.

"얘, 이리 오너라!"

펄이 아직도 서 있는 양지 한가운데에서 주변을 둘러보며 헤스터는 말했다.

"우리 숲속으로 조금 들어가 앉아서 쉬었다 가자."

"엄마, 난 힘들지 않아."

어린아이는 대답했다.

"그렇지만, 엄마는 앉아요, 나한테 이야기 좀 해주려거든."

"이야기라니!"

헤스터는 말했다.

"무슨 이야길 말이냐?"

"저, 악마 얘기요."

펄은 엄마의 치맛자락을 잡고 진지한 듯하면서도 장난기 어린 표정으로 어머니의 얼굴을 쳐다보며 말했다.

"그 악마가 숲속을 어떻게 돌아다니고, 커다란 무거운 책을 어떻게 가지고 다니고, 그 쇠붙이로 꿰맨 책을 말이야. 그리고 이 밉게 생긴 악마가 숲속에서 만나는 사람에게 그 책과 펜을 어떻게 주고, 그러면 그들은 자기들의 이름을 자기들의 피를 찍어서 쓴다는 이야기 말이야. 그러면 악마가 그들의 가슴팍에다 표시를 해주지. 엄마, 악마를 만난 적이 있어?"

"펄, 그런 이야기를 누구한테서 들었니?"

이것이 그 당시에 흔히 있는 미신이라는 것을 알지만 헤스터는 그렇게 물어보았다.

"어젯밤 엄마가 환자를 돌봐준 집의 난롯가에 앉았던 할머니한테서 들었어."

아이가 말했다.

"그러나 그 할머니는 그 말을 할 때 내가 자고 있는 줄 알았거든. 수없이 많은 사람들이 여기서 악마를 만나고, 그 책에다 이름을 쓰고, 가슴팍에다 표시를 받았다던데. 근데 그 밉게 생긴 여자인 히빈스 할머니도 그중의 하나였대. 근데 엄마, 그 할머니는 엄마가 달고 있는 주홍글씨도 악마의 거랬어. 그리고 밤중에 이 숲속에서 그 악마를 만나면 주홍글씨가 붉은 불꽃을 낸댔어. 엄마, 그게 정말이야? 엄마도 밤중에 악마를 만나러 가?"

"네가 잠에서 깨었을 때 엄마가 네 곁에 없었던 일이 있었니?"

헤스터가 물었다.

"그런 생각이 안 나는데."

아이가 말했다.

"엄마가 나를 두고 가는 것이 걱정되면 나를 데리고 가지. 그랬으면 난 좋겠어. 그러나, 엄마, 지금 말해줘. 정말 그런 악마가 있는 거야? 엄마 그런 사람 봤어? 이게 그 표시야?"

"한 번만 말해줄 테니까 성가시게 굴지 말아라."

어머니가 부탁했다.

"그래, 엄마가 다 말해준다면."

펄이 대답했다.

"나는 일생에 꼭 한 번 악마를 보았다."

어머니가 말했다.

"이 주홍글씨는 그의 표시다."

이런 대화를 하면서 두 모녀는 숲속으로 깊숙이 들어갔다. 우연히 오솔길을 가던 사람의 시선을 피하기 위해서였다. 두 모녀는 이끼가 가득 낀 쓰러진 나무 위에 올라 앉았다. 그 이낀 낀 곳이 한 세기 전에는 아마도 뿌리와 줄기가 어두운 그늘에 덮이고 머리만 하늘을 향해 들고 있던 소나무였으리라. 모녀가 앉은 곳은 작은 계곡으로 계곡 양쪽에는 낙엽으로 덮인 둑이 있고 그 가운데로 나 있는 낙엽으로 덮인 갯바닥 위를 냇물이 흐르고 있었다. 그 위를 뒤덮은 나무가 때때로 큰 가지를 물위에 늘어뜨리면 냇물은 목이 메어 웅덩이가 되고 어떤 곳에서는 검푸른 소(沼)가 되었다가 더 빠르고 활기 있는 흐름으로 변하면 조약돌과 반짝이는 갈색 모래의 물길이 된다. 냇물이 흐르는 줄기를 따라 시선을 달리면 얼마 동안은 물에 반사된 햇빛이 보이지만 기둥 같은 나무의 줄기와 잡목 사이로 그리고 여기저기 서 있는 회색 이끼가 긴 큰 바위 뒤로 자취를 감추어 버린다. 이 모든 거목들과 화강석의 둥근 돌들은 일부러 이 작은 냇물의 물줄기를 베일 속에 감추어버리는 듯했다. 아마도 냇물이 졸졸 끝없이 조잘대며 그것이 흘러나온 천고(千古)의 숲속에 비밀을 속삭이고, 잔잔히 고인 물웅덩이 표면에 숲속의 비밀을 비추어줄까 봐 염려가 되어서 그랬나 보다. 정말 그 냇물은 살금살금 흘러가며 계속 조잘거렸다. 어린아이의 목소리처럼 친절하고 조용하고 달래는 듯했으나 또한 우울하기도 했다. 그 아이는 이런 시절을 재미없게 지냈고, 숲속에서 일어나는 침울한 색깔의 슬픈 일들 가운데서 어떻게 하면 즐거워질지 모르기 때문이다.

"오, 시냇물아! 어리석고 지루한 작은 시냇물아!"

시냇물의 이야기를 잠시 들은 펄은 외쳤다.

"너는 어째서 그렇게 슬프냐? 기운 좀 내거라. 그리고 항상 한숨 짓고 중얼거리기만 하지 말아라!"

그러나 냇물은 숲속을 흐르는 짧은 일생 동안에 겪은 하도 엄숙한 경험을 말하지 않을 수 없었고 또 할 말이 그것밖에 없는 것 같았다. 펄은 시냇물과 흡사했다. 그애의 인생 물길은 냇물처럼 신기한 곳에서 흘러나와 냇물처럼 우울한 샘이 짙은 그늘이 진 풍경 속을 흘러 내려왔다. 그러나 그 냇물과는 달리 펄은 춤추고 반짝이고 흥겹게 조잘거리며 수로를 따라가는 것이었다.

"엄마, 이 작은 시냇물이 뭐라고 하는 거지?"

아이가 물었다.

"네게 무슨 슬픔이 있다면 냇물이 네게 그것을 말해준단다."

어머니가 대답했다.

"나에게는 나의 슬픔을 말해주듯이 말이다. 애, 길을 따라오는 발소리가 들리는구나. 누가 나뭇가지를 옮겨놓는 소리도 들린다. 너혼자 저기 가서 놀지 않으련? 엄마는 저기 오는 사람과 얘기를 좀할 테니까."

"그 사람이 악마야?"

펄이 물었다.

"애, 저기 가서 놀아라."

어머니는 짜증스럽게 말했다.

"하지만 숲속으로 깊이 들어가지는 말아라. 부르면 금방 올 수 있도록 해야 한다."

"그럴게요, 엄마."

펄은 대답했다.

"그렇지만, 그 사람이 악마라면 나 여기 잠깐 서서 큰 책을 팔에 낀 그 악마를 보면 안 되나요?"

"빨리 가거라, 바보 같으니."

어머니는 또 짜증스럽게 말했다.

"그건 악마가 아니야! 나무 사이로 그분이 보일 거다. 그분은 목사님이셔!"

"아, 참 그래!"

아이가 말했다.

"근데, 엄마, 그분이 가슴에 손을 얹고 있어. 목사님이 그 책에다 이름을 썼을 때 악마가 거기다 표시를 해주었어? 그러면, 엄마, 왜 그것을 엄마처럼 가슴에 달지 않아?"

"애, 이젠 저리 가라. 나를 놀리고 싶거든 나중에 놀려라."

헤스터 프린이 외쳤다.

"하지만, 길을 잃으면 안 된다. 냇물 소리가 들리는 곳에 있거라."

아이는 노래를 부르며 냇물의 우울한 목소리와 자기의 명랑한 음성을 조화시키며 냇물을 따라 걸어갔다. 그래도 작은 냇물은 위안을 얻지 못하고 음산한 숲속에서 일어났던 슬픈 비밀을 알아들을 수 없는 말로 계속 조잘거렸다. 또는 앞으로 일어날 어떤 일에 대한 슬픈 예언을 하고 있는지도 몰랐다. 그래서 펄은 자신의 작은 인생이 겪은 어두운 그림자만 해도 지겨운지라 탄식만 하는 냇물과는 결별했다. 그래서 펄은 높은 바위의 틈바구니에서 자라는 오랑캐꽃이며, 야생 아네모네며, 매발톱을 뜯는 일에 전념했다.

요정 같은 아이가 떠난 뒤 헤스터 프린은 숲속으로 나 있는 길을 향해 한두 걸음 나아갔으나, 그 이상 더 가지 않고 어두운 나무그늘 아래 서 있었다. 그녀는 목사가 길가에서 꺾은 지팡이에 의지하며 혼자 길을 따라 걸어오는 것을 보았다. 그는 여위고 나약해 보였다. 그의 태도에는 기진한 절망의 기색이 완연했다. 그가 읍내를 산책하거나, 남의 눈에 띄는 어떤 일을 할 때에도, 이런 모습을 그토록 뚜렷이 드러낸 적은 없었다. 그러나 세상에서 멀리 떨어진 이 숲속에서는 그의 절망의 기색이 애처로울 만큼 두드러졌다. 이것 자체가 목사의 기를 죽이는 무거운 시련이었으리라. 맥없는 그의 발걸음은 한 걸음이라도 더 걸어야 할 이유도, 그럴 의사도 없다는 듯했다. 다만 제일 가까운 나무 밑에 쓰러져서 거기 그대로 누워 있었으면 좋겠다고, 아무렇게나 되어도 좋겠다고 하는 듯했다. 그러면 나뭇잎들이 그의 몸을 덮고 그 위에 흙이 점점 쌓여 흙더미가 이루어질 것이었다. 그 속에 생명이야 있거나 말거나 상관이 없었다. 죽음이란 어쩔 수 없는 것으로 바랄 수도 피할 수도 없는 것이었다.

헤스터가 보기에는 딤즈데일 목사의 표정에는 어떤 적극적이고 활발한 고통이 보이지 않았다. 어린 펄이 지적한 대로 그는 가슴에 손을 대고 있을 따름이었다.

목사와 교인

목사의 걸음은 느렸으나 헤스터 프린이 주의를 끌기 위해 목소리를 가다듬기도 전에 목사는 거기를 지나갈 뻔했다. 마침내 그녀는 목소리가 나왔다.

"아서 딤즈데일!"

처음에는 나약한 소리로 불렀다. 다음에는 더 크고 거센 목소리로 불렀다.

"아서 딤즈데일!"

"거 누구요?"

목사가 대답했다.

목사는 마음을 가다듬고, 남이 알면 쑥스러운 기분에 잠겼다가 들킨 사람처럼 몸을 바로 세웠다. 소리가 난 곳으로 불안한 시선을 던져 그는 나무 밑에서 어떤 불확실한 모습을 보았다. 그 모습은 매우 우중충한 옷을 입었고, 흐린 하늘과 무성한 나뭇잎으로 말미암아 대낮이지만 어두컴컴한 주변의 색깔과 구별이 안 되어 그것이 여자인지 또는 그림자인지 식별할 수가 없었다. 그가 더듬어가는 인생길에서도 자신의 생각에서 빠져나온 허깨비 같은 것이 이토록 자기를 자주 찾아오는지도 모른다.

그는 한 걸음을 더 내디디고 주홍글씨를 보았다.

"헤스터! 헤스터 프린!"

목사는 입을 열었다.

"당신이오? 정말 살아 있는 당신이오?"

"그래요!"

그녀가 대답했다.

"7년 동안 살아 있는 헤스터입니다! 아서 딤즈데일, 당신도 살아 계셔요?"

이들이 서로 자신의 생존이 믿어지지 않아서 상대방의 생존 여부를 묻는 것도 놀랄 일은 아니었다. 그들은 어두운 숲속에서 하도 뜻밖에 만나는지라 전생에 인연이 깊던 두 영혼이 저승에 와서 처음으로 상봉하는 것 같은 기분이었다. 서로 두려워 떨고, 서로의 모습도 낯설고, 육체를 떠난 영혼의 친교에도 익숙하지 못했다. 서로가 유령인 그들은, 서로를 보고 무서워했다. 그들은 자신을 보고도 똑같이 무서워했다. 왜냐하면 위험한 순간이 그들의 의식을 소생시켜 서로의 지난 일들을 의식하게 만들었기 때문이었다. 이런 일은 아슬아슬한 순간이 아니면 생기지 않는 법이다. 그들의 영혼이 순간이란 거울에 그들 자체의 얼굴을 비추어본 것이었다. 두려워서 떨며 사실상 마지못해서 아서 딤즈데일은 죽음같이 싸늘한 자신의 손을 내밀어 헤스터 프린의 차가운 손을 만졌다. 차가운 손이었지만 일단 붙잡는 순간에 처음의 황량함이 사라졌다. 이제는 그들이 적어도 같은 세상에 사는 인간들이라는 느낌이 들었다.

말 한마디도 없이, 누가 앞장을 선 것도 아니지만 두 사람의 마음은 일치하여, 그들은 헤스터가 나타났던 숲속 그늘로 미끄러져 들어가 헤스터와 펄이 앉아 있던 무성한 이끼 위에 앉았다. 서로의 말문이 열리자 친지가 만나면 언제나 그렇듯이 그들은 먼저 흐린 날씨와 태풍의 위협과 다음에는 서로의 건강에 대해 언급했다. 이와 같이 과격하지 않게 서서히 대화를 전개하여 드디어는 두 사람의 가슴속 깊은 곳에서 사색하던 문제로 옮겨 갔다. 그들은 운명과 환경에 너무나도 소외당해 있었기 때문에, 대화의 무거운 문을 열어 젖히기에 앞서 먼저 잠시 달릴 수 있는 여유가 있어야 하고 그래야 진정한 화제가 대화의 문지방을 넘어갈 수 있을 것이었다.

잠시 후에 목사는 헤스터 프린의 시선을 쳐다보았다.

"헤스터."

목사는 말했다.

"이제는 마음이 편하오?"

그녀는 쓸쓸한 미소를 지으며 자신의 가슴을 내려다보았다.

"당신은요?"

그녀가 물었다.

"편하지가 않소! 절망이 있을 따름이오!"

목사의 대답이었다.

"나 같은 사람이 나 같은 인생을 추구하는 것밖에 또 무엇이 있겠소? 내가 무신론자라면, 양심이 없는 자라면, 거칠고 짐승 같은 본능밖에 없는 놈이라면, 벌써 오래전에 마음이 편해졌을 테지만, 그러나 지금 내 영혼이 처해 있는 형편을 말하자면, 본래 나에게 있던 모든 훌륭한 능력과 하늘이 내려주신 누구보다도 우수한 재주가 모두 나의 영혼을 괴롭히는 사자(使者)들로 변했소. 헤스터, 나는 불쌍한 사람이 되었소!"

"사람들은 당신을 존경합니다."

헤스터가 말했다.

"그리고 당신은 분명히 그들에게 좋은 일을 했어요. 그것만으로는 마음의 위로가 안 되십니까?"

"헤스터, 더욱 비참해질 뿐이오! ― 더욱, 비참해질 뿐이오!"

목사는 괴로운 미소를 지으며 대답했다.

"내가 한 것으로 보이는 선행에 대해서 내가 확신이 안 섭니다. 그건 아마 망상이었겠지. 나처럼 죽은 영혼이 남의 영혼을 구원하는 일을 위하여 무엇을 할 수 있었다는 말이오? 혹은 나처럼 더럽혀진 영혼이 어떻게 남의 영혼을 깨끗이 할 수가 있겠소? 그리고 남들이 나를 존경하는 일에 대해서는, 제발 그 존경이 멸시와 증오로 변했으면 좋겠소! 내가 강단에 서서, 하늘의 광명이 내 얼굴에서 비롯하는 것처럼 내 얼굴을 쳐다보는 수많은 눈동자들을 대하고, 진리에 굶주린 나의 양 떼가 오순절 날에 하늘에서 내려온 음성인 양 내 말에 귀를 기울이는 것을 보고, 나는 내 마음속으로 눈을 돌려 그들이 우러러보는 것이 실은 죄악임을 깨달아야 하는 사실을 당신은 위로라고 생각하오, 헤스터? 남의 눈에 비친 나와 진정한 내가 너무나도 대조적임을 보고 나는 쓰디쓴 괴로운 웃음을 웃었소. 그리고 사탄도 그걸 보고 웃었다오!"

"당신은 스스로를 학대하고 있어요."

헤스터의 말은 부드러웠다.

"당신은 깊이 그리고 뼈에 사무치는 참회를 했어요. 이미 오래전에 당신 죄를 벗었습니다. 진실로 당신의 현재의 생은 남들이 보는 대로 거룩한 것이에요. 선한 업적을 남김으로써 진위가 증명이 된 고행이 허사였단 말인가요? 그러면 어째서 마음의 평화가 없습니까?"

"아니오, 헤스터, 그건 아니오!"

목사가 대답했다.

"내 고행엔 알맹이가 들어 있지 않아요. 그건 싸늘하게 죽은 고행이요, 그러니까 나에겐 무의미한 것이오! 벌은 충분했을 거지만 그러나 회개하는 마음은 전혀 없었어. 회개를 했다면 나는 벌써 가짜 성의(聖衣)를 벗어버리고 사람들에게 나 자신을 심판대에 오른 듯 보여주었어야 했을 거요. 헤스터, 당신은 주홍글씨를 사람들 앞에서 달고 다녔기 때문에 마음이 편한 것이지, 내 가슴은 남 모르게 타오. 7년 동안 남의 눈을 속이느라고 애쓴 뒤에 내가 누군지를 알아주는 사람의 눈동자를 들여다보는 것이 얼마나 위안이 되는지를 당신은 모를 거요. 나에게 친구가 하나라도 있어서— 그것이 말 못할 원수라도 좋소— 남들의 칭찬의 소리가 지겨울 때면 찾아가서 나는 죄인 중에도 악한 죄인이라는 실토를 할 수 있었다면 그것으로 내 영혼은 살아나지 않았을까? 그 정도의 진실만 있었더라도 나는 구원을 받았을 텐데. 그러나 이제는 모두가 거짓이고, 모두가 허무하고, 모두가 죽음일 뿐이오!"

헤스터 프린은 그의 얼굴을 들여다보았지만 말하기를 주저했다. 그러나 오랫동안 억누르고 있던 감정을 그처럼 맹렬하게 터뜨린 목사의 말이 그녀로 하여금 그녀의 말을 끼워 넣을 수 있는 계기를 만들어주었다. 그녀는 두려움을 극복하고 말했다.

"당신의 죄를 두고 같이 울 수 있는, 당신이 바라는 그런 친구는 당신과 죄를 같이 지은 저입니다."

그녀는 다시금 주저했다. 그러나 한참 주저한 끝에 말을 꺼냈다.

"당신에게는 오랫동안 말할 수 없는 원수가 있었고, 당신은 그 원수와 더불어 같은 집에서 살았어요!"

목사는 벌떡 일어서서 마치 가슴에서 심장을 떼어내기라도 하려는 듯이 숨을 헐떡이며 심장 있는 데를 움켜쥐었다.

"아, 그게 무슨 말이오!"

그는 외쳤다.

"원수라니? 같은 집 안에? 당신, 무슨 말을 하는 거요?"

헤스터 프린은 목사가 입은 깊은 상처를 의식했다. 이 불행한 사람을 그토록 오랜 세월 동안, 아니 비록 한순간일지라도 오로지 악한 목적만을 품은 자의 손아귀에 맡겨두었으니 그 일에 대한 책임은 자신에게 있었다. 자기의 원수가 무슨 가면으로 위장을 하고 자기와 접촉했든 아서 딤즈데일처럼 예민한 사람의 촉감을 건드리기에는 충분했다. 헤스터가 이런 보살핌에 대해서 덜 민감한 시절이었다. 또는 자신의 고통 때문에 인간 세상이 싫어져서, 저보다는 수월한 운명을 겪는 듯한 목사를 방임했는지도 모른다. 그러나 요사이 며칠 동안 목사가 밤을 새우던 날 이래로 목사에 대한 그녀의 동정심이 뜨거워지고 두터워졌다. 이제는 그녀가 목사의 마음속을 더욱 정확히 살필 수 있었다. 로저 칠링워드가 항상 곁에 있어 악의에 찬 독소를 은밀히 내뿜으며 주변의 공기를 오염시키고, 허가 있는 의사로서 목사의 정신적, 육체적 병을 간섭하던 이 모든 좋지 못한 기회들이 잔인한 목적에 이용되어왔다는 것을 헤스터는 추호도 의심하지 않았다. 이로 말미암아 환자의 양심은 뒤숭숭해지고, 그 경향은 한번 시원스럽게 아프고 나서 병이 낫는 것이 아니라 환자의 정신 상태를 어지럽게만 하여 부패하게 만드는 것이었다. 그 결과가 살아서는 정신이상을 면할 길이 없으며, 이로 인하여 선과 진리와는 영원히 결별하게 되고, 그 병의 지상에서의 유형은 광증이었다.

헤스터는 한때에 사랑했던 — 아니, 이렇게 되면 언급을 않을 수가 없지 — 지금도 열렬히 사랑하는 그이에게 이와 같은 파멸을 가져온 것이다. 로저 칠링워드에게 이미 말한 대로 목사의 명예 손상이나 심지어는 죽음까지도 전에 택했던 길보다는 차라리 낫다는 느낌이 그녀에게 들었다. 그래서 이제는 그 슬픈 잘못을 고백하느니보다는 숲속의 낙엽 위에 쓰러져 아서 딤즈데일의 발밑에서 죽고 싶다고 생각했다.

"오, 당신."

그녀는 외쳤다.

"나를 용서해줘요! 다른 모든 일에서는 진실되려고 애썼어요. 진실만은 제가 지키려고 한 유일한 미덕, 그리고 그것을 지켰어요. 당신의 선과 당신의 생명과 당신의 명예가 위기에 놓였을 때만은 제외하고요. 그때만은 제가 속이기로 동의를 했어요. 하나 아무리 죽음이 저편에서 위협을 한다고 하여도 거짓말은 선이 될 수는 없었어요. 제가 무슨 말을 하려는지 아시겠어요? 저 늙은이, 의사, 남들이 로저 칠링워드라고 부르는 그 사람, 그 사람은 저의 남편이었어요!"

목사는 몹시 흥분하여 잠시 동안 그녀를 쳐다보았다. 그의 고상하고 순수하고 부드러운 성격과 뒤섞인 그의 흥분은 사실상 그의 성격 중에서 악마가 노리던 부분이요, 악마는 그 부분을 통하여 다른 선한 부분까지도 정복할 작정이었다. 헤스터는 일찍이 목사가 얼굴을 그토록 어둡고 사납게 찌푸리는 것을 본 적이 없었다. 찌푸린 순간 얼굴은 악마 같은 얼굴로 변형을 했던 것이다. 그러나 고통으로 말미암아 성격이 하도 나약해져서, 무섭게 흥분하여도 순간적인 발버둥에 그쳤다. 그는 땅바닥에 주저앉아 두 손으로 얼굴을 가렸다.

"나도 아마 그것을 알고 있었을 거요."

그는 중얼거렸다.

"알고 있었고말고! 내가 그자를 처음 봤을 적에, 그리고 그 후에 볼 때마다 내 마음속에서 일어나는 반사 작용으로 그 비밀을 느꼈던 거야. 그런데 어째서 내가 그 비밀을 이해하지 못했을까? 오, 헤스터 프린, 당신은 이 엄청나게 무서운 일들을 너무나도 몰랐구려.

이 수치와 음란과 그리고 병들고 죄지은 가슴속 비밀을 좋아라 하는 자의 눈앞에 폭로하는 치가 떨리게 하는 치사스러움! 여인아, 이것은 용서받을 수 없는 일이다! 나는 그대를 용서할 수 없다!"

"저를 용서하셔야 합니다."

헤스터는 그의 곁 낙엽 위에 쓰러지며 외쳤다.

"벌은 하나님이 주게 해요! 당신은 용서하셔야 합니다!"

그녀는 갑자기 어쩔 수 없다는 듯이 몸의 긴장을 풀며 두 팔로 그이를 부여안고, 가슴 위로 그의 머리를 끌어당겼다. 그의 볼이 주홍 글씨에 닿아도 아랑곳하지 않았다. 그는 몸을 빼려고 했으나 애써봐도 허사였다. 그이가 무서운 표정으로 자기를 쳐다볼까 봐 그녀는 그이를 놓아주지 않았다. 온 세상이 그녀를 보고 상을 찌푸렸던 것이다. 7년 동안을 이 가엾은, 외로운 여인을 보고 상을 찌푸렸다. 그리고 그녀는 아직도 그것을 참고, 그녀의 확고하고 슬픈 시선을 돌린 일이 없다. 하늘도 역시 그녀를 보고 찌푸렸다. 그래도 그녀는 죽지 않았다. 하나 이 창백하고, 나약하고, 죄 많고, 슬픔에 잠긴 이 사람이 찌푸리면 헤스터는 견디지 못하여 쓰러져 죽을 것이다.

"이제는 당신이 나를 용서해주겠어요?"

그녀는 자꾸만 되풀이했다.

"당신은 얼굴을 찌푸리지 않겠죠? 당신은 용서해주시죠?"

"헤스터, 나는 그대를 용서해요."

마침내 목사는 깊은 슬픔의 심연에서 들려오는 듯한 목소리로 대답했으나 성난 기색은 하나도 없었다.

"나는 마음 놓고 당신을 용서하오. 하나님, 우리들을 용서하소서! 헤스터, 그러나 우리가 세상에서 가장 악한 죄인은 아니오. 부도덕한 목사보다 더 악한 자가 있으니, 저 노인의 복수는 내 죄보다도 더 검소. 그자는 인간의 마음의 거룩함을 냉혈적으로 모독한 것이오. 헤스터, 그대와 나는 그런 짓은 안 했소!"

"절대로 안 했어요!"

그녀는 속삭였다.

"우리가 한 일은 그것 나름대로 성별(聖別)된 거예요. 우리들의 느낌이 그랬어요. 우리는 서로 그렇게 말했죠! 당신 잊으셨어요?"

"그만해요, 헤스터."

아서 딤즈데일은 땅에서 일어서며 말했다.

"아니, 잊지 않았소!"

그들은 다시 나란히 손에 손을 잡고 이끼 낀, 쓰러진 나무줄기 위에 앉았다. 그들이 인생을 사는 동안 이처럼 우울한 적은 없었다. 그것은 그들의 길이 줄곧 향하여 달리고 있던 시점(時點)이었다. 그리고 향해 가는 걸음마다 어둠이 더해갔다. 그러나 그것은 또 그들이 못내 그리워하던 매력을 품고 있었으니, 다음 순간을, 또 다음 순간을, 그리고 또 다음 순간을 기대하지 않을 수 없었다. 그들이 앉은 숲속은 어둡고 때마침 부는 돌풍이 요란한 소리를 냈다. 무거운 나뭇가지들이 머리 위에서 흔들리고, 엄숙하게 생긴 늙은 나무 하나가 밑에 앉은 사람들의 슬픈 이야기라도 하듯이 구슬픈 소리를 내고, 앞으로 미칠 화를 예고하는 듯했다.

그러나 그들은 자리를 뜨지 않았다. 헤스터 프린이 다시 수치의 멍에를 메어야 하고 목사가 자기를 칭찬하는 텅 빈 조소를 겪어야 할 읍내로 가는 숲길은 우울하게만 보였다. 그래서 그들은 잠시 동안 더 머물렀다. 어떠한 황금의 태양 빛도 이 어두움만큼 귀하지는 못했으리라. 이 숲속에서는 목사의 눈에 비친 주홍글씨가 죄에 빠진 여인의 가슴을 태우지 않아도 되고, 헤스터의 눈에 비친 아서 딤즈데일이 하나님과 남들에겐 거짓이라도 그녀에겐 잠시 동안만은 진실인 것이다.

목사는 문득 떠오르는 한 생각에 깜짝 놀랐다.

"헤스터."

그는 외쳤다.

"새로운 걱정이 생겼구려! 로저 칠링워드가 그의 정체를 밝히려는 당신의 계획을 안다면, 그가 우리의 비밀을 계속 지켜주겠소? 이번엔 그의 보복이 어느 방향으로 갈 것 같소?"

"그의 성격에는 이상한 비밀이 있어요."

헤스터는 신중히 대답했다.

"복수를 은밀하게 함으로써 생긴 성격이랍니다. 그가 우리의 비밀을 드러내지는 않을 것입니다. 분명히 그는 자신의 검은 정욕을 만족시키기 위한 은밀한 방법을 쓸 거예요."

"한데 나는, 나는 이 죽음의 원수와 더불어 어떻게 같은 집에서 숨쉬며 살란 말이오?"

아서 딤즈데일은 자지러지고 불안하게 손을 가슴에 얹으며(무의식중에 붙은 버릇이었다) 소리쳐 말했다.

"헤스터, 내 대신 좀 생각해주구려. 당신은 강하니까, 무슨 해결책을 세워줘요!"

"이젠 그 사람과 같이 살지 말아요."

헤스터는 느린 말투로 단호하게 말했다.

"당신의 가슴이 이제는 그 악독한 눈의 감시를 받아서는 안 됩니다!"

"그건 정말 죽음보다도 더 무서웠어!"

목사는 대답했다.

"그러나 그걸 어떻게 피하지요? 무슨 다른 방법이 있다는 말이오? 당신이 그자의 정체를 말했을 때 내가 쓰러졌던 저 낙엽 위에 다시 쓰러져버릴까요? 땅속으로 꺼져들어가 죽어버리고 말까요?"

"가엾어라, 당신이 이 지경이 되다니!"

헤스터는 쏟아지려는 눈물을 머금고 말했다.

"당신은 나약하다고 죽어버리겠어요? 그것밖엔 죽을 이유가 없지 않아요!"

"하나님의 심판이 내게 내렸소."

양심에 가책을 받은 목사의 대답이었다.

"심판은 위대해서 거역할 수 없는 것이오!"

"하늘도 자비를 내리실 겁니다. 당신이 그 자비를 이용할 수 있는 힘만 있으시다면요."

헤스터가 대답했다.

"나를 위해 힘을 내줘요! 어떡하면 좋을지 말해주구려!"

그는 대답했다.

"그래 세상이 그렇게도 좁은가요?"

헤스터 프린은 목사의 눈동자를 들여다보고 심한 충격으로 기진하여 홀로 설 힘조차 없는 한 영혼에게 자력과 같은 힘을 던져주며 외쳤다.

"세상이 저기 있는 마을뿐입니까? 읍은 얼마 전만 하여도 우리가 앉아 있는 이 숲처럼 낙엽으로 덮이고 황량하던 곳이었답니다. 저 오솔길을 따라 가면 어디예요? 읍내로 돌아가는 길이라고 하셨죠? 하지만 앞으로도 통하는 길이 있죠. 숲속으로 깊숙이 깊숙이 더 들어가면 걸음마다 남의 눈에 띌 이유도 없고, 여기서 몇 마일만 더 가면 저 노오란 낙엽 위에서는 이미 백인의 발자취가 끊어질 거예요. 거기 가면 당신은 자유의 몸입니다. 그러니까 조금만 걸으시면 당신이 비참해졌던 세상을 떠나서 아직도 행복해질 수 있는 곳으로 갈 수가 있어요. 이만하면 당신의 가슴을 로저 칠링워드의 시선으로부터 가릴 만큼 울창한 숲이 아닌가요?"

"그렇소, 헤스터. 그러나 낙엽 속에서만 그렇소!"

목사는 쓸쓸한 미소를 머금고 대답했다.

"그다음엔 바다라는 큰 길이 있어요!"

헤스터는 말을 계속했다.

"여기에 오실 때 바다로 오셨죠. 당신이 원하신다면 온 곳으로 되돌아갈 수 있어요. 고국에 돌아가면 시골이든 넓은 런던이든, 또는 독일이나 프랑스나 상쾌한 이탈리아에 가 있어도 칠링워드의 힘이 미치지도 못하고 그가 알 수도 없겠죠. 그리고 당신은 이 억척스런 사람들과 그들의 견해와 무슨 상관이 있어요? 그들이 당신의 훌륭한 천성에 굴레를 씌운 지가 너무 오래됐어요ー벗어버릴 때가 왔습니다!"

"그렇게는 안 될 거요!"

꿈을 실현시키라는 명령이라도 받는 사람처럼 듣고 있던 목사는 대답했다.

"나는 갈 힘이 없소! 죄 많고 불쌍하긴 하여도 나는 신께서 나를 보낸 곳에서 인생을 이끌어가리라는 것 이외에 딴 생각을 해본 적이 없어요. 내 영혼을 잃었어도 다른 사람들의 영혼을 위하여 내가할 수 있는 일을 할 것이오. 지루한 문 지키는 일이 끝날 때 죽음이나 불명예라는 보수를 받게 될 불성실한 문지기였던 나이기는 하나나의 위치를 떠나지는 않을 것이오!"

"당신은 7년 동안의 비참에 짓눌려서 기를 못 펴는군요."

헤스터는 자기의 힘으로 그이를 떠오르게 하리라는 굳은 결심을하고 대답했다.

"그렇지만 당신은 이 모든 것을 버려야 합니다. 당신이 오솔길을 따라 걸을 때 그것이 발걸음을 방해해선 안 됩니다. 당신이 바다를 건너기로 하여도 그것을 배에다가 실어서는 안 됩니다. 이 재난과 파멸은 그것이 일어났던 곳에 다 두고 가셔야 합니다. 미련을 둘 것도 없습니다. 모든 것을 새로 시작해요. 한 번 시도에 실패했다고 가능성을 모두 잃었나요? 그럴 리가 없죠! 미래는 아직도 시도와 성공으로 가득 차 있어요. 누려야 할 행복이 있죠. 행해야 할 선도 있고요. 당신의 거짓 인생을 버리고 진정한 인생을 택해야 합니다. 당신의 정신이 그런 사명을 원한다면 인디언들을 가르치는 선생과 사도(使徒)가 되어요. 또는 당신의 천성이 그렇다면 문명한 사회의 가장 현명하고 저명한 사람들 사이에서 학자나 현자가 되세요. 설교하고, 저술하고, 행동하세요! 쓰러져서 죽는 일 이외에 무엇이든 하세요! 아서 딤즈데일이라는 이름을 버리고 새로운 이름을 지으세요. 두려움이나 부끄러움 없이는 달고 다닐 수 없는 높은 이름을 말입니다. 당신의 생명을 좀먹고, 의지도 행함도 없게 당신을 약화시키고, 뉘우칠 힘마저 앗아간 번민 속에서 무엇 때문에 하루를 더 지체하려는 것입니까? 당장 일어나서 떠나세요!"

"오 헤스터!"

아서 딤즈데일은 외쳤다. 그의 두 눈동자에는 그녀의 열성으로 말미암아 켜진 빛이 반짝 했다가 꺼졌다.

"당신은 떨고 있는 사람에게 한 인종을 다스리라고 말하는 거요? 나는 여기서 죽어야 해! 넓고, 낯설고, 힘든 세계를 혼자서 모험할 힘도, 용기도 나에게는 없어요! 더구나 혼자서는!"

이것은 정신이 파탄에 이른 자가 나타낸 마지막 절망의 표현이었다. 그는 손을 펴면 닿을 데 있는 행운을 붙잡을 힘이 없었다. 그는 그 말을 되풀이했다.

"혼자서 가란 말이오, 헤스터!"

"혼자서 가시는 것이 아닙니다!"

그녀는 낮은 목소리로 속삭였다. 이리하여 이야기는 끝났다.

쏟아지는 햇빛

아서 딤즈데일은 희망과 기쁨에 빛나는 얼굴로 헤스터의 얼굴을
쳐다보았다. 동시에 그의 얼굴엔 두려움과 자신이 막연하게 암시만
하고 입 밖에 내지 못한 것을 명확히 말해버린 그녀의 대담함에 대
하여 공포마저 느끼는 기색이 떠올랐다.

그러나 본래 용기와 활동력을 타고났고 오랫동안 사회에서 소외
당했을 뿐 아니라 권리마저 박탈당한 헤스터 프린에게는 목사에겐
전혀 생소한 그런 생각이 실은 흔히 해보던 생각이었다. 그녀는 무
슨 규칙도 안내도 없이 도덕의 황야를 방황했다. 그 도덕의 황야는
지금 그들이 앉아서 운명을 결정할 대화를 하고 있는 어두운 원시
림처럼 넓고 복잡하고 그늘이 많았다. 그녀의 지성과 마음의 집은
사실상 황무지에 있고, 거기를 그녀는 인디언들이 숲속을 쏘다니듯
이 쏘다녔다. 지난 여러 해 동안 그녀는 이 소외당한 관점에서 인

간 사회의 목사와 입법가들이 만들어놓은 사회의 제도를 관찰했다. 그리고 목사의 허리띠나, 법관의 옷이나, 처형대나, 단두대나, 벽난로나, 교회에 대하여 인디언들이 별로 경의를 표하지 않듯이 그녀도 별로 경의를 표하지 않고 사회 제도 전반을 비판했다. 헤스터의 운명이 가는 방향은 그녀를 자유롭게 하는 것이었다. 그녀의 주홍글씨는 다른 여인들에게는 금지된 지역에 들어가는 통감(通鑑)이었다. 부끄러움과, 실망과, 외로움, 이 세 가지는 엄하고도 난폭했으나, 그녀의 선생들이었다. 그것들이 그녀를 강하게도 만들고 많은 것을 잘못 가르치기도 했다.

한편 목사는 사회가 일반적으로 인정하는 법률의 한계를 계획적으로 벗어나보려는 경험은 해본 일이 없었다. 하기야 법률 중에서도 가장 신성한 법률을 무참하게 어겨버린 일이 한 번 있기는 하지만 그것은 정욕이 저지른 소행이지, 원리나 목적이 범한 죄는 아니었다. 이 기막힌 일이 있은 후로는 병적일 정도로 골똘하고 상세하게 자신의 행동뿐 아니라 감정의 숨결과 생각을 낱낱이 지켜보았다(행동이나 지켜보는 일이라면 차라리 쉬웠으리라). 당시의 사제 계급이 그랬듯이 사회 구조의 정상에 위치한 그는 사회의 규칙과, 원칙과, 편견으로 말미암아 더욱더 속박될 따름이었다. 교단이라는 테두리가 목사인 그를 꼼짝 못하게 가두어버렸다. 한 번 죄를 지었지만 양심은 살아서 자신의 아물지 않은 마음의 상처를 건드려 괴롭히는 민감한 사람으로서 목사는 덕을 행하는 경지에 있는 한 죄를 전혀 안 지은 것보다는 차라리 더 안전할 것 같았다.

이리하여 헤스터 프린에 관한 한 법의 보호를 상실하고 치욕을 겪던 7년이라는 세월이 결국 이 순간을 맞이하기 위한 준비에 불과했던 것으로 나타났다. 하나 아서 딤즈데일은 어떠했던가! 이런 사람이 한 번 더 타락한다면 무슨 말로 정상을 참작해달라는 변호를 할 수 있겠는가? 못 할 것이다. 그가 오래된 심한 병으로 말미암아 쇠약해졌다는 사실과, 그를 괴롭히는 번민으로 말미암아 그의 정신이 어둡고 혼미해졌다는 사실과, 범행을 인정하고 달아날 것이냐, 양심을 속이고 위선자가 될 것이냐를 결정짓지 못한다는 사실과, 죽음이나 병의 위험과 적의 무서운 음모를 피하는 것은 당연한 인간의 행동이라는 사실과 황량한 들길을 가는 병들고 쇠약하고 비참해진 이 사람에게 자기가 속죄하고 있는 무거운 운명 대신에 애정과 동정심과 그리고 새로운 생명의 빛이 나타나 보인다는 사실 등이 변호를 하게끔 무엇인가를 도와주지 않는 한 정상을 참작해달라는 호소는 불가능할 것이다. 그런데 죄를 지음으로 해서 인간의 영혼에 생긴 틈새를 메울 길이 없다는 엄하고도 슬픈 진리를 우리는 만천하에 알려야 한다. 그 틈새는 감시하고 지킬 수 있는 것이므로 원수가 다시 그 길로 쳐들어오지 않고 전에 성공했던 길을 택함에 앞서 다른 길을 선택할는지도 모른다.

그러나 성벽은 여전히 무너져 있으므로 잊을 수 없는 과거의 승리를 되찾으려고 원수는 살그머니 거기로 또 찾아올 것이다. 이런 마음속의 싸움이 있었다 해도 구태여 설명할 필요는 없을 것이다. 목사가 도망을 결심했다는 것과, 혼자가 아니었다는 것만을 말해두자.

그는 생각했다.

'과거 7년 동안에, 내가 한 번의 평화나 희망을 가져본 일이 있었다면, 하늘의 자비라고 생각하고 나는 그대로 참을 것이다. 그러나 지금 나는 돌이킬 수 없는 벌을 받은지라, 사형수가 처형 전에 누리도록 허용된 안위를 좋아라 하고 받지 않겠는가? 또는 헤스터가 나에게 타이른 대로 이것이 더 나은 인생을 위한 길이라면 나는 정녕 어떤 전망도 저버리지 않고 따르리라! 또한 나는 그녀 없이는 살 수 없는 처지가 되었다. 그녀는 억세어서 붙들어주고, 부드러워서 마음을 달랜다. 감히 우러러볼 수 없는 하나님이시여, 그래도 저를 용서하소서!'

"가세요!"

그가 헤스터의 시선과 마주쳤을 때, 그녀는 침착하게 말했다.

일단 결심을 하고 나니까 이상한 기쁨의 빛이 마음의 걱정 위로 번쩍번쩍하는 광채를 발했다. 그것은 자신의 마음의 감옥에서 탈출한 죄수의 마음에 나타나는 상쾌한 결과였다. 그것은 구원도, 기독교도, 법률도 없는 지역의 야성적이고 자유로운 분위기를 호흡하는 상쾌함이다. 사실상 한 번만 뛰면 의기는 하늘 높이 올랐다. 그가 땅 위를 기어다니던 비참한 시절에는 오르지 못하던 높이였다. 매우 종교적인 기질의 소유자라 그는 기분 속에서 어쩔 수 없는 소명감에 사로잡혀 있었다.

"내가 다시 기쁨을 누리는군!" 하고 외치더니 그는 의심스럽다는 듯이 자신을 쳐다보았다.

"기쁨의 싹이 내 속에서 죽은 줄 알았는데! 오, 헤스터, 당신은 나의 착한 천사야! 병들고, 죄에 물들고, 슬픔으로 멍들었던 나를 이 숲속의 낙엽 위에다 내동댕이치고, 새로이 거듭 나서 자비의 하나님께 영광 돌릴 수 있는 힘을 가지고 높이 솟아오른 기분이야. 이것만 해도 벌써 인생의 향상이지! 왜 진작 발견하지 못했을까?"

"과거는 돌아보지 맙시다."

헤스터 프린이 대답했다.

"과거는 지나갔어요. 그런데 무엇 때문에 과거에 집착하죠! 봐요! 이 주홍글씨를 떼어버리고 아주 없었던 것처럼 만들어버릴 거예요!"

이렇게 말하면서 그녀는 주홍글씨를 단 고리를 벗기고 그것을 가슴에서 떼어 낙엽 속으로 멀리 던져버렸다. 그 신비의 표는 저쪽 냇가에 떨어졌다. 손바닥 넓이만큼 더 날았더라도 그것은 물속에 떨어지고 냇물은 아직도 조잘대는 알아들을 수 없는 이야기와 더불어 붉은 표까지 띄워 보내야 할 걱정거리가 생겼을 것이었다. 그러나 그 수놓은 글씨는 잃어버린 보석처럼 반짝거리며 거기에 놓여 있었다. 그것을 운이 나쁜 어떤 길손이 주워 가지고 죄와 낙심과 까닭 모를 불행의 이상한 환경에 사로잡힐지도 몰랐다.

치욕의 표가 사라지자, 헤스터는 긴 한숨을 쉬고, 그 한숨과 더불어 수치와 고통의 멍에가 그녀의 마음에서 사라졌다. 오, 후련한 해방감이여, 그녀는 자유를 알고 비로소 그 멍에의 무게를 깨달았다. 언뜻 생각이 나서 그녀는 머리를 덮었던 모자를 벗었다. 그 순간에 검고 풍요한 머리채가 어깨 위로 늘어지고, 그 풍요함에 깃든 명암은 그녀의 용모에 부드러운 매력을 더해주었다. 여자의 마음속에서 흘러나오는 듯한 부드럽고 빛나는 미소가 입가에서도 눈동자에서도 방긋거렸다. 오랫동안 창백했던 그녀의 뺨은 홍조를 띠었다. 그녀의 여성다운 본질, 젊음과 풍요한 아름다움이 인간의 힘으로는 돌이킬 수 없는 과거로부터 되살아나서 마술과도 같은 시간의 회전 속에서 그녀의 처녀 시절의 희망과 전에 몰랐던 행복과 더불어 한데 얽혔다. 그리고 천지의 우울함은 오로지 이 두 사람의 마음속에서 비롯했던 것처럼 사라지고, 슬픔도 또한 그랬다. 별안간 하늘이 미소라도 짓듯이 환해진 햇빛이 어두운 숲속으로 광선을 퍼붓는다. 그러면 파란 잎마다 기뻐하고, 노란 낙엽은 황금빛으로 변하고, 엄숙한 잿빛 나무들도 광채를 발한다. 지금까지 그늘졌던 물체들이 이제는 광명을 나타낸다. 명랑한 빛에 반사되는 냇물의 줄기를 따라 신비스러운 숲의 가슴속 깊이 들어가면 숲의 신비는 환희의 신비로 변화한다.

자연─인간의 법에 굴하지 않고 더 높은 진리로도 그의 신비를 알 수 없는 거칠고 이교적인 숲의 자연은 이 두 영혼의 희열에 대하여 이상과 같은 공감을 했다. 사랑이란, 새로 싹텄든, 죽음의 잠에서 소생했든, 항상 햇빛을 창조하고 가슴을 광명으로 가득 채워 바깥 세상에까지 흘러 넘치게 한다. 숲은 여전히 우울하여도 헤스터와 아서의 눈에는 명랑해 보였으리라!

헤스터는 새로운 기쁨의 전율을 느끼며 그를 쳐다보았다.

"당신은 펄을 아시죠!"

그녀는 말했다.

"우리의 어린 펄 말이에요! 당신은 그애를 보셨어요. 그래요, 보셨지요. 그런데 이번에는 전혀 다른 눈으로 그애를 보실 거예요. 그애는 이상한 애랍니다. 이해하기가 매우 어렵고요. 그러나 당신은 저처럼 그애를 사랑하실 거예요. 그애를 어떻게 키워야 할지 충고도 해주시고요."

"그애가 나를 보고 기뻐하리라고 생각하오?"

목사는 불안한 표정으로 물었다.

"나는 애들을 멀리한 지가 오래됐어요. 애들은 종종 불신하고 수줍어서 나와 친해지기가 어렵단 말이야. 나는 펄을 두려워하기까지 했는걸!"

"원, 별말씀을 다 하세요!"

어머니는 대답했다.

"그러나 아이는 당신을 정말로 좋아할 거예요. 당신도 그애를 좋아할 거구요. 아이는 이 근처에 있어요. 제가 부를게요. 펄! 펄!"

"아, 저기 있군."

목사가 말했다.

"냇물을 건너 저기 빛이 나는 곳에 그애가 서 있는 것이 보이는구려. 그래 당신은 저애가 나를 사랑할 거라고 생각하오?"

헤스터는 빙그레 웃고 다시금 아이를 향해 소리쳤다. 아이는 목사가 말한 대로 아치처럼 늘어진 나뭇가지 밑으로 쏟아져 내리는 햇빛 속에 화려한 옷을 입은 환상처럼 서 있는 것이 멀리 보였다. 햇빛은 흔들려서 아이의 모습은 밝아졌다 흐려졌다 하고, 광명한 빛이 오갈 때마다 정말 아이의 모습이 되었다가는 그 아이의 혼으로 변하는 듯했다. 아이는 엄마의 목소리를 듣고, 나무들 사이로 천천히 다가왔다.

어머니가 목사와 이야기를 하는 동안 펄은 지루한 줄 모르고 시간을 보냈다. 숲은 세상의 죄와 고통을 몰고 온 어른들에게는 좋은 놀이 친구가 되었다. 그리고 친구가 되어줄 방법도 알고 있었다. 숲은 음산하면서도 아이를 맞이하려고 온갖 친절한 표정을 머금었다. 숲은 아이에게 파트리쥐베리의 열매를 대접했다. 지난가을에 자란 것이지만 봄에만 익는다. 지금은 마치 시든 잎에 떨어진 핏방울처럼 새빨갛다. 펄은 열매를 따들고 그 열매의 야생적인 향기를 좋아했다. 숲속의 작은 짐승들은 아이가 지나가도 비켜나지 않았다. 한 마리의 파트리쥐(새 이름)가 뒤에 열 마리를 이끌고 겁을 주려고 앞으로 달려왔으나 자기의 난폭한 짓을 후회하는 듯 어린것들을 향하여 두려워하지 말라고 구구거렸다. 낮은 나뭇가지에 홀로 앉은 비둘기는 펄이 그 밑에 서는 것을 허용하고 인사 겸 경계하는 소리를 내며 아이를 맞아주었다. 다람쥐 한 마리가 둥지가 있는 높은 나무의 깊숙한 잎들 사이에서 화가 났다는 것인지 즐겁다는 것인지 분간할 수 없는 소리로 지껄였다. 다람쥐란 성마르고 우스운 것이라서 그것의 기분은 좋은지 나쁜지 알기 어렵다. 다람쥐는 아이를 향하여 그렇게 지껄이고 아이의 머리 위에 밤을 한 톨 떨어뜨렸다. 그것도 작년에 열린 밤이었다. 그리고 밤에는 벌써 다람쥐의 날카로운 이빨 자국이 나 있었다. 낙엽 위를 걷는 아이의 가벼운 발걸음에 놀라 잠을 깬 여우 한 마리는 묻는 듯한 표정으로 펄을 쳐다보았다. 살그머니 사라질 것이냐, 그대로 잠을 계속 잘 것이냐를 재보는 듯했다. 늑대 한 마리가 나타나서 앞으로 다가와, 펄의 옷 냄새를 맡아보고 쓰다듬어달라고 야만적인 머리를 내밀었다. 늑대 이야기는 사람들이 그렇다고들 하지만 지금까지는 있을 수 없는 일이라고 흘려버렸다. 그렇지만 어머니인 숲과 숲이 먹여 살리는 모든 야생 생물들은 아이에게서 야생적인 혈연을 발견한 것이 사실이었다.

그리고 아이는 길가에 풀이 돋은 읍내의 거리나 엄마가 사는 오막살이에서보다는 숲속에 있을 때 더욱 아가씨다웠다. 꽃들도 그것을 아는 듯 아이가 지나갈 때면 "예쁜 아이야, 나를 꺾어서 달렴! 나를 꺾어서 달아라!" 하고 속삭였다. 그러면 펄은 오랑캐꽃이며, 아네모네며, 매발톱이며, 늙은 나무가 눈앞에 내미는 새로 돋아난 파릇한 가지를 모두 꺾어서, 머리에도 달고, 허리에도 달고, 요정 같은 아이가 되어서, 숲의 요정이 되어서, 천고(千古)의 숲과 다정한 것이라면 무엇이든지 되어서 꽃들을 즐겁게 해주었다. 엄마가 부르는 소리를 듣고 천천히 돌아올 때 펄은 이와 같이 꽃을 달고 있었다.

천천히 ― 목사를 보았기 때문이었다.

냇가의 아이

"당신은 정말 아이를 좋아하실 거예요."

헤스터 프린은 목사와 같이 앉아 어린 펄을 지켜보며 되풀이
했다.

"당신은 저애가 예쁘지 않으세요? 저 단순한 꽃들을 얼마나 재치
있게 달았는지 그 솜씨를 보세요. 애가 숲속에서 진주나 다이아몬
드나 루비를 주웠다 해도 더 예쁘게 꾸미지는 못했을 거예요. 굉장
한 아이랍니다. 하지만 그애의 눈썹이 누굴 닮았는지 나는 알죠!"

"헤스터."

아서 딤즈데일은 불안한 미소를 지으며 말을 꺼냈다.

"항상 당신 곁을 따라다니던 이 귀여운 아이가 얼마나 여러 번 내
가슴을 내려앉게 했는지 당신은 아오? 오, 헤스터, 내가 이런 생각
을 다 하다니, 그걸 염려하다니, 말도 안 되는 일이지. 나는 그애의

용모에 내 얼굴을 닮은 데가 많다고 생각했소. 그리고 하도 많이 닮아서 사람들이 그걸 알 것이라고 두려워했던 거요! 하지만 그애는 당신을 많이 닮았소!"

"아 아니에요, 나를 많이 닮지는 않았어요!"

그 어머니는 부드러운 미소를 지으며 대답했다.

"조금만 있으면 그애가 누구의 자식인가를 따져봐도 당신은 두려워지지 않겠죠. 들꽃을 머리에 단 것 좀 봐요. 이상할 정도로 예쁘죠? 우리가 사랑하는 고향 잉글랜드에 두고 온 요정이 우리를 만나려고 차리고 나온 것 같군요."

그들은 이전에 가져본 일이 없는 흐뭇한 감정으로 앉아서 펄이 천천히 오는 것을 지켜보았다. 그애에게서 두 사람을 이어주는 유대의 줄이 분명하게 드러나 보였다. 이 아이는 7년 전에 주홍글씨로 태어나서 그들이 음침하게도 숨기려고 애쓰던 비밀을 드러냈다. 이 상징은 분명해서 능숙한 예언자나 마술사 같으면 불꽃 같은 그 상징의 뜻을 해독했을 것이다. 이리하여 펄은 두 사람의 생을 일체화한 것이었다. 지나간 악이야 무엇이었든 상관할 것 없었다. 그들의 육체적 결합과 그 결합을 이루어준 정신적 표상을 동시에 보았을 때 땅 위의 생과 장래의 운명은 이미 결정되고 그들은 앞으로 영원히 같이 살게 된다는 것을 의심할 수가 없었다. 이런 생각들과 그리고 그들이 무엇이라고 밝히지도 설명하지도 않은 다른 생각들이 가까이 오고 있는 아이의 주변에다 두려움을 던져주었다.

"그애한테 자연스럽게 보여요. 말을 건넬 때도 무슨 격정이나 애타하는 기색 같은 것을 보이지 말고요."

214

헤스터는 소곤소곤 말해주었다.

"우리 펄은 가끔가다가 갑자기 성미를 부리는 작은 요정으로 변한단 말이에요. 특히 이유를 잘 모를 경우에는 애정의 표현을 잘 용납하지 않습니다. 하지만 애정이 매우 강한 애예요. 그애는 나를 사랑해요! 당신도 사랑할 거예요!"

목사는 헤스터 프린을 곁눈으로 보며 말했다.

"내가 이 만남을 얼마나 두려워하고, 또 갈망했는지 당신은 모를 거요. 그러나 이미 말했듯이 정말 아이들이 선뜻 나와 사귀지를 못해요. 애들은 내 무릎에 올라앉지도 않고, 귀에다 속삭이지도 않고, 미소에 응답하지도 않고, 다만 물러서서 이상한 눈으로 쳐다본단 말이오. 어린애들까지도 내가 안으면 악을 쓰고 웁니다. 한데, 펄은 일생에 두 번이나 나에게 친절을 베풀어주었소. 첫 번 것은, 그건 당신이 잘 아는 일이고, 두 번째는 당신이 그애를 저 엄격한 늙은 장관 댁에 데려갔을 때였소."

"당신은 그때 저애와 저를 위하여 대담하게 변호를 하시더군요."

어머니가 대답했다.

"그 일이 기억납니다. 어린 펄도 기억할 거예요. 걱정할 것 없어요. 처음에는 그애가 서먹서먹하고 수줍어할 거예요. 그러나 당신이 금방 좋아질 겁니다."

그때 펄은 냇가에 도착했다. 그애는 냇물 건너편에 서서 자기를 맞기 위해서 이끼 낀 나무 위에 앉아 있는 헤스터와 목사를 묵묵히 쳐다보았다. 바로 그애가 멈춘 곳에서 우연하게도 냇물이 웅덩이를 이루었다. 수면이 하도 잔잔하고 고요해서 꽃과 엮은 잎으로 장식한 그림같이 아름다운 그애의 작은 모습이 완벽하게 반사되었다. 그러나 그 모습은 사실보다 더 세련되고 정기가 있어 보였다. 물에 비친 영상이 실물과 하도 흡사해서 그림자 같아서 만져볼 수 없는 아이의 성격은 그 영상이 옮겨준 것이 아닌가 하는 느낌이 들게 했다. 숲속의 어두운 분위기를 통하여 물끄러미 그들을 쳐다보는 펄의 태도는 이상했다. 어떤 공감에 이끌려서 온 것인지 몰라도 한 줄기 햇빛이 그곳을 비추어 아이의 모습을 빛내고 있었다. 물속에는 또 하나의 아이가 서 있었다. 또 하나의 같은 아이가 역시 황금빛 광선을 듬뿍 받고 서 있었다. 헤스터는 까닭 없이 초조한 마음이 들어 펄이 멀어지는 것만 같았다. 숲속을 혼자 거닐다가 길을 잃고 엄마와 같이 살던 세상에서 빠져나간 아이가 이제는 돌아오지 못해서 애쓰는구나 하는 느낌이 들었다.

그것은 잘못된 느낌이었으나 진실성이 없는 것은 아니었다. 사실 아이와 어머니는 서로 사이가 멀어졌다. 그러나 헤스터의 잘못이지 펄의 잘못으로 인한 것은 아니었다. 아이가 엄마 곁을 떠나 숲속으로 산책을 간 뒤에 또 하나의 인물이 어머니의 감정의 세계 안으로 침입한 것이다. 이제 그 감정의 세계가 하도 변모해서 돌아온 방랑자인 펄은 낯익은 자기의 위치를 찾지 못하고, 어디에 앉아야 좋을지도 알지 못했다.

"이상한 생각이 드는구려."

예민한 목사가 말했다.

"이 냇물이 두 개의 다른 세계의 경계선이고 당신이 다시는 펄을 못 만날 것이라는 생각이 말이오. 혹은 어렸을 때 옛날 이야기에서

들은 대로 저애는 흐르는 물을 건너지 못하는 것이 아니오? 빨리 건너오도록 해요. 그애가 주저하는 것을 보니 벌써 내 마음이 떨리는구려."

"얘, 건너오너라!"

헤스터는 권하듯이 두 팔을 내밀며 말했다.

"왜 그렇게 느리니? 전에는 그렇게 느린 적이 없었는데. 여기 내 친구 한 분이 와 계시다. 틀림없이 네 친구도 될 거야. 이제부터는 네가 엄마한테서 받던 것의 두 배나 되는 사랑을 받게 될 것이다. 냇물을 건너뛰어서 이리로 오너라. 너는 어린 사슴처럼 잘 뛰지!"

펄은 이 감미로운 말에 응하는 기색도 없이 냇물 저편에 그대로 서 있었다. 처음에는 반짝이는 사나운 눈초리로 엄마를 쳐다보고, 다음에는 목사를, 그다음에는 두 사람을 한눈에 쳐다보았다. 세 사람이 서로에 대한 관계를 알아내고 설명하려는 듯했다. 아이의 시선이 자기에게 떨어진 것을 느끼고 아서 딤즈데일은 웬일인지 몰라도 늘 하던 대로 무의식중에 손을 가슴 있는 데로 가만히 옮겨 갔다. 펄은 마침내 이상하게 위엄 있는 표정을 지으며 손을 내밀고 작은 집게손가락으로 어머니의 가슴을 가리켰다. 아래 있는 냇물 표면에도 꽃을 단 채 작은 집게손가락으로 무엇을 가리키는 어린 펄의 밝은 모습이 반사되었다.

"이상한 아이다. 왜 이리 오지 않니?"

헤스터가 큰 소리로 물었다.

펄은 그대로 서서 손가락으로 가리키고 이마를 찌푸리기 시작했다. 찌푸린 얼굴이 아이의 얼굴이라서, 아니 거의 아기 같은 얼굴이라서 더욱 인상 깊었다. 엄마가 계속 손짓을 하고 나들이 옷을 입은 그녀가 익숙지 못한 미소를 띨 때 아이는 더욱더 위엄 있는 표정을 짓고 몸짓을 하면서 발을 굴렀다. 냇물 속에서도 반사된 찌푸린 얼굴과 가리키는 손가락과 위엄 있는 몸짓을 하는 환상과도 같은 아름다운 영상이 어린 펄의 독특한 모습을 드러내 보여주었다.

"펄, 빨리 오너라. 엄마가 화낼 테다!"

그녀는 외쳤다. 헤스터 프린이 요정 같은 아이의 행동에 익숙해 졌다고는 하지만, 좀 더 착하게 굴어줬으면 하는 생각이 간절했다.

"냇물을 건너뛰어라, 장난꾸러기야. 뛰어오너라, 그렇지 않으면 내가 갈 테다!"

그러나 달래도 듣지 않고, 겁을 주어도 놀라지 않는 펄은 발끈 성을 내며 격분한 몸짓을 하더니 손발을 버둥거리며 작은 몸을 뒤틀었다. 그애는 난폭하게 발버둥을 치며 찌르는 듯한 비명을 올렸다. 그 비명 소리는 숲속에 메아리쳤다. 그래서 아이는 혼자서 분노에 찼지만 수많은 숨은 아이들이 동정과 성원을 보내는 듯했다. 다시 냇물 속에는 화난 펄의 그림자 같은 모습이 보였다. 머리에도 허리에도 꽃을 달고 있지만 발을 구르고 격분한 몸짓을 하고, 그러는 중에도 작은 집게손가락은 여전히 헤스터의 가슴을 가리키고 있었다!

"무엇이 잘못 되었는지 알겠어요."

헤스터는 목사에게 속삭이고 자신의 괴로움과 노여움을 감추려고 애를 썼지만 어쩔 수 없이 얼굴이 창백하게 변했다.

"아이들이란 매일 보는 눈에 익은 모습이 조금이라도 변하는 것을 용납하지 않는군요. 펄은 내가 늘 입고 있던 어떤 것이 보이지 않아서 그러는 거예요."

"제발."

목사가 말했다.

"저애를 달랠 길이 있거든 당장에 좀 달래보구려. 히빈스 노파처럼 늙은 마녀의 병든 분노는 아닐 테니까 말이야."

그러고는 빙그레 웃으려 하면서 목사는 말을 덧붙였다.

"어린애가 성미를 부리는 것처럼 보기 싫은 것이 또 있을까 몰라. 쪼글쪼글 늙은 마녀는 물론 그렇지만 펄의 예쁜 얼굴도 성미를 부리니까 이상해지는구려. 제발 좀 그애를 달래봐요."

헤스터는 얼굴을 붉히고 곁눈으로 목사에게 시선을 던지며 펄을 향했으나 다음 순간에 한숨을 길게 내쉬었다. 그녀가 말할 사이도 없이 붉어졌던 얼굴은 죽음처럼 창백해졌다.

"펄."

그녀는 슬픈 목소리로 말했다.

"네 발밑을 봐라! 저기 말이다. 저기 말이다. 네 앞으로 냇물의 이쪽 말이다!"

아이는 가리킨 지점으로 눈길을 옮겼다. 그곳에는 주홍글씨가 놓여 있었다. 냇물에 가까워서 금실로 수놓은 글씨가 물에 반사되었다.

"그걸 이리 가져오너라!"

헤스터는 말했다.

"엄마가 와서 가져가!"

펄의 대답이었다.

"저런 애를 봤어요!"

헤스터는 목사에게 들으라는 듯이 말했다.

"아아, 이애에 대해서는 당신에게 할 말이 많아요. 하지만 이 가
증스러운 표시에 대해서는 저애가 정말 옳아요. 이 표시가 주는 고
통을 조금만 더 참아야죠. 며칠만 더 말이에요. 우리가 이 고장을
떠나서 우리가 그리던 이곳을 회상할 때까지는 말이에요. 숲은 그
표시를 감추지 못하는군요. 저 깊은 바다는 그것을 내 손에서 받아
가지고 영원히 삼켜버릴 거예요."

이런 말을 하며 헤스터는 냇가로 걸어가서, 주홍글씨를 집어들
고, 그것을 다시 가슴에 달았다. 조금 전에는 그것을 바다에 빠뜨
려버릴 말을 희망적으로 했지만, 이 죽음의 표를 운명의 손에서 다
시 받았을 때 헤어날 수 없는 저주라는 느낌이 그녀에게 들었다. 그
녀는 그 표를 무한한 공간 속으로 던졌다. 그리고 한 시간 동안이나
자유의 공기를 마셨다. 그런데 이제 다시 그 주홍글씨는 있던 그 자
리에 와 붙어 번쩍이고 있지 않은가! 그러므로 악을 행하면 그것이
무슨 표시로 상징이 되건 안 되건 저주라는 성격을 띠게 마련이다.
다음에는 헤스터가 무거운 머리채를 걷어 올리고 그 위에 모자를
썼다. 그 슬픔의 글씨는 시들게 하는 마술의 힘이라도 가졌는지 그
녀의 아름다움과 따스하고 풍요한 여자다움이 지는 햇빛처럼 사라
졌다. 이윽고 회색의 그림자가 그녀를 덮은 것 같았다.

서글픈 변화가 끝나자 그녀는 펄에게 손을 내밀었다.

"얘야, 이제는 네 엄마를 알겠니?"

그녀는 나무라면서도 온순한 어조로 물었다.

"이젠 엄마가 수치의 표를 다시 달고 슬퍼졌으니, 냇물을 건너와서 엄마를 가지런?"

"응, 그럴게요!"

아이는 대답하고, 냇물을 뛰어 건너와서 두 팔로 헤스터를 안았다.

"이젠 진짜 우리 엄마야! 나는 엄마의 작은 펄이구!"

전에 없는 부드러운 기분으로 아이는 엄마의 머리를 끌어내려 이마와 뺨에 입을 맞추었다. 그러나 다음에는, 누구에게 위안을 줄 때에는 괴로움을 섞어서 주어야 한다는 듯이, 펄이 입을 들어 주홍글씨에도 입을 맞추었다.

"그건 고맙지 않구나!"

헤스터는 말했다.

"넌 내게 조그만 사랑의 표시를 한답시고, 나를 조롱하는구나!"

"목사님은 왜 저기에 앉아 계세요?"

펄이 물었다.

"너를 맞아주려고 기다리는 중이시다."

어머니가 대답했다.

"이리 와서, 축복을 부탁드려라. 그분은 너를 사랑하신다. 너는 나를 사랑하지 않으련? 오너라, 목사님은 너를 무척 보고 싶어하신다."

"그분이 우리를 사랑해요?"

펄은 지성적인 날카로운 시선으로 엄마의 얼굴을 쳐다보며 말했다.

"그분이 우리의 손을 잡고 셋이서 같이 읍내로 들어갈 거예요?"

"지금은 안 된다, 얘야."

헤스터는 대답했다.

"하지만 앞으로는 우리와 손에 손을 잡고 같이 걸으실 거다. 우리는 집을 구하고 벽난로도 가질 거다. 그리고 너는 그분의 무릎 위에 앉고, 그분은 너에게 많은 것을 가르쳐주시고, 너를 매우 사랑해주실 거다. 너는 그분을 사랑하지 않으련?"

"그분은 언제나 손을 가슴에 얹어요?"

펄이 물었다.

"바보 같으니, 그게 무슨 말이냐!"

그애의 어머니가 외쳤다.

"이리 와서 축복을 구해라."

그러나 귀엽게 자란 애가 위험한 경쟁 상대를 볼 때 본능적으로 느끼는 질투 때문인지 또는 그애의 변덕스러운 성격 때문인지는 몰라도 펄은 목사에게 호의를 보이려고 하지 않았다. 어머니가 억지로 시키니까 하는 수 없이 끌려서 묘하게 얼굴을 찌푸리며 그의 앞으로 갔다. 아기 때부터 그애는 여러 가지로 얼굴 찌푸리는 법을 알았다. 그래서 자기의 유동적인 용모를 여러 가지 모습으로 바꾸면, 변하는 모습마다에 새로운 심술이 드러난다. 목사는 마음 아플 정도로 난처했으나 입을 맞추어주면 아이가 좀 더 친절한 호의를 보이려니 하는 희망으로 허리를 굽히고 이마에 입을 맞추었다. 그러자 펄은 어머니도 뿌리치고 냇가로 달려가서 허리를 굽히고 불원의 키스 자국이 완전히 씻길 때까지 이마를 닦고 오랫동안 흐르는 물에 담그고 있었다. 그러고는 어른들이 함께 이야기를 하고 그들의 새로운 처지와 곧 성취해야 할 목적으로 말미암은 여러 가지 채비를 하는 동안 그애는 조용히 헤스터와 목사를 지켜보며 떨어져 있었다.

이제 이 운명을 결정하는 면회는 끝났다. 골짜기는 다시 우중충한 고목들만이 우거진 호젓한 모습으로 되돌아가고 나무들은 수없이 많은 혀를 가지고 거기서 일어났던 일을 두고두고 속삭일 것이었다. 어느 인간이 그들보다 더 현명했으랴! 그리고 우울한 시냇물은 이미 가슴에 사무친 신비한 사연에 또 하나의 사연을 더할 것이었다. 그래서 냇물은 아직도 조잘조잘 계속 흐르고, 여러 세대를 계속해도 그 조잘대는 말투가 결코 명랑해지지 못할 것이다.

미로에 갇힌 목사

헤스터 프린과 어린 펄보다 앞서 떠난 목사는 한번 뒤를 돌아보았다. 숲의 어둠 속으로 서서히 녹아 들어가고 있는 모녀의 보일락 말락하는 모습을 윤곽만이라도 보았으면 하는 마음에서였다. 그의 인생은 오르락내리락이 하도 심해서 지금 자신이 겪고 있는 일들을 현실이라고 선뜻 받아들이기가 어려웠다. 그러나 회색 옷을 입은 헤스터가 그 나무줄기 옆에 서 있는 것은 부인할 수 없는 사실이었다. 오랜 옛날에 무엇에 맞았는지 쓰러진 나무는 세월이 흘러감에 따라 이끼가 무성하게 끼고 무거운 세상 짐을 지고 가는 불운의 두 사람이 함께 앉아서 단 한 시간이나마 위로를 얻게 해주었다. 거기에는 또한 펄도 있었다. 침입해왔던 제삼자가 가버린 후에 아이는 시냇가에 사뿐히 뛰어와서 엄마 옆에 앉았다. 이 모든 일은 분명히 목사가 꿈속에서 보는 일들이 아니었다.

이상한 불안감을 주는 막연하고도 갈팡질팡하는 느낌을 마음에서 몰아내려고 목사는 헤스터와 함께 꾸민 계획을 다시 검토해보았다. 둘이서 내린 결론은 뉴잉글랜드의 황야나 미국 전체보다도 옛 고향이 적당한 피신처를 제공해주리라는 것이었다. 영국에는 인구도 많고 도시도 많지마는 미국에는 인디언들의 장막이나 바닷가를 따라 희박하게 산재하는 유럽인들의 정착지밖에는 피신할 곳이 없었기 때문이다. 숲속에서의 고된 생활을 해나가기에는 미흡한 목사의 건강은 말할 것도 없고 그가 타고난 재능과 그가 갖춘 교양과 높은 인격 전체를 생각해볼 때 그가 가정을 꾸밀 곳은 역시 문화가 높고 세련된 사회뿐이고, 또 그 정도가 높으면 높을수록 목사는 더욱더 섬세하게 적응할 수 있으리라는 생각이었다. 그의 선택에 박차라도 가하듯이 우연하게도 배가 한 척 항구에 와 있었는데, 이 배는 그 당시에 흔하던 정체가 아리송한 배로서 완전히 바다의 무법자는 아니더라도 엄청나게 무책임한 짓을 하고 다니는 배였다. 최근에 카리브에서 온 이 배는 사흘만 있으면 브리스톨을 향하여 출범할 예정이었다. 그런데 우연하게도 그 배에서 자선을 베풀며 봉사하던 헤스터는 선장이나 선원들과 안면을 트게 되자 어른 둘과 아이 하나의 승선을 허락받고 형편상 비밀을 보장해준다는 다짐까지 받아놓은 것이었다.

목사는 대단한 관심을 기울이고 헤스터에게 배가 떠나는 정확한 날짜를 물어보았다. 그날부터 사흘째 되는 날이라는 것이었다.

"그것 참 잘됐군!"

목사는 혼자 중얼거렸다. 한데 딤즈데일 목사는 무엇이 그리 잘

됐다는 말이었을까. 이것은 정녕 밝혀서는 안 될 일이나, 독자에게 무엇을 숨길 수 있으리오. 실은 그날부터 사흘째 되는 날이면 그가 선거 축하 예배 때에 설교를 하게 되어 있었다. 그런 경사는 뉴잉글랜드 목사의 생애에 크게 영예로운 일이므로 그가 교회의 목사직을 물러나는 방법과 시기로서는 더할 나위 없이 좋은 기회였다.

이 전형적인 목사는 사람들이 다음과 같이 말할 것이라고 상상했다.

"그분은 할 일을 남겨놓고 공직을 떠나는 법이 없는 사람이야" 라고.

그런데 이처럼 통찰력이 강하고 날카로운 사람이 속아 넘어가다니 참 안됐다. 목사의 나쁜 점들을 종종 지적해왔지만 앞으로도 그럴 것이다. 우선 그는 가엾을 정도로 허약한 사람이었다. 그리고 자신의 사람됨의 근본을 좀먹어 들어가는 이상한 병에 대한 증거만 해도 그렇게 대수롭지 않으면서도 확실할 수가 없었다. 하도 오랫동안 이중 인격 생활을 하다 보면 어느 것이 자기의 진짜 인격인지조차 모르게 될 것이 뻔하니까 말이다.

헤스터를 만나고 돌아온 딤즈데일 목사는 감정의 흥분으로 말미암아 전에 없이 몸에 힘을 얻고 빠른 발걸음으로 읍내를 향했다. 숲 속의 길을 갈 때 생각했던 것보다 더 거칠고 험한 장애물이 있었고, 낯설고 사람이 발을 디딘 적이 없는 곳이었다. 웅덩이는 건너뛰고 잡목이 가로막으면 뚫고 나가고, 언덕은 올라가고, 구렁텅이는 뛰어내려서 자기도 놀랄 정도의 지칠 줄 모르는 활동을 하여 모든 어려운 길을 삽시간에 정복했다. 바로 이틀 전에 같은 길을 얼마나 힘

없이 숨이 차서 몇 번이나 쉬며 애를 써서 갔던가 하는 것을 회상하지 않을 수가 없었다. 그가 읍내로 접근하면서 눈앞에 나타나는 물건들의 인상이 달라진 것을 볼 수 있었다. 그가 그것들을 떠난 것이 어제가 아니라 이틀 전, 여러 날 전, 아니 여러 해 전이었던 것 같은 느낌이 들었다. 물론 거리의 길 하나하나가 자기의 기억대로이고, 박공지붕이 많이 달린 특이한 집들과 그 꼭대기마다 달린 풍향계도 자기가 기억하고 있는 대로였다. 그렇지만 달라졌다는 인상은 측은하게 강해지기만 했다. 그가 길에서 만난 모든 지기(知己)들과 읍 주변에 있는 눈에 익은 모든 모습들도 마찬가지였다. 그들이 더 늙어 보이거나 더 젊어 보이는 것도 아니었다. 늙은이들의 수염이 더 희어진 것도 아니고, 어제 기던 아이가 오늘 걷는 것도 아니었다. 그들이 자기가 떠날 때에 시선을 던졌던 그 사람들과 어디가 어떻게 다른지는 알 수가 없었다. 그런데도 목사의 날카로운 의식이 그것들의 변화를 느낀 것이다. 목사가 자신의 교회 담 밑을 지나갈 때 유사한 느낌이 그를 가장 강하게 사로잡았다. 교회당의 모습이 매우 낯설면서도 낯익은 것 같아서 딤즈데일 목사의 마음은 두 가지 다른 인상을 갖고 갈피를 잡지 못했다. 과거에 본 교회당이 꿈이 아니라면 지금 보이는 교회당이 꿈일 것이었다.

교회당이 여러 가지 모습을 띠고 있는 듯한 이 인상은 교회당의 외부적인 변화를 의미하는 것이 아니었다. 눈에 익은 그 광경을 보는 사람 자신이 갑자기 그리고 심하게 변해서, 하루의 차이가 여러 해의 차이로 느껴진 것이다. 목사의 의지와 헤스터의 의지와, 그들 사이에서 싹튼 운명이 이와 같은 변화를 초래했다. 그것은 전과 마찬가지의 읍이었다. 다만 숲속에서 돌아온 목사가 달라졌다. 그는 아마 자기와 만나는 친구들에게 이렇게 말했을지도 모른다.

"나는 자네들이 생각하는 그 사람이 아닐세. 그 사람은 저 숲속에 두고 왔네. 은밀한 골짜기로 깊숙이 들어가서 울적한 시냇물 곁에 있는 이끼 낀 나무줄기 옆에다 두고 왔네. 가서 자네들의 목사를 찾아보게. 그의 야윈 모습이, 야윈 뺨이, 창백하고 축 늘어지고 번민의 주름이 잡힌 이마가 벗어버린 옷처럼 내동댕이쳐 있지 않은가를 찾아보게!"라고.

그러면 친구들은 두말할 것 없이 "당신이 그 사람이오!"라고 주장했을 것이다. 그러나 그것은 그들의 잘못된 판단이었다. 목사의 잘못된 판단이 아니었다.

딤즈데일 목사가 집에 도착하기 전에 그의 내적 자아는 그에게 생각과 감정의 세계에서 혁명이 일어난 증거를 보여주었다. 사실 목사의 내면 세계에서 왕조와 도덕의 기준이 뒤집히는 변혁이 일지 않았다면 이 놀란 불운의 목사가 느끼는 여러 가지 충동을 설명할 길이 없을 것이다. 한 걸음 내디딜 적마다 목사는 이상하고, 난폭하고, 악한 행위를 하고 싶은 충동을 느끼고, 그것은 무의식적이기도 하고 의식적이기도 하다고 생각했다. 목사는 자기도 모르는 사이에 그런 충동을 물리치는 자아보다도 더 귀중한 자아를 저버리고 있었다. 예를 들어 목사가 자기네 교회의 장로 한 사람을 만났다. 착한 노 장로는 어버이와 같은 애정과 어른으로서의 특권적인 태도로 목사에게 인사를 했다. 이 특권적 태도란 그의 나이와 그의 곧고 거룩한 성품과 교회에서의 그의 지위가 그로 하여금 행사하도록 허용한 것이었다. 장로는 동시에 신을 경배하는 듯한 깊은 경의를 목사에게 표했다. 이것은 또한 성직자로서의 목사의 직위와 사적인 자격이 요구하는 바였다. 나이와 지혜의 위엄이 지위나 신분이 낮은 자가 높은 자에게 표하는 것과 같은 경의와 존경과 더불어 조화를 이룰 때 이보다 더 아름다운 것은 없을 것이다. 그런데 딤즈데일 목사는 이 훌륭한 수염이 하얀 장로와 잠시 동안 대화를 하는 가운데 성찬(聖餐)에 관해서 신을 모독하는 발언을 자꾸 하고 싶은 충동이 일어나는 것을 간신히 가라앉혔다. 그는 등골이 오싹해지고 얼굴은 백지장같이 하얘졌다. 그의 혀가 마음대로 꼬리를 지어 이 엄청난 발언을 하고, 자기가 그러라는 동의도 하지 않았는데 동의했다는 변론을 할까 봐 두려웠던 것이다. 한데 마음속에서는 이런 공포로 떨고 있으면서도 목사는 자신의 불경스러운 발언으로 말미암아 그 거룩한 늙은 장로가 얼마나 대경실색했겠는가를 상상하고 웃음을 터뜨리지 않을 수가 없었다.

그와 비슷한 성격의 사건이 또 하나 있었다. 딤즈데일 목사가 급히 거리를 내려가다가 나이가 많은 여자 교인 한 사람을 만났다. 아주 경건하고 모범적인 이 노인은 가난하고 외로운 과부이며 그녀의 마음은 묘지에 묘비가 가득하듯이 죽은 남편과 자식들과 오래전에 작고한 친구들의 생각으로 가득 차 있었다. 다른 사람 같으면 벅찬 슬픔이었을 이 모두가 성경이 주는 종교적인 위로와 진리로 말미암아 그녀의 늙은 영혼에게는 엄숙한 기쁨이었다. 그녀는 30여 년 간 성경이 주는 생명의 양식으로 살아왔다. 딤즈데일 목사가 노인을 맡은 후로는 그 착한 노인의 세상에서의 낙(樂)이(하늘나라의 낙과

일치하지 않으면 안 되었다), 우연이든 약속을 해서든 목사님을 만나서 그의 사랑스런 입술이 둔하지만 황홀한 주의를 기울이는 자기의 귀에다 대고 속삭여주는 다정하고 향긋하고 하늘에서 들려오는 듯한 진리의 말씀으로 영혼을 새롭게 하는 것이었다. 그러나 노인의 귀에다 입술을 갖다 대는 순간까지 딤즈데일 목사는 성경 구절이라고는 한마디도 생각나지 않았다. 생각나는 것은 다만(목사에게는 그렇게 느껴졌다) 인간의 영혼의 영생을 반박하는 짤막하고 간결하면서도 해답을 찾기 어려운 주장이었다. 이런 주장을 노인의 귀에다 넣어 부었다가는 그 노인은 강한 독소가 몸에 퍼진 듯이 자빠져 죽었을지도 모른다. 그때 무슨 말을 했는지 목사는 후에 가서 기억이 나지 않았다. 다행히도 목사가 횡설수설해서 노인이 이해할 수 있도록 뚜렷한 내용을 전달하지 못했거나 또는 전달한 내용을 노인은 하나님의 섭리에 따라 좋도록 풀이했을 것이다. 목사가 후에 회상한 대로 분명히 그 노인의 표정에는 경건한 감사와 황홀한 빛이 역력했다. 노인의 얼굴은 주름이 잡히고 창백한 얼굴이었으나 하늘나라의 광채처럼 빛나고 있었다.

여기에 세 번째 예가 있다. 그 늙은 교우와 헤어지자 그는 젊은 여자 교우를 만났다. 그 교우는 딤즈데일 목사가 밤을 새우던 날 다음 안식일에 덧없는 세상의 향락을 버리고 하늘나라의 소망을 받아들이라는 그의 설교를 듣고 새로 나온 처녀 교우였다. 그 소망은 그녀의 인생이 어둠에 싸일 때 점점 더 밝은 실체로 변하고, 우울한 어둠을 뚫고 최후의 영광에 도달한다는 것이었다. 그녀는 낙원에 핀 백합같이 희고 아리따웠다. 목사는 자신이 티 없는 처녀의 마음의 성소에 봉해져 있다는 것을 알고 있었다. 목사의 성상(聖像) 둘레에는 새하얀 커튼이 드리웠고, 믿음에는 따스한 사랑이, 사랑에는 티 없는 믿음이 얽히어 있었다. 그날 오후에 분명히 사탄이 가엾은 아가씨를 어머니 곁에서 유인해내서 이 깊은 유혹에 빠진, 아니 타락으로 말미암아 절망에 처해 있는(이 표현이 적합하다) 이 사람이 가는 길로 이끌어낸 것이었다.

처녀가 다가오자 사탄은 목사에게 악의 씨를 조금 꺼내서 처녀의 부드러운 가슴속에 던져 넣으라고 속삭였다. 그 씨는 분명히 검은 꽃을 피우고 때가 되면 검은 열매를 맺으리라는 것이었다. 처녀는 목사를 진실로 믿지만 그녀에 대한 자신의 영향력이 너무 크다는 것을 아는 목사는 자기가 사악한 마음을 품은 눈으로 한 번 쳐다보기만 해도 아가씨의 티 없는 양심의 들이 메마르고, 한마디 말만 던지면 그것이 모두 반대로 변화할 것이라는 느낌이 들었다. 그래서 목사는 전에 없는 자제의 힘을 발동하여 외투로 얼굴을 가리고 모르는 체하며 그곳을 빨리 지나가버렸다. 나중에 자신의 무례함을 아가씨가 뭐라고 할까에 대해서는 목사는 아랑곳하지 않았다. 아가씨는 오히려 자기에게 무슨 잘못이 있었던 것이 아닌가 하고 마음속을 뒤져보았다. 그러나 자기의 호주머니나 일 주머니 속과 마찬가지로 해로운 것이라곤 하나도 들어 있지 않은 그녀의 양심이었다. 다음엔 그 불쌍한 아가씨가 별별 실수의 가능성을 다 생각해보았다. 다음날 아침 아가씨가 집안일을 거들고 있을 때 그 눈은 퉁퉁 부어 있었다.

목사가 마지막 유혹을 물리치고 나서 기뻐할 사이도 없이 또 무슨 일을 저지르고 싶은 충동이 생겼다. 이번에는 더욱 어리석고 겁나는 일이었다. 부끄러워서 말할 수도 없는 이야기지만, 목사는 길을 가다가 잠시 서서 놀고 있는 청교도 집 아이들에게 나쁜 말을 가르쳐주고 싶어져서, 말을 막 꺼내려고 했다. 목사의 옷차림으로 그것은 안 될 말이라고 자제를 하는데, 술 취한 선원이 눈앞에 나타났다. 모든 나쁜 충동들을 용케 물리쳐왔는데 여기까지 이르러 왠지 딤즈데일 목사는 최소한 그 골탄 냄새 풍기는 놈팡이하고 악수라도 나누고 방탕한 선원들이 잘하는 상스러운 농담이라도 하고 한바탕 하늘을 모독하고 욕이라도 마음껏 토하여 속이 후련해보았으면 하는 생각이 들었다. 그가 마지막 위기를 모면한 것은 그의 원칙 준수의 정신이라기보다도 그의 타고난 고상함과 목사의 위신을 지키려는 허세 때문이었다.

'이렇게 나를 번거롭게 유혹하는 것이 도대체 무엇인가?'

목사는 마침내 길가에서 발을 멈추고 손으로 자기의 이마를 탁 치면서 외쳤다.

'내가 미친 걸까? 아니면 아주 귀신이 들렸나? 내가 숲속에서 악마를 만나서 계약을 하고, 피로 거기다가 서명이라도 했는가? 그리고 그 악마가 계약을 실천에 옮기라고 나를 부르는 것인가? 그래서 그 악마의 악한 마음이 생각해낼 수 있는 사악한 일들을 하나씩 하나씩 이행하라고 암시를 주는 것이 아닌가?'

딤즈데일 목사가 이렇게 생각에 잠겨서 이마를 탁 치는 순간에 마녀라고 이름난 히빈스 노파가 그곳을 지나고 있었다. 수건을 높이 쓰고 화려한 벨벳 옷을 입고 그 당시에 유행하던 노란색 풀을 먹인 주름 깃을 단 그녀의 옷차림은 굉장했다. 노란 풀을 먹이는 비법은 그녀의 특별한 친구였던 앤 터너가 가르쳐준 것이었는데 그것은 그녀가 토머스 오버베리 경의 살해 혐의로 교수형을 당하기 전의 일이었다. 그 마녀가 목사의 생각을 알았는지 몰랐는지 갑자기 서서 그의 얼굴을 뚫어지게 쳐다보고 교활한 미소를 짓더니 목사들과는 별로 대화를 안 하는 관습을 깨고 말을 하기 시작했다.

"그래 목사님, 숲속을 방문하셨다구요."

그 마녀는 수건을 높이 쓴 머리를 그를 향해 끄덕이며 말했다.

"다음에는 저한테 좀 알려주세요. 기꺼이 동행해드리겠어요. 자랑을 하려는 것은 아니지만, 내 말이면 낯선 사람이라도 숲속 마왕의 영접을 받습니다."

"부인."

목사는 정중하게 인사를 하면서(부녀자들에겐 그래야 하고 또 목사의 교양이 그것을 요구했다) 대답했다.

"내 양심을 두고 말하는 바인데 부인의 말이 무슨 뜻인지 본인은 알 길이 없습니다. 나는 마왕을 만나러 숲속에 들어간 일이 없소. 앞으로도 그런 자의 호의를 얻으러 숲속에 가는 일은 절대로 없을 것이오. 나는 나의 경건한 친구 엘리엇 사도를 만나서 그가 이방인들 중에서 많은 영혼을 구원해낸 축복할 만한 일을 함께 기뻐하러 갔었소."

"핫, 하, 하!"

마녀는 아직도 고개를 목사 쪽으로 향해 끄덕이면서 웃음을 터뜨렸다.

"좋아요, 낮에는 그렇게 이야기하는 거죠. 솜씨가 좋으시구려. 하지만 밤중에는 그리고 숲속에서는 우리 다르게 이야길 해보시죠."

그녀는 늙은이답게 점잖게 지나갔다. 그러나 가끔 고개를 돌려 그에게 미소를 지으며 무슨 비밀이 있음을 인정하려는 눈치를 보였다.

목사가 생각했다.

'그러면 나는 내 영혼을 이 노란 풀을 먹이고 벨벳 옷을 입은 마귀 할멈이 마왕이라고 택한 악마에게 팔았단 말인가!'

아, 불쌍한 목사님! 그는 이와 같은 흥정을 한 셈이었다. 목사는 행복이라는 꿈에 유혹되어 그것이 죽음의 죄인 줄 알면서도 스스로 죽음의 굴복을 택한 것이다. 이것은 일찍이 없었던 일이었다. 그 죄의 독소는 그의 도덕 의식 전체를 삽시간에 오염시켜버렸다. 그것은 모든 축복받은 선한 동기를 마비시키고, 모든 악한 동기를 불러일으키고 소생시켰다. 경멸과 신랄함과 까닭 없는 악의와 고의적인 악행과 선하고 거룩한 것은 무엇이든지 조롱하려는 충동이 한꺼번에 깨어나서 한편으론 그를 무섭게 하면서도 한편으로는 그를 유혹했다. 그리고 목사가 히빈스 노파와 만난 것이 사실이라면 그것은 악한 중생과 타락한 영들의 세계에 대하여 느낀 목사의 공감과 우정을 증거할 따름이었다.

드디어 그는 묘지 가에 있는 자기 집에 도착해 층계를 뛰어 올라가서 자기의 서재 안으로 몸을 숨겨버렸다. 거기를 지나오는 동안 줄곧 겪어야 했던 이상한 악몽 같은 일들이 있었는데도 자신의 정체를 남에게 드러내지 않고 무사히 집에 와 닿은 것을 목사는 매우 다행으로 생각했다. 그는 낯익은 방으로 들어가 자기 둘레에 있는 책과, 창문과, 난로와, 커튼이 쳐 있는 벽을 쳐다보고 그가 숲속의 골짜기에서 나와서 읍내를 거쳐 여기까지 오는 길에 느낀 것과 똑같은 것을 느꼈다. 이 방은 그가 항상 연구하고, 글 쓰고, 금식도 하고, 철야도 하고, 기도를 힘쓰고, 허다한 번민도 겪은 방이었다. 거기에는 풍부한 고대의 히브리어로 씌어진 성경도 있었다. 그 성경에는 그를 향해 말하는 모세도 선지자들도 있고, 또 하나님의 목소리로 가득 차 있었다. 책상 위에는 쓰다 만 설교 원고가 놓여 있고, 그 옆에는 잉크가 묻은 펜이 있고, 그 설교의 끝내지 못한 마지막 문장은 이틀 전에 그의 생각이 흘러나오다가 바로 그 페이지, 그 부분에 와서 멈추었던 것이다. 이런 일들을 하고, 겪고, 선거 날의 설교문을 쓰다 만 사람은 자기 자신인, 야위고 얼굴이 창백한 목사라는 것을, 그는 물론 알고 있었다. 그러나 그는 거리를 두고 서서 멸시와 연민과 그러나 반은 부러워하는 눈초리로 과거의 자아를 쳐다보고 있었다. 과거의 자아는 가고 없었다. 딴 사람이 숲에서 돌아온 것이다. 단순하던 과거의 자아가 미치지 못할 여러 가지 숨은 신비를 아는 현명한 자기가 되어서 돌아왔다. 그의 앎은 괴로운 앎이 되었다.

이런 생각에 잠겨 있는 동안에, 서재의 문을 두드리는 소리가 들렸다.

"들어오시오!"

목사는 말했다. 혹시 악마라도 나타나지 않을까 하는 생각이 없지는 않았다. 아니나 다를까, 들어온 사람은 로저 칠링워드였다. 목사는 창백한 얼굴로 말없이 서서 한 손은 히브리어 성경에 얹고 또 한 손은 가슴 위에 갖다 댔다.

"목사님 돌아오셨군요."

의사는 말했다.

"경건하신 엘리엇 사도는 어떻게 지내고 계셨습니까? 한데 목사님, 안색이 좋지 않으신 것 같습니다. 숲속의 여행이 너무 힘들었던 모양이군요. 선거 축하의 설교를 하시려면 제가 원기 회복을 도와드려야 하지 않을까요?"

"아뇨, 괜찮습니다."

딤즈데일 목사가 대답했다.

"내 여행과 거기 계신 거룩한 사도를 만난 일과, 시원한 공기를 마신 것이 나에게 매우 유익했던 모양이오. 하도 오랫동안 서재에만 갇혀 있었으니까요. 선생의 약은 효험이 있었고 또 매우 친절한 치료를 해주셨소만 이제부터는 그것이 필요 없겠소이다."

로저 칠링워드는 내내 환자를 관찰하는 의사의 눈으로, 신중한 주의를 기울이며 목사를 쳐다보았다. 하나 밖으로 나타난 표정이야 어떻든 후자는 벌써 자기가 헤스터 프린과 만난 일에 대해서 노인이 알고 있던가 또는 의아심을 품고 있다는 것을 거의 확실히 느낄 수가 있었다. 그러면 목사의 눈에는 자기가 이젠 믿을 수 있는 친구가 아니라 적이라는 것도 의사는 알았다는 말이다. 진상이 그만큼 알려진 이상 그 일부를 드러내야 할 때가 온 것 같았다. 그러나 이상한 것은 어떤 일의 진상을 알고 듣기까지에는 무척 오랜 시간이 걸리는 수가 많다! 두 사람이 어떤 문제는 건드리지 않기로 서로 마음먹는다면 그 문제의 근처까지 접근했다가도 문제는 건드리지 않고 뒤로 물러나서 오랫동안 안전을 유지하는 것이다. 그래서 목사는 서로가 위치하는 입장에 대하여 로저 칠링워드가 진상을 밝히려 들지는 않을 것이라고 생각했다. 그러나 의사는 여전히 음침한 수법으로 집요하게 비밀에 접근해왔다.

"목사님."

의사가 말을 꺼냈다.

"오늘 밤에 제가 좀 도와드리는 것이 좋지 않을까요? 선거 축하일에 설교하는 일을 위하여 원기를 내시도록 세심한 배려를 해야 합니다. 사람들이 목사님한테 많은 것을 기대하고 있습니다. 해가 바뀌면 목사님께서 딴 데로 갈지도 모른다는 생각을 하고 있어요."

"예, 다른 세상(저승과 다른 나라의 두 가지 뜻이 있음)으로 말이죠."

목사는 경건한 태도로 조용히 말했다.

"하나님께서 더 좋은 곳을 허락해주시기를 빕니다. 사실 저는 내 양 떼와 더불어 한 해를 더 지체할 수는 없습니다. 하나 선생의 약에 대해서는, 고맙소만 현재의 나의 형편으로는 필요 없소이다."

"기쁜 소식입니다."

의사가 대답했다.

"제 약이 오랫동안 효험을 못 보더니 이제 그 효과가 나타나는 모양입니다그려. 이 병을 고쳤다면 기쁘다 뿐이겠습니까. 뉴잉글랜드의 감사를 받을 판인데요."

"감시의 눈을 게을리하지 않는 친구여, 정말 고맙소."

딤즈데일 목사는 엄숙한 미소를 지으며 말했다.

"다시 감사하고 그 은혜는 기도로 갚아드리리다."

"훌륭한 분의 기도는 금덩어리나 같습니다."

로저 칠링워드는 방을 나가면서 대답했다.

"기도는 새 예루살렘에서 통용하는 금화입니다. 하늘나라 왕의 각인이 찍혀 있는 금화란 말이올시다."

혼자 방에 남게 되자 목사는 시중꾼을 불러 음식을 청하고, 그 음식이 자기 앞에 놓이자 식욕이 왕성하여 식사를 했다. 그러고는 이미 썼던 선거 축하 설교문은 난롯불에 던져버리고 새로운 것을 쓰기 시작했다. 얼마나 동기가 강한 생각과 감정으로 써내려갔는지 목사 자신도 영감을 받은 듯이 느꼈다. 하늘의 장엄한 섭리의 음악을 자기와 같은 그릇된 풍금을 통하여 연주하는 것을 과연 하나님께서 마땅하다고 여기실 것인가 하고 생각했다. 그러나 그런 문제야 어떻게 되었든 아랑곳없이 그는 열을 띠고 빨리 그리고 황홀 속에서 설교를 그대로 써 내려갔다.

이리하여 밤은 마치 날개 달린 말이고 자기는 그것을 타고 모든 기사처럼 날아가버리고 새벽 햇살이 얼굴을 붉히며 커튼 사이로 들여다보았다. 마침내 솟아오른 해는 황금빛을 서재 안으로 비쳐서 목사의 눈을 부시게 했다. 목사는 그저 손에 펜을 들고 앉았고 이미 넓은 지면을 글로 메워놓고 있었다.

뉴잉글랜드의 경축일

장관이 백성들의 추대로 취임식을 하는 날 아침 일찍 헤스터 프린과 펄은 장터로 갔다. 벌써 장터는 많은 장인(匠人)들과 읍내의 평민들로 붐비고 있었다. 그 가운데는 사슴 가죽 옷을 입은 거칠게 생긴 사람들도 많았는데 식민지의 작은 수도 주변에 있는 숲속 동네에서 온 사람들이었다.

과거 7년 동안 다른 행사 때나 마찬가지로 공휴일엔 헤스터는 거친 회색 헝겊으로 만든 옷을 입었다. 인간으로서의 헤스터가 시야에서 사라지고 윤곽도 보이지 않게 만드는 것은 그 옷의 색깔보다도 그 옷이 이루어져 있는 형언할 수 없는 특이한 모양이었다. 그런데 다시 주홍글씨가 희미한 경지에서 그녀를 끌어내어 그 글씨 자체가 비추는 도덕적인 측면에서 그녀를 노출시켰다. 동네 사람들의 눈에 익은 그녀의 얼굴은 전에도 늘 보던 얼굴로 대리석처럼 조용했다. 그녀의 모습은 마치 가면과도 같았다. 아니, 오히려 죽어서 얼어붙은 여인의 모습 같다고나 할까. 인간의 동정도 받을 수 없다는 점에서 헤스터는 이미 죽은 몸이고 또 자기는 남들과 섞여서 함께 살고 있다고 생각하지만 사실상 그녀는 세상을 떠난 지가 오래된 몸이었기 때문이었다.

그러나 이날만은 전에 못 보던 표정이 남의 눈에는 띄지 않을 정도로 그녀의 얼굴에 나타났을 것이다. 비상한 관찰력이 있는 사람이 처음에는 그녀의 마음속을 살피고, 다음에는 얼굴과 태도에서 공통된 표정을 찾아보았다면 발견했을지도 모르는 그런 표정이었다. 영적인 통찰력이 있는 사람이라면 이런 일이 있을 법하다는 것을 일찌감치 느꼈을 것이다. 자기를 쳐다보는 사람들의 시선을 마땅히 겪어야 할 고행이려니, 참고 견디어야 할 종교려니 하고 7년이라는 긴 세월 동안 참고 견디던 그녀가 이 괴로움을 승리로 바꾸려고 마지막으로 단 한 번만 더 자진해서 고행을 맞이했다는 것은 있을 법한 일이었다.

'주홍글씨와 그것을 단 사람을 마지막으로 보세요!'

사람들의 희생자요 평생의 노예로 여겼던 헤스터는 말했을 것이다.

'조금만 있으면 그녀는 당신들의 손이 미치지 못하는 곳으로 갑니다. 몇 시간 후에는 당신네들이 그녀의 가슴에서 불타게 만들었던 주홍글씨를 저 깊고 신비한 바다가 영원히 감추어버릴 것입니다!'

자신의 인생과 깊이 얽혔던 고뇌로부터 해방되려던 순간에 그녀

240

의 마음이 조금은 서운함을 느꼈으리라는 추측이 인간성에 아주 어긋나는 추측은 아니었으리라. 성인이 된 이후 줄곧 맛보던 쓴 쑥과 도회의 즙을 한 잔 쉬지 않고 쭈욱 들이키고 싶은 억제할 수 없는 충동이 없었을 것인가? 이제부터 그녀의 입술에 댈 인생이란 술은 무늬가 아로새겨진 황금 잔에 따른 향긋하고 맛좋은 술이어야 한다. 아니면 강한 강심제를 맞은 것처럼 괴로움의 찌꺼기로 취한 뒤라서 그녀에겐 하는 수 없이 지겨운 권태만이 남을 것이었기 때문이다.

펄은 화사한 옷차림이었다. 눈이 부시도록 빛나는 환영 같은 이 아이가 우중충한 회색 옷을 입은 사람에게서 태어났다고 생각하기는 너무나도 어려웠다. 그 화려하고도 섬세한 상상력이(그 아이의 옷을 만들기 위해서 꼭 필요했을 것이다) 헤스터의 단순한 옷에다 독특한 특징을 부여했던(이것이 아마 더 어려웠을 것이다) 같은 상상력이었다고 생각하기도 역시 불가능한 일이었다. 펄에게 잘 어울리는 그 옷은 그 아이의 성격의 투영이고, 성격의 전개이고, 성격의 노출이었다. 나비의 날개에서 찬란한 색채를 떼어낼 수 없고 꽃잎에서 화려한 빛깔을 떼어낼 수 없듯이, 펄에게서도 옷을 떼어낼 수는 없었다. 나비와 꽃잎의 경우처럼 펄의 경우도 마찬가지로 가라앉지 않고 흥분하는 아이의 기분은 옷 가슴에 달려서 숨쉴 때마다 다양하게 반짝이는 다이아몬드에 비길 수 있을 것이다. 아이들은 항상 저희들과 관계가 있는 사람들의 흥분에 공감한다. 특히 집 안에서 일어나는 어려움이나 갑작스런 변화 같은 것에 예민하다. 그래서 고동하는 엄마의 가슴에 달린 보석과도 같은 펄은 대리석 같이 무표정한 엄마의 이마에서도 모종의 감정을 느끼고 이를 활기 있는 춤으로 공감했다.

이와 같은 흥분으로 말미암아 아이는 엄마를 따라 걷는 것이 아니라 새처럼 뛰는 것이었다. 무언지 알아들을 수 없는 말을 계속 뇌까리고 때로는 날카로운 소리로 노래를 불렀다. 그들이 장터에 다다르자 아이는 법석대고 활기 띤 광경을 보고 더욱더 안절부절못했다. 읍의 교회당 앞이 평소에는 읍의 사업의 중심이라기보다는 넓고 쓸쓸한 풀밭에 불과했기 때문이었다.

"엄마, 이게 뭐야?"

아이가 소리쳤다.

"무엇 땜에 사람들이 오늘은 일을 안 하지? 오늘은 온 세상이 다 노는 날이야? 봐요, 저기 대장장이가 있어요. 그 사람은 검댕이 묻었던 얼굴을 씻고 새 옷을 갈아입고 누구든지 그에게 가르쳐만 주면 당장이라도 놀아보겠다는 표정인데. 그리고 늙은 간수 부래케트 씨가 나를 보고 고개를 끄덕이고 빙그레 웃네. 엄마, 그 사람 왜 그러지?"

"그분은 네가 아기였을 때를 기억하고 그런단다."

헤스터가 대답했다.

"그래도 나한테 고개를 끄덕이고 웃고 해서는 안 돼죠. 시커멓고, 무섭고, 눈이 끔찍하게 생긴 늙은이가!"

펄이 말했다.

"아는 척하고 싶으면 엄마한테나 할 것이지. 엄마는 회색 옷도 입고 주홍글씨도 달았으니까 말야. 근데, 엄마, 낯선 사람들이 참 많

아. 그들 중엔 인디언도 있구, 선원도 있구. 무엇하러 이 장터에 모두들 온 거지?"

"그들은 행렬이 지나가는 것을 보려고 기다리는 거란다."

헤스터가 말했다.

"장관님과 관리들이 지나갈 거야, 목사님들도. 그리고 모든 훌륭한 사람들과 착한 사람들이 음악을 울리며 지나가고, 그 앞에서는 군인들이 행진을 할 거야."

"목사님도 행진을 하나요?"

펄이 물었다.

"그럼 엄마가 냇가에서 나를 그분 앞에 데려갔을 때처럼 그분이 나에게 손을 내밀까?"

"그분도 행진을 할 것이다."

어머니가 대답했다.

"그렇지만 오늘 너에게 인사는 안 하신다. 너도 인사를 하면 안 된다."

"그분은 참으로 이상하고 슬픈 사람이에요."

아이는 마치 반은 자기에게 하는 듯이 말했다.

"캄캄한 밤중에는 우리를 부르고 내 손과 엄마 손도 잡고, 저기 있는 처형대 위에서 했던 것처럼 말이에요. 그리고 듣는 사람이라고는 늙은 나무뿐이고 보는 사람이라고는 하늘뿐인 숲속에서는 이끼 위에 앉아서 엄마와 얘기를 하지. 그리고 그분은 내 이마에다 입을 맞추어서 시냇물로도 씻어지지 않았어요. 그런데 볕이 나고 사람이 많으면 그분은 우리를 몰라요. 이상한 슬픈 사람이야. 손은 항상 가슴에 대고!"

"입 좀 다물어라. 펄! 너는 이런 일들을 이해하지 못한다."

어머니가 말했다.

"지금은 목사님 생각을 말고 네 둘레를 봐라. 오늘은 사람들이 얼마나 명랑한가 좀 봐라. 애들은 학교에서 오고, 어른들은 일터에서 오고, 모두들 즐기려고 왔단다. 오늘은 새로운 사람이 그들을 다스리기 시작하는 날이다. 그래서 인간들이 처음으로 나라를 세운 이래로 관습을 따라 이날을 즐기고 기뻐한단다. 보잘것없는 낡은 세계 위로 황금시대라도 지나가는 듯이 말이다."

사람들의 얼굴을 명랑하게 만들어주는 이 드물게 보는 명절 기분은 헤스터가 설명한 대로였다. 벌써부터 그랬고 그것이 계속된 지가 두 세기나 되지만 청교도들은 이 명절을 맞아 연약한 인간성에 허용해도 될 만한 놀이와 즐거움이라면 무엇이든지 가리지 않고 누렸다. 이리하여 평소에 늘 끼어 있던 우울한 구름을 깨끗이 날려보내고 명절을 지키는 하루 동안만은 뉴잉글랜드가 전반적으로 곤경을 겪는 시절의 다른 주(州)만큼은 명랑했다.

그러나 그 당시 사람들의 기분과 몸가짐의 특징인 우울한 성격을 우리는 너무 과장하고 있는지도 모른다. 이날 보스턴의 장터에 나온 사람들은 청교도적인 우울을 타고난 사람들이 아니었다. 그들은 영국 태생이요, 그들의 부모는 엘리자베스 시대의 풍요 속에서 살았고, 그 당시의 영국 생활은 한 덩어리로 뭉쳐서 본다면 세상이 일찍이 경험하지 못했던 위엄 있고, 웅장하고, 즐거운 생활이었다. 그런고로 뉴잉글랜드 이주민들에게 조상 전래의 취미를 허용만

했다면, 그들은 공적으로 중요한 행사를 모두 모닥불 놀이와 푸짐한 잔치와 화려한 꽃수레와 흥겨운 행렬로 채웠을 것이다. 엄숙한 식을 올릴 경우에도 엄숙한 분위기에다 즐거운 놀이를 곁들여서 전 민족이 입을 예복에다 기이하고도 찬란한 수를 놓은 셈이 될 것이다. 하기야 식민지 정치의 새해가 시작되는 날을 축하하는 절차에서도 이런 노력의 자취가 엿보였다. 해마다 행정관이 취임할 때면 가지는 의식 가운데서 찬란했던 과거의 희미한 반영을 찾아볼 수가 있다. 자랑스러운 옛 런던에서 보았던 일들— 대관식은 말고라도 시장 취임식 때 본 것 같은— 그 일들이 기억 속에서 희석되어 이미 퇴색했지만 아직도 그 반영을 찾아볼 수가 있다. 조상들과 공화국의 창설자들은— 정치가와 목사와 군인들— 위엄과 위풍을 갖추는 것이 의무라고 여기고, 위풍은 곧 옛날 형식을 따라 사회적으로 국가적으로 저명함을 드러내는 적합한 옷이라고 생각했다. 그래서 새로 설립된 보잘것없는 정부의 형태에 필요한 외적인 위엄을 부여하자고, 백성들이 보는 앞에서 행진을 하자고, 모두들 떨쳐 나온 것이었다.

평소에는 종교의 일부로 생각이 되어 부지런히 하던 일을 백성들이 잠시 쉬고 늑장을 부려도, 이를 장려하지는 않지만 너그럽게 봐주었다. 그러나 엘리자베스 여왕이나 제임스 왕 때 같으면 유명했을 오락들이 전혀 눈에 띄지 않았다. 광대나 극장 같은 구경거리도 없었고, 하프를 켜며 노래를 부르는 방랑 시인도 없었고, 음악에 맞추어 원숭이를 춤추게 하는 방랑 가수도 없었고, 마귀의 요술을 흉내내는 마술사도, 그리고 아마 몇백 년 동안 익살로 사람들을 웃기

며 즐거운 공감을 불러일으키는 가장 큰 원천인 메리 앤드루 같은
익살꾸러기도 없었다. 이와 같은 몇 가지의 전문적인 익살꾼들을
엄하게 억압하는 것은 엄격한 법의 단속뿐 아니라, 또 그 법을 뒷받
침하는 사람들의 감정이었다.

그런데도 사람들은 큼직하고 정직한 얼굴에 활짝 핀 미소를 띠
었다(심각한 표정이 어디엔가 숨어 있었는지는 몰라도). 사람들이 옛날
에 영국에 있었을 때 장날이면 흔히 동네 풀밭에서 벌였던 여러 가
지 스포츠가 여기에 와서 아주 없어진 것은 아니었다. 용기요, 사내
다움을 키우기 위해서 스포츠는 유지되어야겠다고 생각했기 때문
이었다. 콘힐 식이니 데븐셔 식이니 하며 씨름판이 장터 여기저기
서 벌어졌다. 한 구석에서는 육척봉의 친선 게임이 벌어지고 있었
다. 그중에서도 가장 주목을 끈 것은 무술 시합이었다. 이미 여러
번 말한 바 있는 처형대 위에서 두 투사가 널따란 검과 방패를 가지
고 검술 시범을 보이기 시작했다. 한데 구경꾼들이 매우 실망한 것
은 교구의 관리가 와서 신성한 장소를 잘못 사용하여 준엄한 법을
어기는 것은 용서할 수 없다고 하며 검술 시합을 중단시킨 것이다.

안식일을 지키는 문제에서는 우리가 훨씬 뒤의 후손이지만 대체
적으로 우리와 비슷했다고 말해도 과언이 아닐 것이다(그들은 처음
으로 향락을 물리치는 시기에 속해 있었으나 향락을 누릴 줄 아는 선현(先
賢)들의 후손이었던 것이다). 첫 번 이주민의 다음 세대들은 청교도의
검은 그림자를 어쩌나 짙게 받았는지 전 국민이 모두 우중충해져서
다음에 여러 해를 두고 씻어내려고 하여도 그 흔적이 없어지지를
않았다. 그래서 우리는 아직도 상실한 옛 향락의 방법을 다시 배워

야 할 형편이다. 장터에서 보는 인생의 풍속도는 일반적으로 슬픈 회색이거나 갈색이거나 검은색(옷의 색깔들임)이지만 그 색조는 다양하여 오히려 생기가 있었다.

한 무리의 인디언들이 청교도들의 용모보다도 더 굳은 엄숙한 표정으로 따로 서 있었다(그들은 묘하게 수놓은 사슴 가죽으로 만든 야만인의 옷차림을 하고, 조개 껍데기를 꿰어서 만든 빨강과 황토색의 허리띠를 띠고, 깃털을 달고, 활과 끝이 돌로 된 창으로 무장하고 있었다). 몸에 색칠을 한 이 야만인들이 거친 사람들이긴 했으나 여기서 제일 거칠어 보이지는 않았다. 거칠다는 정의는 오히려 선거 경축일의 재미있는 광경을 구경하러 온 선원들에게 합당했다. 그들은 카리브해에서 온 배의 선원들이었다. 그들은 햇빛에 그을려 얼굴이 검어지고 수염이 무성한, 난폭해 보이는 무법자들이었다. 그들은 통이 넓고 짧은 바지를 벨트로 질끈 졸라맸는데, 벨트에는 황금 판이 붙어 있었다. 그리고 기다란 나이프나 검이 항상 벨트에 매달려 있었다. 야자나무 잎으로 엮어서 만든 챙이 넓은 벙거지 밑으로는 번뜩이는 두 눈이 기분이 좋고 즐거울 때인데도 동물의 눈처럼 사나운 빛을 발하고 있었다. 그들은 남들이 얽매어 있는 행동의 규범을 두려움도 없이 마음대로 어겼다. 읍내 사람들은 담배를 한 모금만 피워도 1실링의 벌금을 내야 하는데 그들은 교구 관리의 눈앞에서도 담배를 마구 피워댔다. 그리고 포도주도 마음대로 병나발을 불고 독주도 병나발을 불고 깜짝 놀란 주위 사람들에게 마셔보라고 권하기도 했다. 그것은 우리들이 엄격하다고 말하는 그 시대가 도덕적으로는 매우 불완전했다는 것을 보여주었다. 선원들은 육지에서의 방

종뿐 아니라, 자신들의 몸에 대하여 무지몽매한 짓을 하고도 벌을 받지 않는 면죄증을 가지고 있는 셈이었다. 그 당시의 선원이란 오늘날 같으면 아마 거의 해적이라 규탄을 받았을 것이다. 이 배에서 온 선원들도 바닷사람들로서 특별히 사악한 부류는 아니었으나, 현대의 법정에서는 목이 달아날 약탈을 스페인의 상선들로부터 자행했을 것이 거의 틀림없다.

그러나 그 당시의 바다는 그야말로 제멋대로 물결치고 거품을 내뿜고, 순종을 한다면 모진 강풍에게나 순종하고, 인간이 정해놓은 규칙을 지킬 생각은 조금도 없었다. 피로와 더불어 사는 해적도 원하기만 하면 노략질을 그만두고 뭍에 올라와 성실하고 경건한 사람이 될 수 있었다. 한창 무모한 생활을 하고 있는 해적일지라도 사람들은 서로 거래하거나 사귀는 일을 꺼리지 않았다. 이래서 검은 외투를 입고 빳빳하게 풀을 먹인 띠를 띠고 고깔모자를 쓴 청교도 장로들도, 이 쾌활한 선원들의 소란과 무례한 행실을 보고도 오히려 인자한 미소를 지었다. 시민으로서 명망이 높은 노 의사 로저 칠링워드가 문제의 배 선장과 친밀한 대화를 나누면서 장터로 들어오는 것이 보였을 때 아무도 놀라지도 않고 비난하지도 않았다.

선장은 옷차림이 유난히 화려해서 군중 사이 어디에서나 눈에 띄었다. 옷에는 훈장을 가득 달고 모자에는 금테를 두르고, 모자 꼭대기에는 금 고리와 깃털이 있었다. 허리에는 검을 차고 이마에는 칼자국이 있고 머리는 그 흉터가 잘 보이도록 빗었다. 육지 사람이 그런 옷차림과 그런 얼굴로 나다니다가는 십중팔구는 법관한테 심문을 받고 벌금형이나 금고형이나 혹은 칼을 쓰고 구경꾼 앞에서 창피를 당하는 형벌을 받았을 것이다. 그러나 이 선장의 경우에는 번쩍이는 비늘이 물고기의 속성이듯이 이 모두가 선장의 속성으로 인정받는 것이었다.

브리스톨로 가는 배의 선장은 의사와 헤어지고 나서 한가하게 장터를 거닐다가, 헤스터 프린이 서 있는 곳으로 오더니, 얼굴을 알아본 듯 서슴지 않고 인사를 했다. 헤스터가 어디를 가든지 그랬지만 그녀의 둘레는 마술의 원(圓)과도 같은 구역이 이루어지고, 그 안으로는 아무도 들어서지 않으려고 했다. 한 걸음 밖에서는 자리가 비좁아서 서로 밀고 당기고 하면서도 그랬던 것이다. 주홍글씨를 단 헤스터는 이와 같이 도덕적으로 고독의 구렁텅이로 빠졌다. 한편으로는 그녀의 내성적인 성격 때문이었고, 또 한편으로는 그녀의 이웃들이 매정하지는 않아도 본능적으로 그녀를 경원했기 때문이었다. 그래서 이번에는(전에는 그러지 않았지만) 오히려 다행스럽게 헤스터와 선장의 말을 엿듣는 사람이 없었다. 헤스터 프린의 명성이 그만큼 달라진 것이다. 읍내에서 도덕이 엄하기로 이름난 부인이라도 그와 같은 대화를 했다가는 헤스터보다도 더 심한 추문을 남겼을 것이다.

"그래서, 부인."

선장이 말했다.

"부탁하신 것 이외에 침대를 하나 더 준비하도록 급사에게 일러야겠습니다. 그리고 이번 항해만큼은 괴혈병이나 장티푸스의 염려가 없으니 안심하시오. 배의 전속 외과 의사에다가 또 다른 의사 한 분이 타게 되었으니까요. 걱정이 있다면 약 때문인데, 제가 스페인

배에서 잔뜩 사들였기 때문에 약재는 많습니다.”

“무슨 말씀이신지?”

헤스터는 하도 놀라서, 드러내서는 안 될 표정을 자기도 모르게 지으며 물었다.

“승객이 한 분 더 있다고 하셨습니까?”

“아니, 모르셨나요!”

선장이 외쳤다.

“여기 사는 이 의사가— 자기의 이름이 칠링워드라고 하던데— 부인과 함께 선실을 쓸 것이라고 했습니다. 아아, 미리 말씀드렸어야 하는 건데, 그분이 부인과 일행이라고 하던데요. 그리고 부인께서 말씀하신 어른과는 매우 친한 사이라고요. 늙은 청교도 통치자들 때문에 신변이 위험해졌다는 그분 말입니다.”

“두 사람은 정말 잘 아는 사이입니다.”

헤스터는 놀랐지만 담담한 태도로 대답했다.

“그들은 오랫동안 같이 살았습니다.”

선장과 헤스터는 그 이상 말을 하지 않았다. 그러나 그 순간에 그녀는 장터의 아주 구석진 곳에 서서 그녀를 향해 빙그레 웃고 있는 로저 칠링워드를 보았다. 그의 미소는 사람으로 붐비는 넓은 광장을 건너서 군중의 많은 이야기와 웃음소리와 허다한 생각과 기분과 관심을 다 통과해서 그녀에게로 가공할 만한 비밀의 뜻을 전해 왔다.

행렬

예기치 못했던 깜짝 놀랄 만한 국면에 접어든 헤스터 프린이 생각을 가다듬고 무슨 현실적인 해결책을 강구할 여유도 없이 군악 소리가 인접한 거리를 따라 들려왔다. 그것은 관리들과 시민들이 교회당을 향하여 행진하고 있음을 말해주는 것이고, 교회당에서는 오래전에 세워지고 준수되어온 관습을 따라 딤즈데일 목사가 선거 축하 설교를 하게 되어 있었다. 이윽고 행렬의 선두가 서서히 전진하는 모습이 보이고 모퉁이를 돌아 장터를 건너 걸어오기 시작했다. 먼저 음악 소리가 들려왔다. 음악은 여러 가지 악기로 구성되어 있었다. 아마 악기와 악기가 서로 조화가 잘 안 되고 그리 능숙한 연주가 아니었는지는 몰라도 북과 나팔의 화음이 군중의 마음을 움직였다는 것과 눈앞을 지나가는 인생의 한 장면에 더욱 높고 영웅적인 기분을 불어 넣어주었다는 것만으로도 목적은 달성한 셈이었다. 어린 펠은 처음에는 손뼉을 쳤으나 마침내 자기를 계속 흥분시켰던 불안한 마음의 설렘을 잠시 잊어버렸다. 아이는 조용히 쳐다보고 물위에 뜬 새처럼 소리의 물결을 타고 위로 위로 오르는 것 같았다. 그러나 아이는 군대의 무기와 투구에 비친 반짝이는 햇빛으로 말미암아 다시금 본래의 기분으로 되돌아왔다. 군대는 악대를 따라 행진하며 행렬의 의장대의 역할을 했다. 아직도 옛날의 영예를 간직하며 단체적 존재를 유지하고 여러 세대를 계속해 내려오는 이 군대는 용병으로 구성된 것이 아니었다. 그것은 무(武)를 숭상하는 정신이 강하고 일종의 육군 사관학교를 설립하려는 사신들로 구성되어 있었고, 그 학교에서는 나이츠 템플러(일종의 종교인 기사단)와 관련해서 과학을 배우고 평화시의 연습이 가르쳐주는 한도 내에서는 전술도 배울 것이었다. 군인들의 자부심 어린 태도에서 당시의 사람들이 군대를 우러러보았다는 사실을 알 수 있었다. 그들 가운데에는 실제로 네덜란드 지방이나 유럽의 이름에 합당한 영예를 얻은 사람도 있었다. 그뿐 아니라 번들거리는 철 갑옷을 입고 번쩍이는 투구 위에는 깃털이 나부끼는 군대의 행렬 전체가 현대의 어떤 군대의 행렬도 못 따를 만큼 찬란했다. 그러나 생각이 깊은 구경꾼들의 눈에는 의장대의 바로 뒤를 따르는 저명하신 고관대작들이 더 볼 만했다. 외모만 보아도 위풍이 당당해서 거기에 비하면 군인들의 발걸음은 오히려 졸렬해 보였다. 당시는 이른바 재능이라는 것이 오늘날보다 천시되고 인격의 안정과 위엄을 유지하여주는 모든 요소가 훨씬 더 중요시되던 시대였다. 백성들은 유산으로 존경심을 물려받았으나 그들의 후손의 대에 이르러서는 존경심이 보잘것없는 것으로 변하고 공직자를 선출하고 평가하는 데에도 별로 힘을 발휘하지 못하게 되었다. 이런 변화란 좋지 않으면 나쁜 것이다. 그러나 어떤 점에서는 좋은 동시에 나쁠 수도 있다. 그 옛날에 이 거친 바닷가에 와서 정착한 영국인들은 왕도, 귀족도, 모든 계급도, 다 두고 왔다. 그러나 존경심과 존경해야겠다는 마음은 그대로 살아서 흰머리와 위엄 있는 노령을 존경하고 꾸준한 성실과 실질적인 지혜와 소박한 경험을 존경하고, 변함없다는 생각과 일반적으로 존경할 만하다는 생각을 불러일으키는 심각하고도 묵직한 질서를 존경했다. 그래서 다음과 같은 초창기의 정치가들— 브래드스트리트, 엔디코트, 두들리, 벨링엄, 기타 등등— 은 백성들에게 선택되어서 집권을 했지만 총명하지 못한 경우가 많았고 지성적인 활동보다도 신중한 진실성이 뛰어났다. 그들은 견실하고 자신이 있어서 어렵거나 위험한 시기에는 국가의 복지를 보호하기 위하여 몰아치는 태풍을 막아서는 절벽처럼 우뚝우뚝 일어서는 것이었다. 이상 설명한 특징들은 식민지 시대의 행정관들의 모난 얼굴과 육중한 체구에 잘 나타나 있었다. 그래서 그들의 위엄 있는 풍채에 관한 한 모국 잉글랜드 사람들도 민주주의의 선구자인 이들이 상원이나 추밀원의 위원으로 뽑히는 것을 부끄럽게 생각할 필요는 없었을 것이다.

행정관들 뒤로 한 탁월한 젊은 목사가 왔다. 그의 입을 통하여 선거 기념 예배 때에 하나님의 말씀을 듣게 되어 있었다. 설교는 그 목사의 전문이고 그는 정치 분야보다도 그 분야에서 그의 지성을 더욱 많이 발휘했다. 동기 여하는 막론하고 성직이란 뭇사람의 존경을 받는 지위로서 야심이 강한 사람에게도 매력적인 직업이었다.

인크리스 마터〔보스턴의 유명한 목사〕의 경우를 보면 정치마저도 세력 있는 목사의 손아귀 안에서 놀아났음을 알 수 있다.

그때에 딤즈데일 목사를 목격한 사람들의 말에 의하면 그가 처음으로 뉴잉글랜드의 바닷가에 발을 디딘 이래로 그렇게 씩씩한 발걸음과 태도로 걷는 것을 처음 보았다는 것이었다. 다른 때처럼 걸음걸이가 나약하지도 않고, 그의 손이 불길하게 가슴 위로 올라가지도 않았다. 그러나 누가 목사를 자세히 관찰했다면, 그의 힘이 육체적 힘이 아니었음을 눈치챘을 것이다. 그의 힘은 아마도 천사가 주는 영적인 힘이었을 것이다. 아니 그것은 도가니처럼 뜨겁고 열이 오래 지속되는 생각과 염원 속에서만 증류하듯이 생겨나는 강심제와도 같은 흥분이었는지도 모른다. 또는 그의 예민한 성격이 하늘을 향해 울려 퍼지며 그를 소리의 파도 위에 싣고 위로 위로 올라가는 듯한 요란한 음악 소리로 말미암아 기운이 난 것인지도 몰랐다. 그러나 그의 평정이 하도 멍청해서 과연 음악을 듣고 있는 것인지 의심이 났다. 그의 몸은 전례 없이 씩씩한 걸음으로 전진하고 있었다. 하나 그의 마음은 어디에 있었을까?

그의 마음은 마음속의 깊고 먼 곳에서 곧 언어로 표현해야 할 즐비하게 늘어선 장엄한 생각들을 다루는 초자연적인 활동으로 바빴다. 그래서 그에게는 아무것도 안 보이고 자기의 주변에 무엇이 있는지도 몰랐다. 그러나 그의 정신적 힘은 그의 나약한 육체를 이끌고, 무거운 줄도 모르게 날아가서, 드디어 육체를 정신으로 변화시킨 셈이었다. 지성이 비상한 사람들이 병들면 가끔 가다가 엄청난 노력을 할 수 있는 힘이 생겨서, 여러 날 동안의 생명을 거기다 기울

254

이고 나서는 더 많은 여러 날을 기력 없이 지낸다.

목사를 물끄러미 바라보던 헤스터 프린은 어디에서 오는지 알수 없는 적막한 느낌에 사로잡혔다. 그이가 자신의 세계와는 너무 멀리 떨어져서 도달할 수 없다는 느낌이 들어서일까? 서로 알아보았다는 것을 알리는 시선이라도 한 번쯤 오고 갔어야지 하고 그녀는 생각했다. 그녀는 호젓한 작은 골짜기가 있어 어두운 숲속을 생각했다. 그러고는 사랑과 괴로움과, 그리고 그들이 손에 손을 잡고 앉아서 그들의 슬픈 사랑의 이야기를, 시냇물의 우울한 속삭임을 불어넣던 이끼 낀 나무줄기도 생각했다. 그때 그들은 서로를 과연 어느 만큼 알았던가? 그래 이 사람이 그 사람이었던가? 이제 그녀는 그를 거의 알 수 없었다. 그는 그야말로 흐르는 음악에 휩싸여 위풍 있고 존엄한 신부들과 발맞추어 자랑스러운 태도로 지나가고 말았다.

도저히 도달할 수 없는 위치에 있는 그이를, 동정을 모르는 그의 사상의 세계에서는 더욱더 도달할 수 없는 그이를, 이제 그녀는 멀리서 그의 사상을 통하여 보았다.

모든 것이 망상이었구나, 그리고 꿈에도 생각하는 대로 목사와 자기 사이에는 아무런 유대도 없구나 하는 생각에 그녀의 의기는 내려앉았다. 헤스터에게도 그만큼 여성다운 데가 있어서 이 순간에는 도저히 그를 용서할 수 없었다. 다가오는 그들의 운명의 발소리는 가까이, 가까이, 그리고 더 가까이 들렸으리라. 그러나 그이는 두 사람의 세계에서 자신을 완전히 후퇴시킬 수가 있었던 것이다. 반면에 그녀는 어둠 속을 헤매며 그녀의 차가운 손을 내밀었지만 그이는 잡히지 않았다.

펄도 엄마의 심정을 알고 목사를 가로막고 있는 거리감과 도달할 수 없다는 느낌을 가졌을 것이다. 행렬이 지나갈 때 아이는 막 날려는 새처럼 푸드득거리고 오르내리며 불안해했다. 행렬이 다 지나갔을 때 아이는 엄마의 얼굴을 쳐다보았다.

"엄마!"

아이는 물었다.

"저분이 냇가에서 나에게 입맞춘 목사님이야?"

"펄! 좀 잠자코 있어라."

어머니는 귀에다 대고 속삭였다.

"숲속에서 일어났던 일을 장터에서 함부로 말해서는 안 돼!"

"나는 그분인지 잘 모르겠어. 참 이상해 보여요."

아이는 말을 계속했다.

"그렇지만 않으면 그분에게 달려가는 모든 사람들 앞에서 입맞추어달라고 할 텐데. 저기 어두운 숲속에서 했던 것처럼 말이야. 엄마! 그러면 목사님이 어떻게 할까? 손으로 가슴을 치고, 얼굴을 찡그리고, 저리로 가라고 했을까?"

"무슨 말을 했겠니, 펄."

헤스터가 대답했다.

"입맞출 때가 아니다, 장터에서 입맞추는 것이 아니다라고밖에는. 바보야, 그렇게 하지 않기를 잘했다."

딤즈데일 목사에 관해서 같은 심정이지만 약간 다른 관점에서 본 견해가 한 인물에 의해서 피력되었는데 그의 괴팍함이라고 할까, 또는 우리가 부르던 대로 정신 이상이라고 할까, 그로 하여금 읍내의 누구도 감히 못 할 짓을 자행하도록 만들었다. 즉 대중 앞에서 주홍글씨를 단 사람과 대화를 하기 시작한 것이다. 그것은 세 겹 주름 깃이며 수놓은 가슴 옷과 화려한 벨벳 옷을 차려입고 금 꼭지가 달린 지팡이를 짚고 나타난 히빈스 노파였다. 그녀는 행렬을 구경하러 앞으로 나왔다. 이 노파는 그 당시에 성행하던 마술의 주인공으로 널리 알려져 있었으므로(그로 인해 마침내 목숨을 잃었지만) 사람들은 길을 비키고 그 옷 주름 사이에 무슨 균이라도 들어 있을까 봐 무서워했다. 헤스터 프린과 같이 있는 것을 보자 많은 사람들이 헤스터에 대해서는 친절한 생각을 가졌지만— 히빈스 노파에 대한 공포심이 두 배로 늘어 장터 안에 두 사람이 서 있는 부분에서 사람들이 모두 뒤로 물러섰다.

"글쎄, 인간의 생각으로는 상상도 못 할 일이에요."

그 노파가 헤스터에게 은밀하게 속삭였다.

"저 거룩한 사람! 정말로 성자같이 보이지요. 지금 그 사람이 행렬에 끼어서 가는 것을 본 어느 누가 얼마 전에 서재를 나와서 히브리어 성경 구절을 입으로 중얼거리며(내 추측이지만) 숲속을 산책했다고 생각하겠습니까? 하하, 헤스터 프린, 우리는 그 이유를 알고 있었지만. 참말로 그것이 동일인이었다고는 믿기 어렵군요. 난 악대 뒤를 따라가는 교인들도 많이 보았는데, 그들은 언젠가 한 사람이 바이올린을 켜고, 인디언 마술쟁이든가 래플랜드의 마술사든가 우리와 함께 춤을 출 때 같은 곡조에 맞추어 춤을 춘 사람들이었다오. 세상을 아는 여자에겐 그 정도는 아무것도 아니죠. 하나 이 목사는! 헤스터, 이 사람이 숲에서 만났던 사람과 동일인이라는 것이 확실하오?"

"부인, 저는 부인이 말씀하시는 뜻을 모르겠습니다."

헤스터 프린은 히빈스 노파가 정신 이상이라고 느끼면서, 그러나 한편으로는 그녀가 많은 사람들과 악마 사이에 개인적인 관계가 있음을 장담하는 자신만만한 태도를 보고 놀랍고 두려운 마음을 가지면서 대답했다.

"저는 딤즈데일 목사님처럼 학식이 높고 경건하신 목사님을 두고 이러니저러니 하고 싶지 않습니다."

"흥, 이것 봐요."

노파는 헤스터를 향해 삿대질을 하며 소리쳤다.

"내가 숲속엘 그렇게 자주 드나들면서 누가 거길 다녀왔는지를 알아낼 만한 재주도 없을라구! 숲속에서 머리에 쓰고 춤추던 화환의 꽃잎이 머리칼에 남아 있지 않아도 말이야! 헤스터, 나는 당신이 숲속에 갔던 것도 알고 있어. 갔던 표가 나거든. 빛이 나면 누구에게나 다 보이지만 어두우면 뻘건 불길처럼 보인다오. 당신은 표를 보라는 듯이 달고 다니니까 말할 필요가 없어요. 그렇지만 이 목사는! 귀를 좀 빌려요, 내가 말해줄 테니. 마왕께서는 딤즈데일 목사처럼 부하가 되기로 약속하고 서명 날인한 뒤에도 계약을 밝히기를 꺼려하는 부하를 보시면 그 표가 대낮에 모든 사람들의 눈에 띄게 만드는 방법이 있으시지. 헤스터, 저 목사가 늘 가슴에 손을 얹고 감추려는 것이 무엇인가, 응?"

"그것이 뭐예요? 히빈스 할머니?"

어린 펄은 정색을 하고 물었다.

"그걸 보셨어요?"

"별것 아니다, 아가."

히빈스 노파는 펄에게 정중하게 인사를 하며 대답했다.

"언제고 아가의 눈으로 보게 될 거야. 사람들이 너는 공기의 왕자 후손이라고들 하던데. 어느 맑게 갠 날 밤에 나와 함께 하늘을 날아서 너의 아버지를 만나러 안 가련? 그러면, 목사님이 어째서 자꾸만 손을 가슴에 대는지 알게 될 거다."

그 이상한 노파는 장터에 있는 모든 사람들에게 들릴 정도로 날카로운 소리로 웃더니 거기를 떠났다. 교회당에서는 이미 개회 기도를 올리고 딤즈데일 목사가 특이한 말투로 설교를 시작하는 소리가 들렸다. 헤스터는 어쩔 수 없는 심정으로 교회당 근처로 갔다. 그러나 사람들로 가득 찬 교회당엔 한 사람이 더 들어설 만한 여지가 없어서 그녀는 처형대 가까이에 자리를 잡고 섰다. 그곳은 목사의 설교가 끝까지 들려올 만한 거리에 있었으나 다양하게 변하는 목사의 특이한 목소리가 명확치 않게 중얼중얼하는 소리로 들릴 뿐이었다. 목소리 자체가 목사의 타고난 소질이었다. 듣는 사람이 설교의 내용은 이해 못 해도 그 음성의 울림과 음색만으로도 감동하여 마음이 움직였다. 다른 모든 음악이나 매한가지로 그의 음성은 교육 여하를 막론한 모든 인간의 심금을 울리는 공통적인 언어로 열정과 애처로움과 고상한 감정과 부드러운 감정을 내뿜었다. 그 소리가 교회당의 벽을 뚫고 나오느라고 작아졌지만, 헤스터 프린은 유심히 듣고 직접 공감하기 때문에 알아들을 수 없는 말 자체는 완전히 떠나서 그 설교의 의미를 시종 이해했다. 오히려 이 말들이 명확히 들렸더라면 조잡한 매체가 되어 영적 의미를 가로막았을지도 몰랐다.

그때 그녀는 바람이 자려고 가라앉는 듯한 저음을 들었다. 이윽고 그 소리는 위로 올라가 감미로움과 박력을 더해가며 위로 위로 상승하더니 마침내는 그 풍부한 음량이 두렵고 엄숙하고 웅장한 분위기로 그녀를 감싸주었다. 그 목소리가 때로는 위엄 있게 울렸으나 본바탕의 나약함은 영원히 감출 수 없었다. 고통을 표현하는 크고 낮은 목소리와 번민하는 인간성의 표현이라고 할 수 있는 속삭이는 소리와 비명 같은 소리는 뭇사람의 심금을 울렸다. 때로는 깊고 애절한 소리만 들리고 적막한 고요 속에서 한숨짓는 소리는 안 들렸다. 그러나 목사의 음성이 높아지고 당당해질 때에도, 그 음성이 억제할 수 없을 정도로 위로 치솟고 교회당을 울리고 벽을 뚫고 밖으로 나가 대기 속에 퍼지려는 듯이 힘차고 폭 넓어질 때에도, 일부러 유심히 들어보면 그 속에서 똑같은 번뇌의 외침을 의식할 수 있었다. 과연 그것은 무엇이었을까? 인류의 위대한 마음을 향해서 한낱 비밀을 호소하는 한 인간의 불평, 그것이 슬픔이든 죄든 순간순간마다 억양을 달리하여 동정과 용서를 구하는 부르짖음은 결코 헛되지 않았다. 목사에게 가장 적합한 힘을 부여한 것은 이 깊고도 끈기 있는 저류(底流)였다.

그동안 내내 헤스터는 처형대 밑에 동상처럼 서 있었다. 목사의 목소리가 그녀를 거기다 붙들어 매지 않았어도 그 장소에는 불가항력의 자력 같은 것이 있었다. 그녀는 치욕의 생애를 거기서 시작했던 것이다. 뜻이 애매해서 하나의 개념이 될 수는 없으나 그녀의 마음을 항상 내리누르는 어떤 느낌이 있었다. 그것은 그녀의 인생의 궤도 전체가 마치 통일을 부여해주는 한 점인 양 이 지점과 연결돼 있다는 느낌을 주었다.

어린 펄은 그러는 동안에 어머니의 곁을 떠나서 장터를 돌아다니며 혼자 놀기 시작했다. 그애는 변덕스럽고 반짝이는 빛을 발하여 사람들을 즐겁게 해주었다. 그애는 마치 깃털이 밝은 새가 빽빽한 나뭇잎들의 어스름 사이를 보였다 안 보였다 하면서 날아다녀 어두운 나무 속을 순간적으로 밝혀주는 것 같았다. 아이의 동작은 파도와 같이 율동적이었으나 때로는 갑자기 급하고 불규칙하게 변했다. 그것은 아이의 가라앉힐 수 없는 활발한 정신을 보여주는 것으로, 오늘은 더군다나 어머니의 초조한 마음과 더불어 고동하기 때문에 지칠 줄을 모르고 팔딱팔딱 뛰었다. 펄은 항상 활기 있게 배회하는 자기의 호기심을 돋워주는 무엇이든지 보기만 하면 그리로 달려가서 사람이든 물건이든 마구 덮치는 것이었다. 그러면서도 자기의 감정에 대한 남의 간섭은 손톱만큼도 허용하지 않았다. 청교도들은 그 아이를 보고 빙그레 웃으면서도 그 아이를 악마의 자손이라고 했다. 그것은 아이의 작은 몸집을 통하여 빛나고 동작과 더불어 반짝이는 형언할 수 없는 아름다움과 괴팍함 때문이었다. 그애는 달려가서 인디언의 얼굴을 쳐다보았다. 그러면 인디언은 자기보다도 더 야성적인 성격을 그애에게서 의식하는 것이었다. 그러고는 천성이 대담하지만 수줍은 데가 있는 펄은 인디언이 육지의 야만인인 것처럼 바다의 야만인인 검은 얼굴의 선원들 사이로 뛰어 들어

갔다. 그러면 선원들은 마치 바다의 물거품이 변하여 아이가 되고, 그 아이가 밤중이면 이물에서 번쩍이는 바다의 불꽃 요정이라도 되는 듯이 놀라고 감탄하는 눈초리로 아이를 쳐다보았다. 그들 중에서 헤스터에게 말을 건넸던 선장이 펄의 모습을 보고 매혹되어 살짝 입을 맞출 생각으로 아이에게 손을 댔다. 그러나 그는 그 아이를 만지는 것은 공중에 나는 새를 잡는 것만큼 어려움을 알고 자기의 모자에서 금 사슬을 떼어 펄에게 던져주었다. 펄은 서슴지 않고 그것을 재치 있게 목과 허리에다 걸었다. 걸자마자 그것은 그 아이의 일부분이 되어 금 사슬 없는 펄은 생각도 할 수 없게 되었다.

"저기 있는 주홍글씨를 단 여자가 네 어머니지?"

선장은 말했다.

"어머니한테 내 말을 전해주겠니?"

"내 맘에 드는 말이라면 전하죠."

펄이 대답했다.

"그러면 이렇게 말을 전해다오."

그는 말했다.

"내가 얼굴이 검고 어깨가 찌그러진 늙은 의사와 얘기했는데, 엄마가 잘 아는 친구분을 자기가 모시고 배에 타겠다고 했으니까, 어머니는 자신과 네 걱정만 하면 된다고 말이다. 그렇게 전할 테냐, 꼬마 마녀야?"

"히빈스 할머니가 말하는데 우리 아버지는 공기의 왕자래요."

펄은 짓궂게 웃으며 큰 소리로 말했다.

"아저씨가 나를 그런 이름으로 부르면 아빠한테 일러바쳐서 아저씨네 배를 태풍으로 날려버리라고 할 테예요."

그 아이는 갈 지(之) 자 걸음으로 장터를 건너 어머니한테로 돌아가서 그 선장이 한 말을 전해주었다. 피할 길 없는 운명의 암담하고 냉혹한 얼굴을 정면으로 보자 헤스터의 억세고 침착하고 꿋꿋하던 인내력도 거의 다 꺾였다. 목사와 자기가 비극의 미궁에서 빠져나갈 길이 열린 듯한 순간에 그녀의 숙명이 냉혹한 웃음을 웃으며 길을 막고 나타나는 것이었다.

선장이 보낸 전갈로 인하여 매우 당황하고 마음이 괴로워진 헤스터는 또 다른 어려움을 겪었다. 주홍글씨에 대하여 허다한 과장되고 거짓된 소문만 듣고 실제로 본 일이 없는 사람들이 각처에서 와 있었는데, 그들이 다른 구경엔 싫증이 나자 무례하게도 마구 헤스터 프린의 주변으로 몰려들었다. 그들이 무례하기는 했으나 몇 미터 안으로는 들어오지 못했다. 그들은 그 거리에 딱 서서 주홍글씨가 그들의 마음속에 일으킨 혐오라는 원심력 때문에 그 이상 접근하지를 못하는 것이었다. 떼를 지은 선원들도 마찬가지로 구경꾼들이 몰려선 것을 보고 주홍글씨의 뜻을 아는지라 그리로 와서 볕에 탄 악당 같은 얼굴들을 구경꾼들 사이로 들이밀었다. 인디언들도 백인들의 냉담한 호기심에 덩달아서 구경꾼들 사이로 미끄러지듯이 끼어들어 와 뱀의 눈 같은 까만 눈의 시선을 헤스터의 가슴에 고정시켰다. 그들은 아마도 화려하게 수놓은 표를 단 사람이 지위가 높은 사람일 것이라고 생각했을 것이다. 마지막으로 읍내의 사람들이(이미 퇴색한 화제에 대한 그들의 흥미가 다른 사람들의 흥미에 공감하여 은근히 되살아났다) 거기로 한가롭게 와 서서 잘 아는 그녀의 부끄러움을 냉정한 시선으로 쳐다봄으로써 누구보다도 더 헤스터 프린을 괴롭혔다. 헤스터는 7년 전에 자기가 옥에서 나오는 것을 보려고 서 있던 아낙네들의 같은 얼굴을 알아보았다. 그들 중에서 제일 나이 어리고 그녀에게 동정심을 표시했던 여자만이 안 보이는데, 그 여인은 세상을 떠나 헤스터가 수의를 지어주었다. 그녀가 주홍글씨를 떼어버리게 될 마지막 순간인데 야릇하게도 그것이 관심과 화제의 중심이 되어 그것을 단 이래 어느 때보다도 그녀의 가슴을 아프게 했다.

헤스터가 교활하고 잔인한 판결로 말미암아 마술적인 치욕의 원 안에 갇혀 있는 동안 훌륭하신 목사께서는 거룩한 성당으로부터 영혼이 자기 손에 의해 좌우되는 청중을 내려다보고 있었다. 교회당 안에는 성자가 된 목사가 있고, 장터에는 주홍글씨를 단 여인이 있었다. 아무리 터무니없는 상상력을 가진 자라고 하여도 어떻게 두 사람의 가슴에 똑같은 낙인이 찍혔다는 상상을 할 수가 있었겠는가!

드러난 주홍글씨의 비밀

듣는 사람들의 영혼을 부풀어오르는 바다의 파도에다 띄운 듯이 둥둥 떠오르게 한 그 유창한 목소리가 잠시 중단되었다. 그 순간 동안은 하늘의 신탁이 있은 뒤처럼 고요하고 심각해졌다. 청중은 자기들을 다른 사람의 마음속으로 들여보냈던 마술로부터 풀려 나와 제정신으로―아직도 두려움과 놀라움에 사로잡혀서―돌아온 사람들처럼 소리를 억제하며 웅성거리고 중얼거렸다. 잠시 후엔 무리가 교회당 밖으로 쏟아져 나오기 시작했다. 설교가 끝난 뒤라 사람들은 목사가 불 같은 말로 변화시키고 자기의 사상으로 색칠했던 분위기에서 나와 험한 세상살이로 되돌아온 자기들의 생을 맞이하기에 알맞은 호흡을 하지 않으면 안 됐다. 밖으로 나오자 그들의 황홀한 기분이 말로 표현되기 시작했다. 거리도 장터도 이 끝에서 저 끝까지 목사를 칭찬하는 말로 떠들썩했다. 그의 설교를 들은 사람들은 제각기 남보다 더 잘 안다고 생각하는 내용을 죄다 털어놓을 때까지는 결코 말을 그치지 않을 것이었다. 그들의 증언을 한데 묶어본다면 오늘의 설교자만큼 현명하고, 고상하고 거룩한 정신으로 설교한 사람을 처음 보았다는 것이요, 그분처럼 명백하게 인간의 입을 통하여 영감을 쏟아놓은 사람도 없었다는 것이었다. 성령이 정말 목사에게로 내려와서 그를 사로잡고 그의 앞에 놓여 있는 설교문으로부터 그를 떼어놓고 청중도 자신도 황홀케 만들 놀라운 생각을 그에게 불어넣어주는 것이 그들의 눈에 뚜렷이 보였다는 것이다. 그의 설교 제목은 신과 인간 사회의 관계에 대한 것으로, 당시 황야에 정착해 있던 뉴잉글랜드 사람들에 대하여 특별히 언급했다. 설교가 끝날 무렵 예언의 성령이 그에게 임하여 옛날 이스라엘의 선지자들로 하여 예언케 했듯이 그로 하여 예언케 한 것이다. 한 가지 다른 점이 있다면 이스라엘의 선지자들은 그 나라의 심판과 멸망을 예언했으나 목사는 새로 모인 주님의 백성들에게 영광의 미래가 있음을 예언한 점이었다. 그러나 시종일관 그의 설교 속으로는 그 슬픈 비애의 저음이 깊이 흐르고 있었다. 그것은 곧 떠나버리려는 사람이 느끼는 당연한 심정이라는 느낌이 들었다. 그렇다, 그들은 목사를 그토록 사랑하고 사랑하여 슬픈 한숨 없이는 헤어지지 못할 형편이었다. 그런데 목사가 불현듯 세상을 떠날지도 모른다는 징조가 보여 눈물의 작별이 예측되었다. 목사는 이 세상에 오래 있지 못할 것이라는 생각이 그의 설교의 힘을 더 크게 해주었으리라. 그것은 마치 하늘을 향해 날던 천사가 사람들 위에서 밝은 날개를 잠시 동안 흔들어 그들에게 황금의 진리를 비처럼 내려준 셈이었다.

이리하여 딤즈데일 목사에게는— 먼 훗날에 겨우 깨닫는 뭇사람의 경우나 마찬가지로— 전에도 없었고 후에도 없을 찬란하고도 승리에 가득 찬 시기가 마침내 왔다. 이 순간에 그는 가장 자랑스럽고 높은 자리에 섰다. 초창기의 뉴잉글랜드에서는 정성과 풍부한 학식과 남을 감동시키는 웅변과 결백하고 성스럽다는 명성만 있으면 그이와 같은 위치에 오를 수 있었다. 그 당시에는 목사라는 직업 자체가 목사를 높여주는 받침대였다. 선거 축하 연설을 끝내고 목사가 기도하려고 강단 위의 쿠션에 머리를 대던 순간은 바로 그가 이와 같은 위치에 올라간 순간이었다. 그동안 헤스터 프린은 처형대 옆에 서 있었고 주홍글씨는 아직도 그녀의 가슴에서 타고 있었다.

다시 음악 연주가 시작되고 질서 정연한 의장대의 발소리가 교회당 앞에서 울려 나왔다. 이제 행렬은 공회당으로 향하고 엄숙한 잔치를 베풀어 그날의 경축식을 끝낼 것이었다.

그래서 다시 존귀하고 위엄 있는 목사님들이 군중 사이를 뚫고 움직이는 것이 보였다. 장관과 행정관들과 현명하신 노인들과 성스러운 목사님들과 저명한 인사들이 군중 사이로 나아갈 때 군중은 경건한 마음으로 좌우로 물러섰다. 그들이 장터로 들어서자 군중은 환호성으로 그들을 맞이했다. 그 시대가 집권자들로 하여금 누리게 해준 백성들의 천진스러운 애국심이 가열된 때문이기는 했으나, 본시는 아직도 귀에서 쟁쟁 울리는 목사의 높은 웅변이 청중의 마음속에다 불을 질러서 일어난 억제할 수 없는 정열의 폭발이라는 느낌이 들었다. 사람들이 각각 스스로 충동을 느끼고 동시에 남에게서도 충동을 느꼈다. 교회당이 억제치 못하여 밖으로 나온 열정은 하늘의 정점까지 솟아올랐다. 충분한 수의 인간들과 고조된 교향악과 같은 그들의 감정이 질풍이나 뇌성이나 사나운 파도 소리 같은 우렁찬 자연의 풍금 소리보다도 더 엄청나게 큰 소리를 낸 것이었다. 그 위력 있는 허다한 목소리의 흉용함이 여러 마음을 하나의 위대한 마음으로 만드는 공동의 충동으로 말미암아 하나의 목소리로 합쳐진 것이다. 뉴잉글랜드의 땅에서 그와 같은 환호성이 울려보기는 처음이었다. 한 목사가 믿음의 형제들로부터 그토록 높은 영예를 받은 일도 처음이었다.

그러면 이 순간에 목사 자신은 어떠했는가? 그의 머리 위에서는 후광이 비치지 않았던가? 성령으로 말미암아 성결되고 존경하는 사람들로 말미암아 신격화한 목사의 발이 과연 땅의 먼지를 밟고 있었던가?

군인들과 높은 관리들이 행진해 올 때 모든 시선이 그들과 함께 행진하는 목사에게로 쏠렸다. 사람들의 시선이 목사에게 집중되자 환호성은 중얼중얼하는 낮은 소리로 변했다. 그렇게 의기가 양양하던 목사가 어쩌면 그토록 창백하고 나약해 보일까? 그의 힘이, 아니 오히려 하늘의 거룩한 계시를 전하도록 그에게 힘을 주고 그를 붙들어주었던 영감이 이제는 책임을 다했다고 그를 떠난 느낌이었다. 거기에 헤스터가 어린 펄의 손을 붙잡고 서 있었다. 목사는 잠시 걸음을 멈추었다. 악대는 웅장하고 쾌활한 행진곡을 연주하고 사람들은 음악 소리에 발 맞추어 움직이고 있었다. 음악 소리는 목사를 앞으로 경축장으로 이끌었으나 목사는 거기에 서버렸다.

벨링엄은 잠시 동안 목사를 지켜보았다. 그는 부축을 해주지 않으면 목사가 쓰러질 것이라는 생각으로 대열에서 자기의 위치를 떠나서 앞으로 걸어 나왔다. 장관은 마음과 마음이 통하는 암시 따위로 움직이는 유의 사람이 아니었으나, 목사의 표정은 장관이 앞으로 나오지 못하도록 경고하는 암시를 보냈다. 그동안 군중은 두렵고 놀란 마음으로 쳐다보았다. 그들은 목사의 세상에서의 현기증은 그가 가진 영적인 힘의 일면이려니 하고 생각하는 듯했다. 목사의 모습이 희미하게 커지며 밝아져서 하늘의 빛 속으로 사라져 승천한다고 해도 사람들은 이 거룩한 목사에게는 합당한 일이라고 생각할 것이었다.

목사는 처형대 쪽을 향하고 두 팔을 벌렸다.

"헤스터."

그는 말했다.

"이리 와요! 내 어린 펄아, 너도 이리 오너라!"

그들을 쳐다보는 목사의 표정은 창백했다. 그러나 그 표정은 부드럽고 이상할 정도로 의기양양했다. 아이는 타고난 성격대로 새처럼 민첩하게 목사에게로 달려가 그의 다리를 쓸어안았다. 헤스터 프린은 본의는 아니지만 저항할 수 없는 운명의 힘에 순응하는 듯 서서히 다가오다가 중간에 섰다. 그 찰나에 늙은 로저 칠링워드가 군중 속에서 달려 나왔다. 아니, 오히려 그의 용모가 하도 어둡고 흉악해 보여서 마치 지옥에서라도 솟아 나와 자기의 희생물을 덮치려는 듯했다. 어쨌든 이 늙은이가 달려 나와 목사의 팔을 붙잡았다.

"부인! 잠깐만! 무엇을 하려는 거요?"

그는 작은 소리로 말했다.

"저 여자를 오지 못하게 손짓하시오! 그애를 떨어버리시오! 그러면 모든 일이 무사해질 거요. 당신의 명예를 더럽히고 불명예스럽게 멸망해서는 안 되오! 당신은 거룩한 성직에다 오명을 씌울 작정이오?"

"아, 유혹하지 말라! 너는 이미 늦었다!"

목사는 그의 눈을 무섭게 그리고 단호하게 부릅뜨고 말했다.

"너의 힘도 이젠 전과 같지 않아! 나는 이제 하나님의 도우심으로 너의 손아귀에서 벗어날 것이다!"

목사는 다시금 주홍글씨를 단 여인에게 손을 내밀었다.

"헤스터 프린."

그는 가슴을 에는 듯한 목소리로 간절히 외쳤다.

"무거운 죄와 번민 때문에 7년 동안 못 하고 있던 일을 이제 할 수 있는 은혜를 베풀어주신 무섭고도 자비로우신 하나님의 이름으로 이르노니, 헤스터, 지금 이리로 와서 당신의 힘으로 나를 부축하여주오! 그러나, 헤스터, 당신의 힘은 나에게 허락하신 하나님의 뜻을 따라 인도를 받아야 합니다. 이 억울함을 당한 불쌍한 늙은이는 있는 힘을 다하고 악마의 힘까지도 빌려서 하나님의 뜻을 거역했소. 헤스터, 어서 이리 와서 나를 처형대 위에다 올려놔주구려."

군중은 웅성거렸다. 목사 앞에 서 있던 높으신 어른들은 깜짝 놀라서 무슨 영문인지를 모르고 목사의 설명이 사실이건만 이를 믿지 못하고 바야흐로 벌어지려는 하나님의 심판의 구경꾼이 되었다. 사람들은 목사가 헤스터의 어깨에 기대고 그녀의 팔의 부축을 받으며 처형대로 가서 층계를 오르는 것을 지켜보았다. 그 죄와 슬픔의 연극과 관련이 있는 칠링워드도 그들의 뒤를 따랐다. 그들은 그 연극의 배역이었으므로 마지막 장면에 나타날 자격이 있었다.

"그대가 온 세상을 찾아다녀도 숨을 곳은 없었을 거야. 이 처형대를 제외하고는 높은 곳에도 낮은 곳에도 나를 피할 곳은 없었을 거야."

그는 어두운 표정으로 목사를 쳐다보며 말했다.

"나를 이리로 이끌어주신 하나님께 감사하노라!"

목사가 대답했다.

그러나 그의 목소리는 떨렸다. 그리고 헤스터를 쳐다보는 그의 표정이 의심과 불안으로 가득 찼으나, 입가에는 분명히 미소가 어렸다.

"이것이 차라리 낫지 않소?"

목사는 중얼거렸다.

"우리가 숲속에서 계획했던 것보다 말이오."

"모르겠어요."

그녀는 빨리 대답했다.

"더 좋다고요? 네, 그래서 우리는 함께 죽을 수 있고요, 펄도요!"

"당신과 펄은 하나님께서 명하는 대로 해요."

목사가 말했다.

"하나님은 자비로우세요. 하나님께서 내게 분명히 보여주신 뜻대로 행하여주오. 헤스터, 나는 죽을 사람이오. 그러니 나의 수치를 내가 빨리 겪도록 내버려두오."

한편으론 헤스터 프린의 부축을 받고 한 손으론 펄의 손을 붙잡고 딤즈데일 목사는 위엄 있고 존귀한 통치자들과 거룩한 목사들에게로 그리고 시민들에게로 그의 얼굴을 돌렸다. 시민들은 죄도 많지만 번뇌도 참회도 많은 인생의 어떤 사건이 눈앞에 전개되려는 것을 알고 적이 놀랐으나 너그러운 동정심을 보여주었다. 정오의 태양은 내리쬐어 하나님의 심판대에 오른 목사를 땅에서 솟아 나온 듯이 두드러져 보이게 했다.

"뉴잉글랜드의 주민 여러분!"

그들 위로 울려 퍼지는 높고 엄숙하고 장엄하면서도 항상 떨리는 목소리로, 그리고 깊은 후회와 두려움에서 벗어나려고 할 때에는 비명처럼 변하는 목소리로 목사는 외쳤다.

"저를 사랑해주시고, 저를 성스럽다고 여겨주시던 여러분, 저를 보십시오. 저는 죄인입니다. 7년 전에 섰어야 할 이 자리에 지금 비로소 섰습니다. 이 무서운 순간에도 여기 서 있는 이 여인은 내가 여기를 기어오르던 힘보다 더 억센 힘으로 내가 엎어질까 봐 부축해주고 있습니다. 헤스터가 달고 있는 주홍글씨를 보십시오. 여러분은 그걸 보고 몸서리치셨습니다. 그녀의 발걸음이 어디를 가도, 무거운 짐을 진 그녀가 어디서 휴식을 원해도 주홍글씨는 그녀의 주변에다 두려움과 공포의 빛을 던졌습니다. 그러나 여러분 가운데에 수치의 표를 가진 자가 또 하나 있었는데 여러분은 그 사람을 두려워하지 않았습니다."

여기서 목사는 말을 그치고 비밀을 안 밝히려는 것처럼 보였다.

그러나 그는 자기를 삼키려는 기진맥진함을 극복하고 나약해지려는 마음을 가다듬고, 자기를 부축하려는 손을 뿌리치며 모녀가 있는 앞으로 나섰다.

"그 표는 이 사나이에게도 있었습니다!"

매섭게 그리고 죄다 말하고야 말리라는 굳은 결심으로 그는 말을 계속했다.

"하나님께서는 그것을 보셨습니다. 천사들은 항상 그 표를 가리켰습니다. 마귀들도 그것을 보고 손가락질하며 괴롭혔습니다. 그러나 그 사람은 교묘하게 남의 눈을 피하고, 죄 많은 세상에서 그토록 순결하여 영혼이 괴롭다는 태도로, 또는 죄 많은 세상에는 하늘나라 백성들이 없어서 외롭다는 태도로 여러분들의 사이로 걸어다녔습니다. 지금 죽을 시간을 당하여 그 사람이 여러분의 앞에 섰습니다. 그 사람이 여러분에게 헤스터의 주홍글씨를 보라고 합니다. 또 그 사람은 헤스터의 주홍글씨가 자기의 가슴에 찍힌 낙인에 비하면 그림자에 불과한 것이고, 그 낙인 자체도 마음속에 찍힌 낙인의 그림자라고 말합니다. 죄에 대한 하나님의 심판을 믿지 않는 분이 계십니까? 여기를 보십시오. 무서운 증거가 여기에 있습니다."

목사는 가슴에 걸었던 목사임을 표시하는 띠를 확 뜯어버렸다. 이윽고 그것이 드러났다. 그것은 말하기조차 불경스러운 것이었다. 공포에 질린 사람들의 시선이 잠시 동안 이 끔찍스런 기적 위에 집중되었다. 한편 목사는 고통스럽던 위기를 극복하고 마침내 승리를 거둔 사람처럼 빛나는 얼굴을 하고 서 있었다. 다음 순간에 그는 처형대 위에 쓰러졌다. 헤스터는 그의 몸을 반쯤 일으키고 그의 머리를 가슴으로 받쳐주었다. 늙은 로저 칠링워드는 그의 옆에서 무릎을 꿇었다. 그의 넋을 잃은 표정은 이미 생명이 떠난 사람의 표정이었다.

"기어이 내 손에서 벗어났군!"

그는 여러 번 되풀이했다.

"기어이 내 손에서 벗어났어!"

"하나님께서 당신의 죄를 용서하시기를 비오!"

목사가 말했다.

"당신도 죄를 많이 지었소!"

목사는 임종의 시선을 노인에게서 돌려 어머니와 아이를 향했다.

"내 어린 펄아, 이젠 나에게 입을 맞추어주겠느냐? 저기 숲속에서는 안 맞추려고 했지. 지금은 맞추어주련?"

그는 기운 없이 말했다. 깊이 잠든 영혼처럼 얼굴에는 상냥하고 부드러운 미소가 어리었다. 번뇌의 짐도 벗은지라 이제는 아이와 장난칠 마음도 생겼으리라.

펄은 그의 입술에 입맞추었다. 그 순간에 아이에게 내렸던 마술이 풀렸다. 그 야성적인 어린애가 슬픈 장면을 겪고 나서 동정심이 생긴 것이다. 아이의 눈물이 아버지의 뺨 위로 흘렀을 때 아이는 인간의 기쁨과 슬픔 가운데서 자라고 다시는 세상 사람과 다투지 않으며, 세상에서 한 여인이 되겠다고 맹세한 것이었다.

"헤스터."

목사가 말했다.

"부디 잘 있어요."

"다시는 만나지 못합니까?"

그녀는 얼굴을 그의 얼굴에다 갖다 대고 작은 소리로 말했다.

"영원한 생을 같이 살게는 되지 않습니까? 우리는 이 모든 고통으로 속죄를 한 셈이 아닙니까? 당신은 그 반짝이는 임종의 눈으로 영원한 세계를 바라다보시는군요. 무엇이 보이는지 말씀해주세요."

"조용히! 헤스터!"

목사는 떨리는 엄숙한 목소리로 말했다.

"우리가 어긴 법이 보이오! 우리가 범한 무서운 죄도 보이고! 이 사실을 당신은 잊지 마시오! 아, 염려가 됩니다. 우리들이 하나님을 잊어버리고, 남의 영혼에 대한 존경심을 저버렸을 때 우리는 벌써 순결하고 영원한 결합을 하리라는 희망을 잃었나 보오. 하나님은 아십니다. 그분은 자비하십니다. 내가 괴로울 때 자비를 베풀어 주셨어요. 나에게 화형처럼 괴로운 고통을 가슴에 달고 다니게 했습니다. 저 거무튀튀하고 무서운 늙은이를 보내어 나에게 계속해서 고통을 주었어요. 그리고 마침내는 나를 이리로 데려와서 승리한 사람의 죽음을 죽을 수 있게 해주었습니다. 만일에 이 중의 어느 하나라도 빠졌더라면 나는 영원히 잃어버린 사람이 되었을 것이오. 그의 이름을 찬양하고 그의 뜻이 이루어지이다! 그럼 잘 있어요!"

그 마지막 한마디와 함께 목사의 숨은 끊어졌다. 그때까지 잠잠하던 사람들이 별안간 두려움과 놀라움을 나타내는 이상한 깊은 목소리를 발했다. 영혼이 떠나던 순간에 무슨 말을 외칠지 모르는 무리가 무엇이 무겁게 굴러가는 듯한 신음 소리와도 같은 소리를 질렀던 것이다.

결론

　사람들이 앞서 말한 사건에 대한 자기들의 생각을 정리할 만한 시간이 흐른 여러 날 뒤에 처형대 위에서 일어났던 일에 대한 설명이 여러 가지로 나타났다.

　대부분의 목격자들은 그 불행한 목사의 가슴팍에 헤스터 프린이 달았던 것과 흡사한 주홍글씨가 찍혀 있었다고 증언했다. 주홍글씨의 기원에 대한 구구한 설명들은 거의가 상상에 불과했다. 어떤 사람들의 말에 의하면 헤스터 프린이 처음으로 치욕의 표시를 달던 날에 딤즈데일 목사는 자기의 몸에 무서운 고통을 가하며 참회를 시작했고, 그 후에는 여러 가지 사소한 방법으로 고행을 계속했다는 것이다. 어떤 사람들은 그 낙인이 나타난 것은 오랜 시간이 흐른 후였다고 주장했다. 능숙한 마술사인 로저 칠링워드가 마술과 독기 있는 약물을 써서 그 표가 나타나게 했다는 것이다. 또 어떤 사람들은—이들은 목사가 특이한 민감성을 가졌다는 것과 그의 정신이 육체에 놀라운 작용을 한다는 것을 누구보다도 잘 이해하는 사람들이었다—그 끔찍한 낙인은 목사의 참회의 이빨이 낸 자국이라고들 소곤거렸다. 항상 작용하는 참회의 이빨이 마음속 깊은 데서부터 밖을 향하여 좀먹어 나와서 마침내는 그 글씨를 드러내고 하늘의 무서운 심판임을 밝혔다는 것이다. 어느 설을 선택하느냐는 독자들의 마음에 달렸다. 그 일에 대해서 우리가 밝힐 것은 다 밝힌 셈이니까, 너무 골똘히 생각하여 뇌리에 박히듯이 강해진 인상을 이제는 지워버리는 것이 좋겠다.

그런데 이상한 것은 그 장면을 끝까지 목격했고 목격하는 동안 잠시도 시선을 딤즈데일 목사로부터 돌리지 않았다고 주장하는 사람들이 갓난아기의 가슴에 아무런 표도 없듯이 목사의 가슴에도 아무런 표가 없었다고 말하는 것이다. 또 그들이 전하는 바에 의하면 목사가 임종시에 한 말이 헤스터 프린이 주홍글씨를 단 일과는 아무런 상관도 없을 뿐더러 그런 암시조차도 하지 않았다는 것이었다. 매우 존경할 만한 이 목격자들의 말에 의하면 목사는 자기가 죽을 것을 알고 또 사람들이 존경하는 나머지 자기를 성자나 천사처럼 여긴다는 것도 알고 자기가 타락한 여자의 품에서 숨을 거둠으로 말미암아 인간이 택하는 의(義)란 별것이 아니라는 교훈을 사람들에게 보여주고 싶었다는 것이다. 인류의 영혼을 위하여 인생을 바치고 나서 그는 자신이 죽는 방법을 하나의 비유로 삼아 무한한 순결의 견지에서 볼 때 우리는 모두가 똑같은 죄인이라는 위대하고도 슬픈 교훈을 자기의 교우들의 머릿속에 새겨주고 싶었던 것이다. 우리들 중에 아주 거룩한 자가 있었다고 하여도 그것은 그로 하여금 하나님의 자비를 좀 더 잘 깨닫게 하려고 그를 동료보다 높은 경지에 이르게 함이요, 항상 커 보이는 인간의 공(功)이 사실은 환상에 불과하므로 그로 하여금 좀 더 잘 깨닫게 하려 함이었다는 것이다. 우리는 이 이야기의 사실 여부에 대하여 이러쿵저러쿵 하지 말고, 딤즈데일 목사의 이야기를 고집불통의 충성심을 주제로 하는 한낱 이야기에 불과한 것으로 돌리자. 그 고집불통의 충성심이란 한 사람의 친구들, 특히 한 목사의 친구들이 주홍글씨와 같은 뚜렷한 증거로 말미암아 목사는 거짓되고 죄에 물든 티끌 같은 인생임을 드러내는 데도 아랑곳없이 계속하여 목사의 인격을 높이 보려고 하는 그런 종류의 충성심을 말한다.

우리가 지금까지 묘사한 이야기의 근거는, 옛 문헌으로서 헤스터 프린을 직접 아는 사람들과 그 당시의 증인으로부터 이야기를 들은 사람들의 증언을 수록한 것이었는데, 이 책에서 취한 견해가 전적으로 옳다는 것을 확인했다. 이 가엾은 목사의 비참한 경험이 우리에게 주는 여러 가지 도덕적 교훈 가운데서 한 가지만을 말로 적어 본다면 다음과 같다.

"참되어라! 참되어라! 또 참되어라! 그리고 죄악의 죄는 아니라도 죄악의 죄가 될 수 있는 요소는 서슴지 말고 세상 사람들에게 알려라!"

딤즈데일 목사가 죽은 뒤에 로저 칠링워드라는 노인의 용모나 행실에 나타난 변화는 이루 말할 수 없이 현저한 것이었다. 그의 모든 힘과 정력, 생명의 힘과 지성의 힘이 당장에 그에게서 떠나는 듯했다. 뿌리가 뽑힌 잡초가 볕에서 말라비틀어지듯 그는 실제로 시들고 오그라들어서, 거의 인간의 시야에서 사라졌다. 이 불행한 사나이는 원수를 찾아서 보복하는 것을 생의 원리로 삼았다. 그러므로 그 악의 원리가 최고의 복수를 하여 완전한 승리를 거두고 이상더 할 일이 없어졌을 때, 다시 말해서 이 세상에 할 악의 일이 없어졌을 때 비인간화된 인간에게 남은 일은 상전인 악마가 일을 주고 보수를 주는 곳으로 가는 것뿐이었다. 그러나 이 모든 어두운 인생들에게— 로저 칠링워드, 딤즈데일, 헤스터 프린 같은— 우리는 자비를 베풀고 싶다. 사랑과 증오는 근본에서 하나가 아니냐 하는 문제는 흥미 있는 관찰과 연구의 제목이다.

사랑과 증오가 최대한으로 발전하면 각각 고도의 친밀감과 마음의 이해를 생각하게 되고 애정과 정신 생활의 양식을 갈구하여 서로 의존하게 된다. 그리고 사랑과 증오도 그 목적을 철회하면 사랑하는 자도 미워하는 자도 외롭고 쓸쓸하여진다. 그래서 철학적으로 생각하면 애증의 열정은 근본적으로 같은 것 같다. 다만 다른 데가 있다면 전자는 하늘나라의 광채 속에 나타나고, 후자는 어둡고 이글이글 타는 불 속에 나타난다는 점뿐이다.

그런고로 늙은 의사와 목사는 서로가 희생자였으나, 영적인 세계에서는 지상에서의 증오와 반감이 황금빛 사랑으로 변하는 것을 볼 것이다.

이 토론은 그만하고, 우리는 독자에게 알릴 말이 있다. 로저 칠링워드는 그로부터 1년이 못 된 어느 날 세상을 떠나면서 유언을 남기고— 벨링엄 장관과 윌슨 목사가 유언 집행자가 되었다— 뉴잉글랜드와 잉글랜드에 있는 꽤 많은 재산을 헤스터 프린의 딸인 어린 펄에게 물려주었다.

그래서 펄은 그 당시까지도 사람들은 그애는 악마의 자손이니, 요정 꼬마니 했지만 신세계(미국)에서 그 당시에 가장 유산이 많은 아가씨가 되었다. 형편이 이렇게 돼서 사람들의 견해가 실질적으로 달라진 것은 물론이려니와 그 모녀가 그저 여기에 남아 있었더라면 어린 펄은 혼기가 되어 그녀의 야성적인 혈통을 아주 엄격한 청교도의 혈통과 짝지었을지도 모를 것이었다. 그러나 의사가 죽은 후 얼마 안 되어서 주홍글씨를 달았던 여인은 펄과 함께 어디론가 사라졌다. 여러 해 동안 애매한 소식이 바다 위를 떠도는 이름자가 새겨 있는 나뭇조각처럼 대양을 건너오기는 했으나 확실성 있는 소식은 하나도 없었다. 주홍글씨의 이야기는 마침내 전설이 되었다. 그러나 주홍글씨의 마력은 아직도 살아서 가엾은 목사가 죽은 처형대를 무서운 곳으로 만들고, 헤스터 프린이 살았던 바닷가의 오막살이도 역시 무서워서 사람들이 접근하기를 꺼리게 만들었다.

어느 날 오후에 아이들이 그 오막살이 근처에서 놀다가 회색 옷을 입은 키 큰 여자가 문으로 다가가는 것을 보았다. 그 오랜 세월 동안 그 문이 한 번도 열린 일이 없었다. 한데 그녀가 문을 땄는지 삭은 문과 자물쇠가 그녀의 손이 닿을 때 저절로 열렸는지 또는 이런 장애물들의 틈으로 미끄러져 들어갔는지 어쨌든 그녀가 집 안으로 들어갔다.

문지방에서 그녀는 걸음을 멈추고 반쯤 돌아섰다. 너무나도 변했지만 옛 추억을 되살아나게 하는 그 집에 혼자 들어간다는 생각이 견딜 수 없이 슬프고 쓸쓸해서였는지도 몰랐다. 그녀의 머뭇거림은 잠깐이었으나 가슴에 달린 주홍글씨는 충분히 보였다.

드디어 헤스터 프린은 돌아와서 오랫동안 저버렸던 수치의 주홍글씨를 다시 단 것이었다.

그렇지만 어린 펄은 어디에 있었을까? 아직 살아 있다면 그녀는 틀림없이 성숙한 여자가 되었을 것이었다. 그 요정 꼬마가 때 아닌 죽음을 당하여 처녀로 무덤에 묻혔는지 또는 그녀의 야성적인 성격이 누그러지고 부드러워져서 여자로서의 행복을 누리게 되었는지 그것은 아는 사람이 없었다. 확실한 소식을 들은 사람이 없었던 것이다. 그러나 헤스터의 여행을 통하여 보면 속세를 버린 그 주홍글씨의 여자가 먼 나라에 사는 어떤 사람의 사랑을 받고 있다는 증거가 나타나 있었다.

영국의 문장학(紋章學)에는 알려지지 않았지만 문장이 찍힌 편지들이 왔다. 오막살이 안에는 안락을 위한 사치스런 물건들이 있었는데, 헤스터가 즐겨 쓸 물건은 아니었으나 부자가 아니면 살 수 없고 사랑하는 사람이 아니고는 생각하지 못했을 물건들이었다. 조그만 장식품이나 두고두고 기억할 아름다운 물건들도 있었다. 이것들은 틀림없이 사랑하는 사람이 만들고 싶어서 섬세한 손가락으로 만든 물건이었으리라. 그리고 언젠가는 헤스터가 아기의 옷에 수를 놓고 있는 것이 보였다. 어떤 아기가 그런 옷을 입고 우중충한 우리 동네에 나타났다가는 한바탕 떠들썩했을 화려하고 예쁜 황금빛 수를 놓은 옷이었다. 요컨대 당시의 사람들이 진심으로 믿은 사실은 펄이 살아 있을 뿐만 아니라 결혼도 했고, 행복했고, 어머니를 생각했다는 것과, 어머니가 함께 계셨더라면 그 슬프고 외로운 어머니를 즐겁게 위로해드렸으리라는 것이다.

그러나 펄이 가정을 꾸민 이국 땅에서보다 헤스터 프린을 위해서는 더 진정한 인생이 여기 뉴잉글랜드에 있었던 것이다. 여기에는 그녀의 죄가 있고, 슬픔이 있고, 속죄도 있었다. 그래서 그녀는 강철 같은 시대에 엄격한 관리들이 명해서가 아니라 자의로 돌아와서 우리가 그토록 우울하게 이야기한 표를 다시 단 것이다. 그 후로는 그 표가 그녀의 가슴을 떠난 일이 없다. 그러나 헤스터의 일생을 이룬, 애쓰고, 사려 깊고, 헌신적인 여러 해가 지나가는 동안에 주홍 글씨는 세상의 멸시를 받는 낙인이기를 끝내고 사람들이 슬픔에 대한 동정을 하고 두려운 마음으로 우러러보고 경의도 표하는 표적이 되었다. 그리고 헤스터 프린은 욕심도 없고, 자기만이 이롭고 즐겁게 살지도 않았기 때문에, 사람들은 그들의 모든 슬픔과 괴로움을 가지고 와서 그녀에게 인생고를 겪은 사람으로서의 충고를 부탁했다. 특히 여인들이 많이 헤스터의 오막살이로 찾아와서 그들이 불행해야 할 까닭이 무엇이며 어떻게 하면 그 불행에서 벗어날 것이냐를 물었다. 그들은 사랑이 상처를 입었거나, 사랑을 헛되이 낭비했거나 사랑을 잘못했거나, 사랑으로 말미암아 죄를 짓는 시련을 겪은 여인들이었다. 어떤 여인은 아무도 귀히 여겨주지 않고 찾아주지도 않아서 사랑을 바칠 길이 없는 슬픔을 호소했다. 헤스터는 진심으로 그들을 위로하고 충고도 해주었다. 좀 더 밝은 시대가 오고 이 세상이 성숙해져서 하나님의 뜻이 이루어지면 새로운 진리가 나타나서 서로가 행복한 터전 위에서 남녀의 관계가 이루어진다는 것을 자신의 좋은 믿음으로 보증하여주었다. 젊었을 때는 헤스터가 자기는 하늘이 정한 예언자일지도 모른다는 부질없는 생각을 했지만, 이제 는 수치로 머리 숙이고 일생 동안 슬픈 짐을 진 죄 있는 여자가 갸 륵하고 신비한 진리를 전하는 사명을 다하기는 불가능하다는 것을 깨달은 지가 오래되었다. 장차 하나님의 계시를 전할 천사와 사도 는 정녕 여성이어야 할 것이다. 그러나 고상하고 순결하고 아름다 운 여자이어야 하고, 어두운 슬픔으로 말미암지 않고, 하늘나라의 기쁨으로 말미암아 현명하고, 진정한 실험을 통하여 신성한 사랑이 인간을 얼마만큼 행복하게 해주는가를 보여주는 여성이어야 한다.

헤스터 프린은 그렇게 말하고 가슴에 달린 주홍글씨를 슬픈 눈으 로 내려다보았다. 여러 해 뒤에 킹스 채플이 세워진 곳에 인접한 묘 지 안, 오래되어서 가라앉은 어떤 무덤 옆에다 새 무덤 하나를 팠다. 잠든 두 시체가 합칠 권리가 없다는 듯이 오래된 무덤과 새 무덤 사 이에는 간격이 있었다. 그러나 두 무덤을 위한 묘비는 하나뿐이었다. 둘레에는 문장이 새겨진 묘비들이 총총히 서 있었으나, 한 장의 석판 으로 된 이 비석에는 관심 있는 조사자라면 발견하겠지만 뜻을 몰라 서 갸우뚱할, 방패를 새겨놓은 것 같은 무늬가 나타나 보였다. 거기 에는 명구(銘句)가 들어 있었고 그 명구의 내용을 표어라고 볼 수도 있고 우리가 지금 끝맺는 이야기의 간추림이라고 볼 수도 있었다. 말 할 수 없이 음침한 비석에 가까이 가보면 검은 바탕보다도 음침한 영 원히 불타는 주홍글씨의 빛으로 간신히 구제하고 있을 따름이었다.

〈검은 바탕에 주홍글씨 A〉

작품 해설

1850년에 출판된 너새니얼 호손의 첫 번째 장편 소설《주홍글씨 (The Scarlet Letter)》는 한마디로 말해서 상징적인 윤리 소설이라고 할 수 있다. 우선 상징적이란 말은 이 소설이 상징으로 시작해서 상징으로 끝나기 때문이다. 여주인공인 헤스터 프린의 가슴에 시종일관 붙어 다니는 주홍글씨 A자는 Adultery의 머릿글자로 간음이란 뜻이다. 그러나 이 글씨는 헤스터의 굴할 줄 모르는 참회의 의지로 말미암아 사람들의 마음속에서 저주의 A자로부터 Able(유능함)의 A자로, 심지어는 Angel(천사)의 A자로 승화되어간다.

《주홍글씨》는 작품 전체가 상징으로 그려졌다고 하여도 과언이 아니다. 죄를 지은 사람을 높이 세워놓고 사람들이 보는 앞에서 치욕을 느끼게 하는 처형대만 하여도 그렇다. 소설이 시작하기 전에 이미 뿌려진 죄의 씨의 열매로써 태어난 갓난아기 펄과 그 아이의 젊은 어머니 헤스터 프린의 운명은 이 처형대 위에서 시작하여 이 처형대 위에서 끝난다. 죄가 펄을 낳고, 딤즈데일 목사를 영원한 파멸의 직전까지 몰고 가는 이 소설의 클라이맥스도 역시 처형대 위에서 일어난다. 처형대 위에서 딤즈데일 목사가 신앙의 힘으로 속죄를 할 때 비로소 처형대의 저주의 마력에서 풀려나고 죄의 소산인 펄도 이 순간에 꼬마 마녀라는 이름으로 불리던 저주스러운 성격에서 벗어나서 자연스러운 정신의 부활을 경험한다. 이렇게 볼 때 펄 역시 알레고리적인 성격을 띤 또 하나의 상징이다.

헤스터의 본 남편이고 억울함을 당한 후 줄곧 복수라는 일념에 사는 칠링워드는 문자 그대로 악의 화신이 된다. 딤즈데일 목사 자신의 말을 인용한다면 "저 노인의 복수는 내 죄보다도 더 검소. 그 자는 인간의 마음의 거룩함을 냉혈적으로 모독한 것이오. 헤스터, 그대와 나는 그런 짓은 안 했소!"라고 했다. 칠링워드는 성서에 나오는 이브를 꾄 뱀이나 사탄과도 같은 이미지를 보여주는 상징적인 특징을 지녔다. 이 밖에도 감옥 문 앞에 핀 들장미, 흐르는 냇물, 숲, 그리고 히빈스 노파 모두가 상징적인 역할을 하는 것들이다.

이 소설에서도 뚜렷하게 나타나 있는 대로 호손에게서는 인간성의 거룩함이란 종교와도 마찬가지다. 억울함을 당했다는 점에서 동정을 받을 여지가 있고, 복수의 결심을 하게 된 이유도 납득이 가지만 칠링워드가 인간성의 거룩함까지도 짓밟아버리려고 할 때 그는 파멸에 직면한다. 그러나 칠링워드도 죽는 순간에는 펄을 위하여 자기의 유산을 물려주어 도덕 정신의 승리를 다시 한번 보여준다. 이와 같이 윤리성이 높은 점으로 미루어 주홍글씨를 윤리 소설이라는 이름으로 불러본 것이다.

이 소설의 첫 머리에 'Introductory to The Scarlet Letter'라는 글이 붙어 있는데, 저자 자신도 시인하는 대로 이 소설의 일부가 아니다. 그래서 이 부분을 본 번역에서 제외했으니 독자 여러분께서는 양해하시기를 바란다.

1804년 7월 4일에 매사추세츠주의 세일럼에서 태어난 호손은 아메리카에 제일 먼저 발을 디딘 조상들로부터 다섯 세대가량 떨어진 시대에 살았다. 그 당시 세일럼은 청교도 정신이 엄격하여 퀘이커 교도들이 지배적이었고 많은 마녀(미신을 믿는 여자들)를 박해하고 처형한 곳으로 유명하다. 보든대학을 다니던 시절(1821~1824)에 자신의 말을 빌린다면 호손은 '농땡이를 부리는 학생'이었으나 책을 많이 읽고, 시인 롱펠로와 호라티오 브리지 및 프랭클린 피어스와 생애의 친교를 맺었다. 그 후에 그는 세일럼에 있는 어머니의 조용한 집에 틀어박혀서 문학 수업을 했다. 그는 주로 인간의 운명에 얽힌 악과 도덕적 책임이라는 풀리지 않는 수수께끼에 온 정신을 기울였다. 그는 단편도 쓰고 장편도 썼지만 역시 대표작이라고 할 수 있는 것은 *The Scarlet Letter*(1850), *The House of the Seven Gables*(1851), *The Blithedale Romance*(1852)일 것이다.

호손이 어느 정도의 인정을 받고 있는 작가냐 하는 것을 입증하기 위하여 두 저명한 작가의 비평을 인용하기로 한다. D. H. 로렌스는 호손의 소설에 대하여 다음과 같이 말했다.

미국 문학은 표면을 뚫고 들어가서 상징적인 내적 마술을 보아야 한다. 그렇지 않으면 모두가 유치한 어린애의 장난으로밖에 안 보일 것이다. 눈이 파란 사랑스러운 너새니얼도 탈을 씌워서 바깥 세상으로 내보낸다.

한편 이보르 윈터스는 호손을 극구 찬양하여 다음과 같이 말했다.

호손은 그의 《주홍글씨》에서 위대한 알레고리를 창조했다고 할 수 있다. 또는 초기의 청교도 사회의 정신적 기초를 이루고 있는 알레고리적인 인생관을 우리가 생각해볼 때 호손은 위대한 역사 소설을 창조했다고 말해도 과언이 아닐 것이다.

어쨌든 호손은 미국 문학사상에 움직일 수 없는 고전의 하나로 존재한다. 호손은 1864년에 뉴햄프셔 플리머드에서 세상을 떠났다.

옮긴이

너새니얼 호손 연보

1804년   미국 매사추세츠주 세일럼에서 선장인 너새니얼 헤이손 과 엘리자베스 클라크 메닝 부부 사이에서 출생했다. 뉴 잉글랜드 지방의 청교도적인 전통은 평생 그를 따라다 녔다.

1816년   가족과 더불어 메인주의 산골 레이먼드로 가서 3년 동 안 지냈다. 이곳에서 고독을 벗하며 생활했다.

1819년   세일럼으로 돌아왔다.

1821년   보든대학교에 입학했다. 문학에 대한 열망으로 열심히 글을 쓰기 시작했다. 대학교 동창인 헨리 워즈워스 롱펠 로, 호레이쇼 브리지, 후에 대통령이 된 프랭클린 피어 스와 사귀었다.

1825년   보든대학교를 졸업했다. 대학교를 졸업한 후 12년간, 세일럼의 어머니 집에서 칩거 생활을 하면서 독서와 글쓰기에 몰두했다.

1828년　소설《판쇼》를 익명으로 자비 출판했다. 보든대학교 시절을 소재로 했는데 이 작품에 불만을 느껴 모두 회수하여 없애버렸다. 이후 오랫동안 단편을 주로 쓰고 발표했다.

1830년　문예지《더 토큰》에 단편을 발표했다.

1837년　호레이쇼 브리지의 주선으로 여러 잡지에 발표한 작품 중 18편을 추려《두 번 들려준 이야기》를 발표했다. 이 단편집을 계기로 이름이 세상에 알려지기 시작했다.

1839년　보스턴 세관에서 일하기 시작했다.

1842년　화가이자 일러스트레이터였던 소피아 피바디와 결혼했다. 콩코드에 있는 에머슨 소유의 구 목사관에서 생활하면서 가난에 시달렸지만 두 사람은 더할 나위 없이 행복했다. 소피아는 격려와 비판을 아끼지 않는 내조형의 아내였다. 호손이 세관에서 해고되었을 때도 "당신이 글쓰기에만 몰두할 수 있어서 기뻐요"라고 말하며 남편의 창작활동을 격려했다.

1850년　아내 소피아의 격려와 세심한 배려 속에서《주홍글씨》를 출판했다.《주홍글씨》는 미국에서 최초로 대량 생산된 책 중 하나로, 10일 만에 2,500권이 팔리는 등 베스트셀러가 되었다. 호손과 그의 가족은 매사추세츠주 레녹스 근처의 작은 붉은색 농가로 이사했다.

1851년	《일곱 박공의 집》을 출판했다.

1851년   《일곱 박공의 집》을 출판했다.

1852년   《즐거운 계곡의 낭만》을 출판했다. 호손 가족은 콩코드
로 돌아와 1853년 7월까지 콩코드에서 살았다. 콩코드
에 있는 그들의 이웃에는 에머슨과 헨리 데이비드 소로
가 있었다. 친구 프랭클린 피어스가 대통령에 출마하자
피어스의 전기《피어스전》을 썼다.

1853년   친구인 프랭클린 피어스가 대통령이 되었고 이후 영국
리버풀의 미국 영사로 임명되었다.

1857년   피어스 행정부가 끝나자 호손도 영사직을 사임했다. 이
후 프랑스와 이탈리아 등 유럽 각지를 여행했다.

1860년   《대리석의 목신상》을 출판했다. 매사추세츠주 콩코드
의 웨이사이드 저택에 정착했다.

1863년   영국의 풍경, 생활풍습 등을 그린《우리들의 고향》을 마
지막 작품으로 남겼다.

1865년   점점 건강이 약해졌다. 5월 친구 피어스와 함께 뉴햄프
셔 힐로 여행 중 플리머스에서 60세로 세상을 떠났다.

옮긴이 **조승국**

고려대학교 영어영문과를 졸업했다. 미국 드포대학교에서 석사를 마치고 영국
노팅엄대학교에서 수학했으며 성신여자대학교 영어영문과 교수를 역임했다.

주홍글씨

1판 1쇄 발행 1977년 7월 30일
5판 1쇄 발행 2024년 11월 15일

지은이 너새니얼 호손 │ **옮긴이** 조승국
펴낸곳 (주)문예출판사 │ **펴낸이** 전준배
출판등록 2004. 02. 11. 제 2013-000357호 (1966. 12. 2. 제 1-134호)
주소 04001 서울시 마포구 월드컵북로 21
전화 02-393-5681 │ **팩스** 02-393-5685
홈페이지 www.moonye.com │ **블로그** blog.naver.com/imoonye
페이스북 www.facebook.com/moonyepublishing │ **이메일** info@moonye.com

ISBN 978-89-310-2410-4 04800
ISBN 978-89-310-2365-7 (세트)

■ **문예세계문학선**

★ 서울대, 연세대, 고려대 필독 권장 도서 ▲ 미국대학위원회 추천 도서
● 《타임》 선정 현대 100대 영문 소설 ▽ 《뉴스위크》 선정 세계 100대 명저

(뒷면 계속)